Dorothée Heck

Eine Villa in Bella Colina

DOROTHÉE HECK

Eine Villa in Bella Colina

SCM Hänssler

SCM

Stiftung Christliche Medien

Bestell-Nr. 395.241
ISBN 978-3-7751-5241-9

Internet: www.scm-haenssler.de
E-Mail: info@scm-haenssler.de
Umschlaggestaltung: OHA Werbeagentur GmbH, Grabs, Schweiz;
www.oha-werbeagentur.ch
Titelbild: istockphoto.com
Satz: Satz & Medien Wieser, Stolberg
Druck und Bindung: CPI – Ebner & Spiegel, Ulm
Printed in Germany

Für Johanna, Elischa und Noah
Für meine Eltern

1

Das war haarscharf gewesen. Erschrocken blickte Pia in die Tiefe. Sie musste sich noch ein Stück weiter nach vorne beugen, um ihr Fahrrad zu erkennen oder das, was davon übrig geblieben war. Sofort wurde ihr schwindelig und sie hatte Mühe, ihren Kopf nach hinten zu reißen. Sie taumelte und stützte sich mit ihrer linken Hand kurz ab, bis sie mit einer ungelenken Drehung auf dem kohlefarbenen Asphalt unsanft zum Sitzen kam. Sie stöhnte.

Vorsichtig befreite sie sich von ihrem blauen Fahrradhelm und legte ihn langsam vor ihre Füße. Dann hob sich ihr Blick und sie starrte regungslos auf das Meer hinaus. Von hier oben hatte sie einen atemberaubenden Blick auf die zerklüfteten Küstenfelsen im Nordwesten Mallorcas, die trotzig der gewaltigen, peitschenden Gischt des Wassers standhielten. Einige Möwen zogen in der Ferne langsam ihre Kreise, um sich manchmal auf der Spitze eines Felsens niederzulassen und sich das immer wiederkehrende faszinierende Schauspiel aus der Nähe anzusehen. Man konnte ihre entzückten, spitzen Schreie bis hierher hören.

Pia nahm sie nicht wahr. Zum Glück hatte sie rechtzeitig losgelassen. In der Kurve hatte sie noch versucht zu bremsen und sich dann instinktiv auf die Seite geworfen. Bis auf wenige Zentimeter war sie, wie von unsichtbarer Hand geschoben, an den Abgrund herangerutscht und musste mit weit aufgerissenen Augen ansehen, wie ihr silberfarbenes Mountainbike wie in Zeitlupe einen Moment in der Luft zu schweben schien, um dann urplötzlich aus ihrem Sichtfeld hinab in die Tiefe gezogen zu werden.

Gar nicht auszudenken, wenn sie auch … *na, und wenn schon.* Sie presste die Lippen aufeinander. *Vielleicht wäre es das Beste gewesen.* Pia umschlang mit beiden Armen ihre Knie und schluchzte.

Sie hätte es wissen müssen. Zwar hatten sie nie wirklich darüber gesprochen, aber manchmal hatte er doch durchblicken lassen, wie er zu dem Thema stand.

Achtlos strich sie sich eine dunkle, widerspenstige Strähne aus dem Gesicht. Erst jetzt nahm sie den metallischen Geschmack in ihrem Mund wahr. Sie kramte in ihrem kleinen, schwarzen Rucksack, den sie immer bei sich trug, und fand zwischen Handy, Autoschlüssel, Terminkalender, diversen Einkaufszetteln und Tankrechnungen ein zerknülltes Taschentuch, mit dem sie sich das Blut aus der schmerzenden Wangentasche tupfte. Pia bewegte den Unterkiefer langsam hin und her und betastete vorsichtig ihr Kinn. Alles dran. Dafür machte sich nun ihre rechte Hüfte bemerkbar, mit der sie bei dem Sturz hart auf den Boden aufgeschlagen war. Ihr Ellbogen blutete ebenfalls, doch Pia kümmerte sich nicht darum.

Was sollte sie jetzt tun? Nachdenklich legte sie ihr Kinn auf das angewinkelte linke Knie und seufzte.

Sie war jetzt 34. Gerade hatte sie ihren Geburtstag gefeiert. Mit Daniel. Er hatte alles heimlich arrangiert. Ganz romantisch waren sie wie normale Touristen in diesem schnuckeligen Hotel an der Cala Gat im Südosten der Insel untergekommen.

Tagsüber hatten sie das süße Nichtstun genossen, während sie nebeneinander am Swimmingpool oder in der kleinen Badebucht in der Sonne lagen. Keine Termine, keine Anrufe, keine wichtigen Kunden. Nur sie beide. Wie glücklich war Pia gewesen. Abends waren sie Hand in Hand die schöne Promenade entlangspaziert, die bis zum Fischerhafen von Cala Rajada führte oder hatten von ihrem winzigen Balkon aus gemeinsam am geheimnisvoll funkelnden Nachthimmel nach Sternschnuppen Ausschau gehalten.

»Hast du die gesehen? Die ist für dich, Amore Pia«, hatte er sie geneckt, »für die Frau, der mein Herz gehört. Happy Birthday!«

Sie hatte sich mit einem zärtlichen Kuss bedankt, um sich dann genüsslich eine Zigarette anzuzünden und an ihrem eisgekühlten Baileys zu nippen, wie sie es jeden Abend tat, bevor sie zu Bett ging. Daniel amüsierte sich immer über ihr kleines Ritual und hatte es schon lange aufgegeben, ihr das Rauchen abgewöhnen zu wollen.

»Irgendwie hat es sogar was Gemütliches«, pflegte er manchmal zu sagen.

Pia hatte an jenem Abend liebevoll seine Hand gedrückt und mit einem frechen Augenzwinkern geantwortet: »Dann genieße es noch, so lange du kannst! Mit 35 höre ich nämlich auf.«

War das erst sechs Tage her? Sie war sich sicher gewesen, er würde sich freuen. Ganz ausdruckslos war sein Gesicht geworden, als er heute Morgen mit gepresster Stimme gesagt hatte: »Das passt momentan einfach nicht in unser Lebenskonzept, Pia. Sei vernünftig! Wir stehen das zusammen durch, und in ein paar Jahren können wir immer noch Kinder haben. Mein Gott, wie konnte das überhaupt passieren?«

Pia schluchzte laut auf. Tränen liefen über ihre erhitzten Wangen. Sie verbarg ihr Gesicht zwischen ihren Armen, die sie wieder fest um ihre Knie geschlungen hatte. Dann hob sie die Fußspitzen ein wenig an und stieß sich mit den Fersen leicht vom Boden ab, bis sie langsam rhythmisch vor- und zurückwippte, wie ein verstörtes Kind, das sich selbst zu beruhigen versucht.

»Junge Frau, was ist denn mit Ihnen passiert?«

Pia zuckte zusammen und wandte ihren Kopf. Ein gelber Seat hatte hinter ihr in der Kurve angehalten und ein älterer Herr mit silbergrauem, vollem Haar war gerade dabei, auf der Beifahrerseite auszusteigen. Mit besorgtem Gesichtsausdruck ging er auf Pia zu.

»Können wir Ihnen irgendwie helfen?«

Er stutzte, als er ihren Helm bemerkte, blickte sie ungläubig an und dann flüchtig in Richtung der fehlenden Fahrbahnbegrenzung.

»Ach, du liebe Zeit! Sagen Sie bloß, Ihr Fahrrad liegt da unten?«, stieß er fassungslos hervor.

Pia nickte apathisch.

Er stand jetzt nur noch wenige Schritte von ihr entfernt am Rand des ungesicherten Abhangs. Vorsichtig hob er das Kinn, beugte seinen Oberkörper leicht nach vorne, um nicht das Gleichgewicht zu verlieren und schaute suchend in die Tiefe.

»Tatsächlich! Mädchen, Mädchen, da haben Sie aber mehr als einen Schutzengel gehabt.«

Pia sah ihn verständnislos an.

»Na, Sie hätten jetzt auch dort unten liegen können! Gott sei Dank haben Sie anscheinend nur ein paar Schrammen abgekriegt. Können Sie aufstehen?«

»Ich glaube schon«, murmelte Pia und ergriff die Hand, die ihr der Unbekannte hilfsbereit entgegenstreckte. Stöhnend kam sie auf die Beine.

»Erika, kommst du mal?«, rief er seiner Begleiterin zu.

Die ältere Dame mit den hochgesteckten weißen Haaren, die gerade die Fahrertür zuschlug, eilte mit schnellen Schritten zu Hilfe. Vorsichtig legte sie Pia den linken Arm um die Taille und fasste sie an ihrem rechten Arm.

»Geht's? Können Sie laufen? Wir bringen Sie direkt ins Krankenhaus, ja?«

Pia ließ sich in Richtung Auto führen. »Geht schon, danke. Nein, Krankenhaus ist nicht nötig.«

»Keine Widerrede, Schätzchen. Das sollte sich auf jeden Fall ein Arzt ansehen.« Dabei deutete sie auf Pias rechte Hüfte, wo der Stoff ihrer hellgrauen Radlerhose vom Sturz ganz zerschlissen war und sich mit dunklem, getrockneten Blut und einigen Splittkörnern unschön vermischt hatte.

»Genau«, schaltete sich der ältere Herr ein, während er ihr die Wagentür aufhielt, »damit ist nicht zu spaßen.«

Widerstandslos stieg Pia hinten ein und wollte sich gerade zurücklehnen. »Halt, mein Rucksack!«, fiel es ihr ein. »Keine Sorge.« Die alte Dame stand schon wieder am Auto und hielt ihr das gute Stück vor die Nase. »Den nehmen wir natürlich auch mit«, sagte sie.

Als sie gerade losgefahren waren, schob Pia ihren Rucksack auf ihren Schoß ganz nach vorn bis an den Vordersitz. Langsam öffnete sie den kleinen Reißverschluss an seiner Rückseite und zog den weißen Plastikstab hervor, den sie heute schon so oft in der Hand gehabt hatte. Sie betrachtete die beiden unscheinbaren, blauen Linien, die sich so selbstverständlich zu gleichen schienen und die ihr Leben doch dadurch so sehr aus der Bahn zu werfen drohten. Zaghaft strich sie mit ihrem Daumen über das tiefer liegende Anzeigefenster.

Oh Gott, was sollte sie nur tun?

»Machen Sie Urlaub hier?« Der Mann drehte seinen Kopf etwas in Pias Richtung, die hinter ihm Platz genommen hatte.

»Nein, ich lebe hier«, antwortete sie knapp, während sie den Teststab hastig zurück in ihren Rucksack schob.

»Oh wirklich? Da haben Sie sich aber ein schönes Fleckchen Erde ausgesucht«, meinte die alte Dame lächelnd. »Was hat Sie denn hierher verschlagen, wenn ich fragen darf?«

»Gekommen bin ich tatsächlich, um Urlaub zu machen. Mal raus aus dem grauen Alltag in Deutschland. Sonne, Strand und Meer – eben wie die meisten Touristen. Tja, geblieben bin ich dann der Liebe wegen.«

»Jakob, hast du das gehört? Ist das nicht romantisch?«, rief Erika begeistert. Jakob brummte zustimmend.

»Weshalb sind Sie denn hier? Auch zum Urlaub machen?«, fragte Pia nun höflich.

»Zum Teil«, erwiderte Erika mit einem flüchtigen Blick nach hinten. »Wir kommen alle zwei Jahre für mehrere Wochen hierher, seit mein Mann im Ruhestand ist.« Erklärend fügte sie hinzu: »Wissen Sie, Jakob vertritt dann einen alten Freund aus Studienzeiten, der hier auf seine alten Tage eine Art ehrenamtliche Pastorenstelle innehat. Der kann dann in Ruhe daheim in Deutschland seine Verwandten und Freunde besuchen. Wir wohnen solange in seinem Haus, kümmern uns um die Urlaubsgäste und deutschen Bewohner, die hauptsächlich die Gemeinde besuchen, und haben immer noch genügend Zeit zum Ausspannen und für Unternehmungen.«

Pia war nun doch ein wenig neugierig geworden. »Wo ist denn diese Gemeinde?«, fragte sie. »Direkt in Palma?«

»Ja, ganz recht. In der Altstadt. Etwas versteckt, aber doch zentral, unweit der Plaça Major. Dort haben wir auch einen kleinen Buchladen, der vormittags geöffnet hat. Vielleicht haben Sie Lust mal vorbeizuschauen?«

Pia nickte langsam, denn sie meinte zu wissen, wo sich der Laden befand, doch sie sagte nichts. Sie war schon öfter an dem kleinen, angestaubt wirkenden Schaufenster vorbeigegangen und hatte über die unbeholfen wirkende Dekoration mit bunten Spruchbändern den Kopf geschüttelt, auf denen fromme Dinge zu lesen waren wie: »Es geht kein Mensch über die Erde, den Gott nicht liebt« oder »Jesus ist die Antwort«.

Von früher kannte sie solche seltsamen Parolen zur Genüge, und sie hatte sie schon damals als peinlich und aufdringlich empfunden. Eigentlich passte das gar nicht zu den beiden älteren Herrschaften. Pia fand sie eigentlich ganz sympathisch.

Erika war sicherer im Fahren, als Pia es ihr anfangs zugetraut hatte. Souverän und zügig, aber nicht ohne den nötigen Respekt vor der Höhe, den manche Touristen vermissen ließen, fuhr sie die Küstenstraße entlang und nahm dabei ohne mit der Wimper zu zucken jede enge Kurve.

»Übrigens, ganz schön sportlich, junge Frau, dass Sie da oben mit dem Fahrrad unterwegs sind«, lobte Pias Vordermann und versuchte die Unterhaltung wieder in Gang zu bringen.

»Dafür habe ich auch lange genug trainieren müssen«, antwortete Pia und musste schmunzeln. »Bis vor ein paar Jahren habe ich mich ehrlich gesagt kein Stück mehr bewegt als unbedingt nötig. Das änderte sich erst, als ich meinen Freund kennenlernte.« Versonnen blickte sie aus dem Fenster.

Pia war immer schon sehr schlank gewesen. Darüber war sie früher nicht besonders glücklich gewesen. Während der Schulzeit hatten üppiger ausgestattete Freundinnen in der Umkleidekabine der Sporthalle beim Anblick ihres zarten Körpers regelmäßig übertrieben schockiert reagiert: »Ach Gott, bist du dürr! Das gibt's ja gar nicht!«

Sie hatte solche Äußerungen damals als sehr verletzend und bloßstellend empfunden, vor allem auch deshalb, weil sich diese scheinbar so besorgten Freundinnen Anspielungen auf ihre paar überflüssigen Pfunde tunlichst verbeten hätten.

Als Kind hatte sie viel Sport getrieben. Turnen und Leichtathletik. In der Grundschule lief sie schneller als die meisten Jungs ihres Alters und hatte schon zu Beginn der dritten Klasse die Vier-Meter-Marke übersprungen, was aufgrund ihrer Größe mehr als erstaunlich gewesen war.

Immer wieder hatte sie eine innerliche Genugtuung verspürt, wenn andere von ihren unerwartet guten Ergebnissen überrascht und in ihrer anfänglichen Skepsis eines Besseren belehrt wurden. So hatte sie mit ihrer schmächtigen Gestalt in der Reihe der letzten und damit schnellsten Staffelläufer bei den jährlichen Bundesjugendspielen zwar immer ein wenig fehl am Platz gewirkt, doch wenn die Kleine mit den langen Beinen dann auf der Zielgeraden ihre deutlich größeren, durchweg männlichen Mitläufer ein- beziehungsweise überholte, war manchmal ein Raunen durch die Zuschauerreihen gegangen.

Später hatte sie dann das Interesse am Sport weitgehend verloren. Als die ersten Freundinnen nach der Schulzeit wegen vermeintlicher Figurprobleme anfingen zu joggen oder ins Fitnessstudio zu gehen, war Pia froh, dass sie das nicht nötig hatte.

Wirkliche Freude an der Bewegung hatte sie erst durch Daniel wieder kennengelernt. Er liebte es, frühmorgens laufen zu gehen, lange bevor das verschlafene Nest in den Bergen unweit des Künstlerdorfs Deià zu seinem bisschen Leben erwachte. Dort hatte er sich vor gut sechs Jahren den Traum einer umgebauten, kleinen *Finca* im landestypischen Stil verwirklicht.

»Ich brauche das als Ausgleich«, pflegte er oft zu sagen.

Zusammen waren sie am Anfang ihrer Beziehung fast jedes Wochenende stundenlang im Gebirge der Tramuntana gewandert, das sich entlang der Westküste erstreckte, hatten ausgiebige und immer anspruchsvollere Fahrradtouren unternommen oder waren von Zeit zu Zeit unvernünftig weit ins Meer hinausgeschwommen, bis ihnen keine einzige Jacht mehr den Blick auf den Horizont versperrte.

Zuerst war es nur der Wunsch gewesen, diese Aktivitäten, die Daniel so liebte, mit ihm zu teilen, der sie dazu motivierte, sich aufzuraffen und sich an Neues heranzuwagen. Aber schon bald war es ihr zu einem echten Bedürfnis geworden, in die Natur hinauszugehen, ihren Körper zu spüren und an ihre Grenzen zu kommen. In diesen Momenten fühlte sie sich frei.

»Wir sind da«, wurde Pia aus ihren Gedanken gerissen.

Die beiden älteren Herrschaften wollten es sich nicht nehmen lassen, sie noch in die Ambulanz zu bringen. Wie selbstverständlich hakten sie Pia fürsorglich links und rechts unter und schoben sie vorsichtig in Richtung Eingang. Pias schmerzende Hüfte machte sich nun wieder bemerkbar. Die hatte sie unterwegs fast vergessen. Tapfer humpelte sie zwischen ihren beiden Helfern zur Anmeldung.

»¿Si, qué desea?«

Die Krankenschwester schaute nur für einen Moment gelangweilt auf, um dann sofort wieder auf den flimmernden Bildschirm ihres Computers zu starren.

Obwohl man auch mit Deutsch und Englisch fast überall gut durchkam, war es Pia von Anfang an wichtig gewesen, die Landessprache zu erlernen. So konnte sie dank diverser Sprachkurse und häufiger Kontakte zu Einheimischen nun in flüssigem Spanisch erklären, was passiert war.

Genau genommen war Mallorquín, ein Dialekt des Katalanischen, nun wieder die offizielle Sprache der Insel, doch wenn man nicht gerade im Hinterland unterwegs war, lag man mit Spanisch meistens richtig, zumal ein beachtlicher Teil der Einwohner Mallorcas vom Festland zugezogen war und selbst des Regionalidioms nicht mächtig war. Doch an der konsequent und flächendeckend ausgetauschten Beschilderung konnte man mittlerweile überall erkennen, dass es der Regierung ernst war, dem ursprünglich Mallorquinischen wieder zu mehr Bedeutung zu verhelfen und wo immer möglich, gar den Vorzug zu geben. So hatte »Carrer« die »Calle« bei den Straßennamen ersetzt, und man hatte sich daran gewöhnt, dass der Strand nun »Platja« und der Hafen »Porto« hieß.

Während die Krankenschwester noch auf ihrer Tastatur tippte, bedeutete sie Pia und ihren Begleitern, im Wartezimmer Platz zu nehmen.

»Haben Sie vielen Dank für Ihre Mühe, aber jetzt komme ich ganz gut alleine klar«, wandte Pia sich an die beiden.

»Wirklich?« Erika musterte sie besorgt. »Sollen wir vielleicht noch jemanden für Sie anrufen, der sie anschließend abholt?«

»Das ist wirklich nicht nötig. Sie haben schon genug getan.« Pia lächelte dankbar.

»Dann verraten Sie uns wenigstens noch Ihren Namen.«

»Ich heiße Pia, Pia Laubenstein.«

»Ich bin Erika Linde und das ist mein Mann Jakob«, sagte Erika mit einer Kopfbewegung in seine Richtung. Dann ergriff sie Pias Hand, umschloss sie mit beiden Händen und lächelte die junge Frau warmherzig an.

»Pia, darf ich Pia zu Ihnen sagen?«, und ohne eine Antwort abzuwarten, fuhr sie fort: »Wir haben uns sehr gefreut, Ihre Bekanntschaft zu machen, auch wenn die Umstände natürlich erfreulicher hätten sein können. Wenn Sie nichts dagegen haben, lassen wir Ihnen unsere Telefonnummer hier und Sie rufen uns an, falls Sie doch noch etwas brauchen oder einfach mit jemandem reden möchten.« Sie legte den Kopf etwas zur Seite. »Sie wirken irgendwie traurig.«

Bei diesen Worten musste Pia schlucken und hatte Mühe, ihre Tränen zurückzuhalten. Nein, sie würde jetzt nicht weinen.

Mit belegter Stimme antwortete sie: »Sehr freundlich, aber mir geht's gut. Das ist bestimmt nur der Schock.« Sie versuchte zu lächeln.

Erika sah ihr noch einen Moment lang prüfend in die Augen. Dann drückte sie Pias Hand und wandte sich ihrem Mann zu.

»Tja, dann werden wir mal gehen, Jakob. Wir wünschen Ihnen gute Besserung, Pia. Und Gott segne Sie!«

Nachdenklich sah sie den beiden hinterher, wie sie sich nach wenigen Schritten wie ein junges Paar an den Händen fassten und zusammen zum Ausgang liefen. An der Glasschwingtür drehten sie sich noch einmal um und winkten ihr kurz zu. Pia hob ebenfalls die Hand zum Gruß.

Daniel Bauer stand mit verschränkten Armen neben dem Schreibtisch seines angenehm klimatisierten Büros in der Carrer de la Luz und starrte gedankenverloren zum Fenster hinaus.

Vom obersten Stock aus hatte man einen guten Blick über die flachen Bürogebäude auf der gegenüberliegenden Straßenseite bis zum Hafen von Palma. Die viel befahrene, mehrspurige Straße zu beobachten, auf der sich die aus dieser Höhe wie Spielzeugautos wirkenden Wagen gleichmäßig vorwärtszuschieben schienen, übte auf Daniel immer eine seltsam beruhigende Wirkung aus. Gleichzeitig half es ihm, sich auf das Wesentliche zu konzentrieren. Auch heute versuchte er unbewusst, auf diese Weise seine Gedanken zu ordnen.

Wie konnte das nur passieren? Pia wusste doch genau, dass er sich beruflich momentan dem Höhepunkt seiner Karriere näherte.

Sein Maklerbüro hatte sich nach den ersten Startschwierigkeiten in der Branche etabliert, und bei dem exklusiven Club der besonders Reichen hatte er mittlerweile mehr als einen Fuß in die Tür bekommen. Das hatte viel Zeit und Anstrengung gekostet, und er hatte es ohne jede Hilfe geschafft.

Er besaß einfach ein gutes Gespür dafür, wenn sich irgendwo etwas auf dem Immobilienmarkt der Baleareninsel bewegte, was für eine gewisse Käuferschicht von Interesse war. Dann steckte er all seine Energie in diese eine Sache, bis er das Objekt an Land gezogen und den verkaufswilligen Eigentümer für sich gewonnen hatte.

Schnell hatte er verstanden, dass man mit den manchmal etwas verschlossen wirkenden Mallorquinern vor allem in der Bar gut ins Gespräch kam. Man redete dort über Fußball oder das Wetter, und ganz nebenbei knüpfte oder intensivierte man Kontakte, die einem in jeder Beziehung dienlich sein konnten.

Bei seinen Kunden galt er als souveräner Geschäftsmann mit Manieren, der es verstand, Diskretion und Vertrauenswürdigkeit mit jungenhaftem Charme in sich zu vereinen. Letzteres kam ihm vor allem im Umgang mit den betuchten und meist nicht mehr ganz jungen Damen zugute, die selbst oder mit ihren Ehemännern auf der Suche nach einem stattlichen Anwesen waren.

Golf und Tennis zu spielen hatte er nicht erst aus geschäftsstrategischen Gründen mühsam lernen müssen wie manch anderer Kollege. Nein, damit war er groß geworden.

Es war nicht so, dass er seinem Vater gegenüber nicht dankbar gewesen wäre, aber er hatte es satt gehabt, ständig dessen ehrgeizige Erwartungen zu erfüllen und sein Leben fremdbestimmen zu lassen. Vielleicht wäre alles anders gekommen, wenn seine Mutter sich damals durchgesetzt hätte. Sie hatte nie gewollt, dass er fast das ganze Jahr über im Internat lebte und nur in den Ferien nach Hause kam.

Er hatte einfach keine Lust, sich schon wieder in eine Rolle hineindrängen zu lassen, die er momentan nicht spielen wollte. Es lief doch gerade alles so gut.

Und dass er Pia gefunden hatte, war ein echter Glücksfall. Er hatte sich gleich in sie verliebt, als sie sich in diesem kleinen Lokal in Algaida kennengelernt hatten, wo man sonst nur Einheimische traf. Sie hatte Urlaub gemacht mit ihrer Freundin. Wie hieß sie noch – Annabelle?

Pia war nach gebratenen Auberginen und Runzelkartoffeln gerade dabei gewesen, einen riesigen Teller Calamares zu verspeisen. Nicht diese frittierten Ringe, wie sie die meisten Touristen aßen, sondern Calamares natur mit reichlich Knoblauch und Tomaten in der Pfanne angebraten, mit einem guten Schuss Weißwein abgelöscht und am Ende mit etwas Zitrone beträufelt. Daniel hatte am Nachbartisch amüsiert beobachtet, was dieses zierliche Persönchen in so kurzer Zeit und mit so viel Hingabe verputzten konnte.

Als hätte sie seine Gedanken gelesen, hatte sie sich den Mund mit ihrer Serviette abgetupft, ihn mit ihren rehbraunen Augen schelmisch angeblitzt und gefragt: »O.K., und was essen wir jetzt?« Seitdem waren sie fast jede freie Minute zusammen. Daniel musste unwillkürlich lächeln.

Er liebte ihre unabhängige Art, die ihn nicht unter Druck setzte. Aus früheren Beziehungen war er geflüchtet, sobald er den Eindruck bekam, dass sie zu eng wurden. Mit Pia war das anders. Sie war die erste Frau, die er mitgenommen hatte zu seinen sonst so einsamen Bergtouren. Manchmal wirkte sie verschlossen und ungewohnt verletzlich. Dann hatte er das Gefühl, nicht an sie heranzukommen. Aber eigentlich konnte er damit auch ganz gut leben.

Maria streckte den Kopf zur Tür herein.

»Señor Cordes ist da.«

Daniel wandte sich seiner Sekretärin kurz zu.

»Ja, danke, Maria. Ich komme gleich.«

Sie schloss leise die Tür hinter sich.

Daniel betrachtete Pias Foto auf seinem Schreibtisch, das sie ihm zu ihrem Jahrestag eingerahmt hatte. Sie würden das Problem aus der Welt schaffen. Bestimmt hatte sich Pia schon wieder eingekriegt, nachdem sie nach ihrer kleinen Auseinandersetzung heute in aller Herrgottsfrühe Hals über Kopf das Haus verlassen hatte. Wahrscheinlich hatte sie sich ihr Mountainbike geschnappt, um sich zu beruhigen, bevor sie zur Arbeit ging. Er würde sie nachher anrufen.

Daniel nickte wie sich selbst zur Bestätigung und klatschte in die Hände.

»So, auf zu Señor Cordes!«

2

»Alles soweit in Ordnung, Señora Laubenstein.« Der junge mallorquinische Arzt lächelte ihr aufmunternd zu. »Nichts gebrochen. Nur eine ordentliche Prellung und ein paar Schürfwunden. Sie haben wirklich Glück gehabt.«

Pia nickte.

»Am besten, Sie rufen sich jetzt ein Taxi und legen sich zu Hause erst mal hin. Soll ich Ihnen noch etwas gegen die Schmerzen mitgeben?«

Sie verneinte und winkte müde ab. »Geht schon.«

Draußen legte sie den Kopf in den Nacken, schloss die Augen und atmete langsam tief ein.

»So ein Mist«, durchfuhr es sie. Sie hatte vergessen, in der Praxis anzurufen. Hastig kramte sie ihr Handy hervor und drückte die Kurzwahl: »Hallo Meike, hier ist Pia.«

Sofort wurde sie von ihrer Kollegin unterbrochen. »Mensch Pia, wo steckst du denn? Ist was passiert? Dein Handy war auch ausgeschaltet.«

In wenigen Sätzen erklärte Pia ihr, was geschehen war.

»Oh Gott, da kannst du ja echt froh sein, dass du überhaupt noch lebst.«

»Na, jetzt übertreib mal nicht.« Pia verdrehte die Augen.

Meike fuhr unbeirrt fort: »Auf jeden Fall fährst du jetzt erst mal heim und erholst dich. Aber – sorry, dass ich das so sagen muss – ich hoffe inständig, dass du morgen wieder da bist.« Jetzt dämpfte sie ihre Stimme. »Hier ist echt die Hölle los. Den einen oder anderen Termin kann ich vielleicht noch schieben, aber ich bin selbst schon voll, und du weißt ja, wie sie sind …«

Ja, das wusste Pia. Sie liebte ihren Job als Physiotherapeutin, aber manchmal gingen ihr diese Pseudo-Kranken mit ihren kleinen Wehwehchen und ihrem Anspruchsdenken einfach auf die Nerven, die meinten:

»Ich habe mein Leben lang einbezahlt, deshalb steht mir auch alles zu und zwar sofort.«

Die meiste Zeit kam sie mit den vorwiegend deutschen Patienten gut aus, die sich auf dem von bösen Zungen als »Putzfraueninsel« betitelten Mallorca einen Alterswohnsitz zugelegt hatten oder einfach hier Urlaub machten. Hin und wieder jedoch fragte sie sich, ob es ein weniger exklusives Ambiente als das MedicPlus im Spa-Bereich des Royal Princess, einem noblen Fünfsternehotel, nicht auch tun würde.

Die Arbeitsbedingungen waren sehr angenehm, keine Frage, und auch über ihr Gehalt konnte sie sich wahrlich nicht beklagen. Aber tagein tagaus mehr oder weniger verspannte, von der mallorquinischen Sonne gebrutzelte Nacken zu massieren oder mal einen beim Tennisspielen ausgerenkten Wirbel wieder an seinen Platz zu bringen, war nicht immer so befriedigend, wie Pia es sich für ihre Arbeit einmal vorgestellt hatte.

»Meike, ich tu, was ich kann. Morgen bin ich bestimmt schon wieder einsatzfähig«, verabschiedete sie ihre Kollegin am Telefon.

»Ja, eindeutig positiv. Herzlichen Glückwunsch, Frau Laubenstein! Sie sind schwanger.«

Frau Dr. Merk strahlte ihre Patientin erwartungsvoll an und runzelte dann die Stirn. »Freuen Sie sich denn gar nicht, meine Liebe?«

Pia lächelte unsicher. »Doch, doch. Ich hatte halt einfach nicht damit gerechnet«, versuchte sie zu erklären.

Von der Klinik aus war sie direkt in die Praxis ihrer deutschen Ärztin gefahren. Ohne Termin hatte sie zwar eine Weile warten müssen, aber sie wollte einfach ganz sicher sein.

»Jetzt kommen Sie erst mal mit.« Dabei erhob sich die resolut wirkende Endvierzigerin mit ihrem weißen Kittel, während sie sich ihre randlose Brille auf die Nase setzte. »Das schauen wir uns doch gleich noch per Ultraschall an.«

Pia folgte der Ärztin in das angrenzende Untersuchungszimmer.

»Babyfernsehen nennen wir das auch gerne«, fuhr diese nun fort, »dabei können wir gleich sehen, ob soweit alles in Ordnung ist.«

Als Pia hinter dem Vorhang hervorkam und die Gynäkologin ihre verkrustete, nun schon grün und blau gewordene Unfalltrophäe bemerkte, musste Pia die ganze Geschichte schon wieder erzählen. Wie es überhaupt erst zu ihrer halsbrecherischen Fahrt gekommen war, verschwieg sie lieber.

»Machen Sie sich keine Sorgen.« Frau Dr. Merk meinte offenbar, sie beruhigen zu müssen. »In diesem Stadium der Schwangerschaft ist das Kind normalerweise gut geschützt. Aber etwas schonen sollten Sie sich schon erst einmal, damit es durch den Schock nicht doch noch zu Blutungen kommt.«

Pia wurde hellhörig.

Und wenn sie genau das wollte? Alles wäre wie vorher und sie träfe keine Schuld. Ob sie vielleicht – nein, so durfte sie nicht denken. Aber…

»Frau Laubenstein, ist alles in Ordnung mit Ihnen?«, erkundigte sich ihre Ärztin besorgt. »Hören Sie, das ist völlig normal. Übelkeit, Stimmungsschwankungen, Müdigkeit – Sie sind jetzt in anderen Umständen. Oh, schauen Sie mal!« Dabei deutete sie auf den Bildschirm des Ultraschallgeräts. »Das ist Ihr Baby. Sehen Sie, wie kräftig das kleine Herz pocht? Ich würde sagen, Sie sind in der siebten Woche. Ja, das sieht alles sehr gut aus.«

Pia legte den Kopf etwas schief und betrachtete den Winzling fasziniert auf dem Bildschirm.

»Ihr Kind ist jetzt ungefähr fünf bis zehn Millimeter groß«, erklärte Frau Dr. Merk. »Noch ein paar Tage und es hat die Größe eines Gummibärchens. Und eigentlich sieht es dann von den Proportionen her auch genauso aus wie eins.« Sie lachte.

Pia legte zaghaft eine Hand auf ihren Bauch.

Mein Baby!, dachte sie zum ersten Mal fast zärtlich. Bestimmt würde alles gut werden. Nach dem ersten Schock würde Daniel sich sicherlich auch freuen.

»Na, sehen Sie.« Frau Dr. Merk lächelte sie zufrieden an. »Jetzt sehen Sie mir schon eher aus wie eine erwartungsfrohe, junge Mama.«

Sie erhob sich von ihrem Drehhocker, riss mit einer geübten Handbewegung den überstehenden Papierstreifen ab, der an der Seite des kleinen Ultraschallgeräts heraushing. »Und das können Sie dem stolzen Papa zeigen.«

Pia nahm das kleine Schwarz-Weiß-Bild vorsichtig in die Hand, warf einen Blick darauf und steckte es in das Sichtfenster ihres Geldbeutels. Daniel würde sich auch freuen. Sie war sich jetzt sicher.

Auf dem Nachhauseweg hatte Daniel kurz am Hauptmarkt angehalten, um ein Dutzend roter Rosen zu kaufen. Er brachte Pia häufig Blumen mit.

Meistens überraschte er sie mit bunten Frühlingssträußen, die ein Lächeln auf ihre schön geschwungenen Lippen zauberten. Dann holte sie immer schnell eine passende Vase, kürzte die Stängel mit einem kleinen, roten Messer und gab etwas Zucker in die Vase, während sie das Wasser einlaufen ließ. Spätestens dabei fing sie an, leise vor sich hinzusummen. Rote Rosen kaufte er gern zu besonderen Anlässen.

Das elektrische Gartentor schloss sich hinter Daniels silbergrauem Mercedes. Er brauste die Auffahrt hoch und parkte auf dem Vorplatz ihrer Villa. Die Sonne stand schon tief und tauchte den hell getünchten Eingangsbereich in ein warmes, rötliches Licht. Daniel griff nach dem Rosenstrauß, der auf dem Beifahrersitz lag, warf die Wagentür ins Schloss und war mit wenigen Schritten an der Treppe. Schnell nahm er die drei Stufen nach oben auf einmal. Während er noch dabei war, hastig die Eingangstür aufzuschließen, rief er schon ihren Namen.

»Pia! Pia, Schatz bist du da?«

Pia hatte ihn schon erwartet. Auf der breiten Marmortreppe, die in die oberen Räume führte, hatte sie sich auf die unterste Stufe gesetzt, um ihn abzupassen, wenn er nach Hause kam. Jetzt war sie aufgestanden und sah ihn unsicher an.

»Daniel, wir müssen reden!«

Während sie auf die Rosen in seiner Hand blickte, lief er schon auf sie zu, hielt kurz inne und umarmte sie vorsichtig.

Sie hatte es gewusst! Nun würde alles gut werden. »Oh Daniel, es tut mir leid, dass ich heute Morgen so überstürzt abgehauen bin. Ich war total aufgewühlt.«

»Ich weiß, Schatz. Ich hätte dich nicht so anfahren dürfen in deinem Zustand.« Er küsste sie auf die Stirn.

Pia lachte befreit. »Daniel, ich war heute bei meiner Frauenärztin.«

Er strich ihr zärtlich übers Haar. »Ich habe mich auch schon nach den Möglichkeiten erkundigt«, sagte er sanft. »Das ist heute keine große Sache mehr, Schatz. Eine Nacht in der Klinik, und du kannst wieder nach Hause. Anschließend nimmst du dir noch ein paar Tage frei und …«

Pia befreite sich aus seiner Umarmung und sah ihn entgeistert an.

»Wovon um Himmels willen redest du?«

Daniel blickte verstört und fing an zu stammeln: »Ich, ich dachte. Na ja, ich war mir sicher, du würdest …«

Pia trat einen Schritt zurück und sah ihm direkt in die Augen. »Du willst also tatsächlich, dass ich unser Kind abtreibe?«, fragte sie mit tonloser Stimme.

Er wich ihrem Blick aus. »Pia, bitte.« Er sah sie hilflos an.

»Also?«

Er starrte auf ihre Schuhe.

»Daniel, antworte mir!« Ihre Stimme bekam einen scharfen Unterton.

»Pia, hör mir zu!« Er sah sie flehend an. »Wir haben doch so schon kaum Zeit füreinander.«

»Und an wem liegt das, bitteschön? Du lebst doch fast nur noch für deine Arbeit.« Pia sah ihn vorwurfsvoll an.

»Die ist mir auch verdammt noch mal sehr wichtig!«, wurde er nun laut. »Gerade habe ich hier so richtig Fuß gefasst. Ich bin mein eigener Herr, und keiner redet mir mehr rein.« Er fuhr sich durch die Haare. »Wenn ich dann mal frei habe, möchte ich meine Ruhe haben, ausgedehnte Bergtouren unternehmen, Fahrrad fahren, bis ich meine Beine nicht mehr spüre, spontan irgendwas unternehmen – was weiß ich!«

Pia musterte Daniel nachdenklich wie er so dastand in seinem gutsitzenden hellen Anzug. An seinen Schläfen hatten sich in letzter Zeit erste graue Haare eingeschlichen, was ihn für Pia zu ihrem Erstaunen nur noch anziehender machte. Die Situation kam ihr so unwirklich vor. Sie liebte ihn doch.

»Aber ich verlange doch gar nicht von dir, dass du das aufgibst. Mit einem Kind ist doch das Leben nicht plötzlich vorbei«, versuchte sie einzulenken.

»Wach auf, Pia!«, sagte er unwirsch. »Mit einem Kind würde alles anders werden.« Aufgebracht fuhr er fort: »Ich kann nicht glauben, dass wir diese Diskussion überhaupt führen. Wie konnte es denn nur so weit kommen?« Nun wirkte er fast verzweifelt. »Ich habe geglaubt, dir gefällt unsere Art zu leben. Und jetzt hörst du dich an, als hättest du dir schon immer ein Kind gewünscht.« Er lachte bitter. »Am Ende hast du es vielleicht sogar darauf angelegt.«

Pia blitzte ihn wütend an. »Wenn du es genau wissen willst: Wahrscheinlich ist meine Angina vor ein paar Wochen schuld daran. Das Antibiotikum, das ich nehmen musste, hat wohl dazu beigetragen, dass die Pille nicht so wirkte wie sonst. So hat es mir Frau Dr. Merk zumindest erklärt.«

Daniel strich sich übers Kinn und berührte zögernd Pias Arm. »Bitte entschuldige. Das war dumm von mir.«

Sie schüttelte seine Hand energisch ab und sah ihm direkt in die Augen. »Sag schon! Was ist, wenn ich unser Baby bekommen will?«

Er schaute zu Boden und schüttelte langsam den Kopf.

»Ich kann das nicht«, sagte er leise.

»Was soll das heißen?«, fragte sie mit gepresster Stimme.

Daniel schaute sie traurig an. »Pia, ich liebe dich. Aber dafür bin ich noch nicht bereit.« Er holte tief Luft und blickte zur Seite. »Du musst dich entscheiden: Entweder das Kind oder ich.«

Pia blieb einen Augenblick lang regungslos stehen. Dann hob sie das Kinn und sagte mit fester Stimme: »Wenn das so ist, dann habe ich mich schon entschieden.«

Sie drehte sich um und rannte, so schnell es ihre schmerzende Hüfte erlaubte, die Treppe nach oben.

Daniel wollte ihr nachlaufen, aber er tat es nicht. Mit hängenden Schultern bemerkte er die Rosen, die er noch immer in der Hand hielt.

Er kniff die Lippen zusammen und warf sie gegen die Tür so fest er konnte. Dann ließ er sich auf die Stufen sinken und verbarg sein Gesicht in den Händen.

Pia schloss oben die Schlafzimmertür hinter sich und warf sich auf das breite Himmelbett. Sie begann hemmungslos zu weinen. Über den Streit, der so eskaliert war, über die Schwangerschaft, die sie sich nicht gewünscht hatte und über das Dilemma, in dem sie nun steckte. Angst stieg in ihr hoch. Auf einmal schien ihr ganzes Leben aus den Fugen zu geraten, denn Daniel ließ ihr ganz offensichtlich keine Wahl. Verzweifelt fragte sie sich, wie es weitergehen sollte.

Lange lag sie dort und weinte, bis die Tränen irgendwann versiegten und ihr Kopf anfing zu dröhnen. Sie fühlte sich so leer, doch nach und nach kamen ihre verwirrten Gedanken zur Ruhe und sie schloss die Augen. Ein ihr unerklärliches Gefühl von Geborgenheit durchströmte sie plötzlich und sie fasste den festen Entschluss:

Ja, sie würde dieses Kind bekommen. Dieses Mal würde sie das Richtige tun.

3

Agathe Schön war eine rüstige alte Dame von 86 Jahren. Sie hatte ihrem Bruder fast vier Jahrzehnte lang den Haushalt geführt, solange er Dorfpfarrer in dem kleinen, von Weinbergen umgebenen Örtchen gewesen war. Als er in Rente gegangen war, waren sie aus dem Pfarrhaus ausgezogen, um seinem Nachfolger Platz zu machen. Die beiden hatten ein altes Winzerhaus gekauft, das etwas außerhalb des Dorfes lag und zu dem auch ein paar Weinberge gehörten. Kurz darauf war Heinrich Schön völlig überraschend verstorben und sie hatte begonnen, sich allein im Weinanbau zu versuchen.

Schon bald reifte in den riesigen alten Holzfässern im Keller manch edler Tropfen heran, den sie anfangs zu besonderen Anlässen an Familienmitglieder verschenkte. Bald schon jedoch sprach sich die gute Qualität ihres Weines herum und ihre Schwestern ermutigten sie, sich auch im Verkauf zu versuchen.

Mit der Zeit hatte sie einige Stammkunden sowohl aus der Region als auch weit darüber hinaus, die den ökologischen Anbau und das feine Aroma der Trauben aus Königsbach schätzten und mindestens einmal im Jahr vorbeischauten, um aktuelle Weine zu kosten. Dabei fiel die Entscheidung zwischen der markanten Säure des Rieslings und dem weicheren Grauburgunder regelmäßig so schwer, dass die meisten Weinkenner gleich kistenweise Flaschen von beiden Rebsorten ins Auto packten.

Königsbach an der Deutschen Weinstraße war ein alter Winzerort und seit seiner Eingemeindung 1969 ein Ortsteil von Neustadt in Rheinland-Pfalz. Ganz in der Nähe lag das Hambacher Schloss, das 1832 Schauplatz des berühmten Hambacher Festes gewesen war.

Die ungefähr 1000 Königsbacher waren stolz auf ihre geschichtsträchtige und landschaftlich reizvolle Umgebung, die aufgrund ihres milden Klimas auch die »Toskana Deutschlands« genannt wurde und sich zu einer beliebten Urlaubsregion entwickelt hatte.

Auch Agathe Schön vermietete vier Fremdenzimmer im ersten Stock und unter dem Dach, seit ihr Bruder nicht mehr da war. Durchreisende, die für ein oder zwei Nächte ein günstiges Zimmer suchten, verwies man gerne an sie.

Aber auch Feriengäste, die länger bleiben wollten, fanden sich immer wieder ein. Sie suchten gezielt die Ruhe und Abgeschiedenheit der Gegend oder wollten die Weinregion zu Fuß oder mit dem Fahrrad erkunden.

Hin und wieder kam es vor, dass sich Menschen ohne wirkliches Ziel zu der alten Dame verirrten. Diese nahm sie dann so herzlich auf, dass der eine oder andere immer noch eine weitere Nacht blieb und nach einigen Wochen unversehens zum Dauermieter geworden war.

Herr Grosser beispielsweise war so jemand gewesen. Nachdem er auf den Rat eines guten Freundes hin einmal früher von einer Geschäftsreise nach Hause gekommen war und seine Frau mit einem anderen Mann erwischt hatte, der, wie sich schnell herausstellte, schon mehrere Jahre in seiner Abwesenheit ein und aus gegangen war, da hatte Grosser alles stehen und liegen lassen, sich in sein Auto gesetzt und war einfach drauflosgefahren.

Irgendwann war er in ein Gasthaus eingekehrt und hatte versucht, seinen Kummer hinunterzuspülen. Der stämmige, wortkarge Wirt hatte ihn zur Sperrstunde einfach eingepackt und bei Agathe Schön ausgeladen. Diese war nach mehrmaligem Klingeln mit rosafarbenem Morgenmantel, weißem Nachthemd und gar nicht sonderlich überrascht auf der Türschwelle erschienen und hatte den Betrunkenen ohne viele Worte in eines der oberen Zimmer bringen lassen. »Den kriegen wir schon wieder hin, Gustav«, hatte sie den keuchenden Wirt in die Nacht verabschiedet.

Am nächsten Morgen hatte sie dem Fremden ein Hemd und eine Hose ihres Bruders gebracht, ihm eine neue Zahnbürste in die Hand gedrückt, um ihm dann ein einfaches, aber gutes Frühstück zu servieren. Nachdem er den Teller mit Rühreiern und Speck fast aufgegessen und sich das dritte Mal starken, schwarzen Kaffee nachgegossen hatte, war sie aus ihrem großen Ohrensessel aufgestanden, um sich zu ihm an den Tisch zu setzen. Mit einem gütigen Lächeln hatte sie ihn angesehen und gefragt: »Na, mein Lieber, wo drückt der Schuh?«

Herr Grosser war acht Monate geblieben. In dieser Zeit hatte er seinen Job gekündigt, hin und wieder nötige Reparaturarbeiten auf dem Hof seiner Zimmerwirtin verrichtet und begonnen zu malen. Irgendwann war er so weit gewesen, sein Leben wieder in die Hand zu nehmen und war mit seinen wenigen Sachen, die er sich nach und nach zusammengekauft hatte, mit einer neuen Perspektive, aber sehr wehmütig bei der alten Dame ausgezogen.

Ja, Agathe Schön hatte ein Herz für jeden, der gerade in Not war. Das galt auch für Tiere. Immer wieder nahm sie streunende, abgemagerte Katzen bei sich auf. Dankbar legten sie sich dann zum Wärmen in die Nähe des alten Kachelofens in die Küche und strichen von Zeit zu Zeit schnurrend um ihre Beine.

Hunde hatte sie nie mehr als einen im Haus, was durchaus klug war. Die armen Kreaturen, die sie bisher mit viel Liebe aufgepäppelt hatte, kamen allesamt aus dem Tierheim. Auf den ersten Blick machten diese nach einigen Wochen intensiver Pflege einen ganz normalen Eindruck und waren mitunter richtig putzig. Manchmal jedoch ließ ihr plötzlich aggressives und unberechenbares Verhalten erahnen, was sie bei ihren Vorbesitzern durchgemacht haben mussten.

Gäste, die schon den einen oder anderen kleinen Biss abgekriegt hatten, zeigten dafür allerdings wenig Verständnis. Daran konnten dann auch die erklärenden Worte von Agathe Schön nichts ändern, die, mit einer Flasche selbst hergestelltem Franzbranntwein für die Wunde herbeigeeilt kam und ihren kleinen Schützling aufgrund seiner etwaigen Vorgeschichte zu entschuldigen versuchte. So reisten manchmal aufgebrachte Urlaubsgäste vorzeitig ab, um sich noch lange über die in ihren Augen seltsame alte Dame zu wundern.

Oft kam das nicht vor, doch heute waren auf diese Weise unerwartet zwei Zimmer frei geworden, nachdem der kleine Purzel, eine rötliche Promenadenmischung in Dackelgröße, knurrend die neunjährige Annika am linken großen Zeh gepackt und erst wieder überrascht losgelassen hatte, als die schreiende Mutter wild fuchtelnd mit einem Besen auf die beiden zugestürmt war, um ihre heulende Tochter zu befreien.

Purzel hatte sich offenbar beim Fressen gestört gefühlt, als die kleine Annika langsam an seinem Lieblingsplatz vorbei die Treppe zur Eingangstür hochgegangen war und vielleicht einen Moment zu lange interessiert in seinen Napf geschaut hatte.

Der schnell herbeigerufene alte Dr. Renninger hatte die Wunde sorgsam gesäubert und etwas Jod darauf getan, während er sich vergewisserte, dass die Kleine vor nicht allzu langer Zeit gegen Tetanus geimpft worden war.

Dabei bemühte er sich vergebens, die erhitzten Gemüter etwas zu beruhigen. »Halb so schlimm«, hatte er gesagt und zu Annika gewandt aufmunternd ergänzt: »In ein paar Tagen ist bestimmt alles vergessen, junges Fräulein.«

Die lächelte auch schon wieder ganz tapfer und leckte an ihrem Lutscher, den sie zum Trost bekommen hatte, aber ihre Mutter ließ sich nicht umstimmen: »Das ist wirklich ungeheuerlich!«, rief sie immer noch außer sich. Sie hatte vor Aufregung lauter rote Flecken am Hals bekommen. »Den Köter sollte man einschläfern. Am Ende hat er noch die Tollwut.«

Dann hatte sie ihre Vermieterin, die betreten dreinschauend daneben stand, angesehen und gefährlich leise gedroht: »Das wird ein Nachspiel haben. Unverantwortlich, diese Bestie frei herumlaufen zu lassen!«

Mit diesen Worten hatte sie ihre Tochter nach oben gezerrt und war nach wenigen Minuten mit zwei Koffern, der kleinen Annika und deren Bruder nebst ihrem Mann davongebraust, dem der Auftritt seiner Angetrauten peinlich zu sein schien.

Nun war wieder Ruhe im Haus eingekehrt. Agathe Schön ließ sich im Wohnzimmer in ihren gemütlichen Ohrensessel sinken, nahm den kleinen Übeltäter auf den Schoß und seufzte. »Purzel, Purzel, was machst du nur für Sachen?«

Der kleine Hund spitzte die Ohren und sah sein Frauchen mit treuen Augen an.

»Hast halt viel erlebt, gell?« Sie fing an, seinen Nacken zu kraulen, woraufhin Purzel sich zusammenrollte, seine Schnauze unter seinen Hinterläufen vergrub, die Augen schloss und zufrieden schmatzte.

»Na, das wirst du schon noch lernen, mein Kleiner, dass du jetzt nichts mehr zu befürchten hast«, sagte sie leise. Dann lehnte sie ihren Kopf zurück und schloss ebenfalls die Augen, um nach dem Schrecken ein Nickerchen zu machen.

Agathe Schön rieb sich noch etwas verschlafen die Augen und gähnte herzhaft. Dann fiel ihr Blick auf die große Wanduhr gegenüber, deren letzter Gong zur vollen Stunde gerade verhallte. Vier Uhr nachmittags.

»Ach du liebe Zeit! Schon so spät?«

Purzel sprang von ihrem Schoß und streckte sich, indem er die Vorderbeine auf dem Teppich lang machte, seinen Kopf darauf legte und den Rumpf durchbog.

»Dann werden wir mal was tun, Purzel.«

Sie erhob sich noch ein wenig steif aus ihrem Sessel und blickte an sich hinunter. Ihre Bluse war etwas zerknittert. Sie klopfte sich die Hundehaare von ihrem langen Rock und strich sich die Kleider kurz zurecht.

Anschließend trat sie auf den Flur hinaus und öffnete die Abstellkammer. Sie wollte oben saubermachen und die Betten neu beziehen. Mit dem Staubwedel in der Hand lief sie schnell die Treppe hoch. Manchmal wunderte sie sich selbst darüber, wie körperlich fit sie trotz ihres Alters noch war und dankte ihrem Schöpfer jeden Morgen dafür.

Sie war gerade dabei, die Federdecken am geöffneten Fenster aufzuschütteln, als sie von unten eine fröhliche Stimme rufen hörte:

»Genau wie Frau Holle.«

»Das gibt's ja gar nicht!« Agathe Schön schlug erschrocken ihre Hände vors Gesicht und sah ungläubig hinunter.

»Pia, Kind, was machst du denn hier?«

»Ja, freust du dich denn gar nicht?«, kam es von unten.

»Und ob ich mich freue!«, rief die alte Dame lachend. »Warte, ich komme runter«. Schon war sie verschwunden, um kurz danach aufgeregt in der Eingangstür zu erscheinen.

Pia lief freudestrahlend auf ihre Großtante zu.

»Hallo, Tante Agathe.«

Die beiden Frauen fielen sich in die Arme.

»Pia, so eine Überraschung! Dass ich das noch erleben darf.«

Der alten Dame liefen Tränen der Rührung über ihr runzliges Gesicht und sie gab ihrer Nichte einen dicken Kuss auf die Wange.

»Lass dich anschauen, Kind!« Dabei schob sie Pia leicht von sich und sah sie einen Augenblick lang prüfend an. »Na, schmal bist du, wie immer«, bemerkte sie etwas bedauernd, um sie gleich wieder an sich heranzuziehen. »Ach, lass dich noch mal drücken, Liebes!«

Pia schloss die Augen und lächelte. Es war die richtige Entscheidung gewesen, hierherzukommen!

Tante Agathe war die Schwester ihrer Oma mütterlicherseits, welche ihr selbst nie besonders nah gestanden hatte. Zu ihrer Großtante dagegen hatte sie sich schon immer hingezogen gefühlt und es früher oft bedauert, dass sie sich nur so selten sahen.

»Na, wer bist du denn?« Pia beugte sich zu dem kleinen Hund hinunter, der aufgeregt und schwanzwedelnd an ihr hochgesprungen war und kraulte ihm die Ohren.

»Er heißt Purzel. Wir hatten heute schon eine Menge Aufregung seinetwegen, weil er ein kleines Mädchen gezwickt hat.« Tante Agathe erzählte in wenigen Worten die Geschichte und sagte: »Aber deshalb muss man doch nicht gleich abreisen.«

Pia wiegte den Kopf hin und her, doch sie verkniff sich eine Bemerkung. »Seit wann hast du ihn denn?«, fragte sie stattdessen.

»Zwei Tage nachdem Sissy gestorben war, rief Frau Weber aus dem Tierheim an und erzählte mir, dass der Kleine ganz verdreckt und abgemagert bei ihr abgegeben worden wäre. Das ist jetzt – lass mich mal überlegen – fast vier Jahre her.« Sie stemmte die Hände in die Hüften und sagte mit gespielter Strenge: »Schäm dich! So lange hast du deine arme alte Tante schon nicht mehr besucht.«

Pia schaute schuldbewusst: »Du hast recht, tut mir leid, aber …«

»Ach, was!«, wurde sie lachend unterbrochen, »ich weiß doch, wie das bei euch jungen Leuten ist. Schön, dass du da bist! Aber Kind, warum hast du denn nicht vorher angerufen?«, wollte ihre Großtante nun wissen.

»Ähm, das Ganze hat sich eher spontan ergeben«, versuchte Pia zögernd zu erklären.

»Ist denn auch alles in Ordnung bei dir?«, fragte die alte Dame nun etwas besorgt nach und runzelte die Stirn.

Pia wich ihrem Blick aus. »Ja, ja. Alles bestens«, murmelte sie. Sie konnte jetzt noch nicht reden. Schnell wechselte sie das Thema: »Und wie geht es dir, Tante Agathe? Gut siehst du jedenfalls aus!«

»Du weißt ja, Kind, Unkraut vergeht nicht!«, rief Agathe lachend. »Nein, im Ernst, dem Herrn sei Dank, der mich mit solch guter Gesundheit beschenkt hat.«

Pia betrachtete ihre Großtante lächelnd. Ja, ja, sie und ihr Herr...

Manchmal beneidete sie ihre Tante um deren unerschütterlichen, in ihren Augen kindlichen Glauben, den Pia selbst mit ungefähr 13 Jahren bewusst abgelegt hatte.

»Jetzt komm erst mal rein.« Tante Agathe legte einen Arm um Pias Schultern, während sie zusammen die wenigen Schritte bis zum Haus gingen.

Pia hatte sich ihre Reisetasche umgehängt, die sie zu Hause hastig gepackt hatte. War das überhaupt noch ihr Zuhause? Sie wollte jetzt nicht darüber nachdenken.

»Du bleibst also ein paar Tage, ja?«, fragte Tante Agathe mit erwartungsvollem Blick auf ihr Gepäck.

»Ja, wenn du nichts dagegen hast.«

»Soll das ein Witz sein? Ich freue mich riesig!«

Sie strahlte Pia mit ihren wachen Augen an, die sie für einen Moment lang wieder jung wirken ließen. »Du hast bestimmt Hunger. Ich werde uns ein paar Waffeln backen, und dann können wir uns in aller Ruhe unterhalten«, sagte sie.

»Mir läuft schon das Wasser im Mund zusammen«, sagte Pia lachend.

Sie hatte schon seit Stunden nichts mehr gegessen. Bei dem Gedanken an duftende Waffeln und den Kakao, den es früher immer in der gemütlichen Wohnküche dazu gegeben hatte, fühlte sie sich gleich in glückliche Kindertage zurückversetzt.

Bevor sie hinter Purzel die Eingangstreppe hochging, blieb sie einen Moment lang stehen und wandte sich noch einmal um.

Hier ist alles wie früher, dachte sie etwas wehmütig, während sie ihren Blick über den Hof schweifen ließ. Die Tür zum Schuppen neben dem Kelterhaus war nur angelehnt. Bestimmt stand der alte Pferdewagen noch an seinem Platz, obwohl es hier schon seit vielen Jahren keine Pferde mehr gab.

Davor hatte ihre Tante, offensichtlich mal wieder sehr in Eile, ihren klapprigen, weißen VW-Käfer abgestellt, mit dem sie schon seit Jahren durch die Gegend tuckerte.

Den gut gemeinten Rat, sie solle doch in ihrem Alter nicht mehr selbst fahren, hatte sie immer mit einer energischen Handbewegung vom Tisch gewischt. »Ich fahre besser als manch einer von diesen jungen Verkehrsrowdies, die einen von der Straße fegen wollen«, pflegte sie dann stets zu antworten.

»Pia, kommst du?«

Tante Agathe streckte ihren Kopf zur Tür heraus und wedelte mit dem Schneebesen in ihrer Hand.

»Bin schon unterwegs, Tantchen.«

Mit beschwingtem Schritt wollte Pia zwei Stufen auf einmal nehmen, als sich plötzlich ihr lädierter Oberschenkel schmerzhaft ins Bewusstsein drängte. Pia biss sich tapfer auf die Lippen und stöhnte leise.

Langsam ging sie über die Türschwelle und sah sich kurz im Wohnzimmer um, das sich auf der linken Seite des Flurs befand. Alte, mittlerweile antike Möbel und das museumsreife Harmonium standen schon seit Jahren am selben Platz und versetzten den Besucher in eine längst vergangene Zeit.

»Du, ich bringe erst kurz meine Sachen nach oben, ja?«, rief sie ihrer Tante in der Küche zu.

»Ist gut. Du kannst das linke Zimmer nehmen, das ist schon fertig.«

Um ihre Hüfte zu entlasten, zog Pia sich mit einer Hand am Geländer hoch, während die dunkle Holztreppe unter ihr bei jedem ihrer Schritte knarrte. Sie betrat das kleine, zweckmäßig eingerichtete Zimmer, ließ die

Reisetasche fallen und sich auf die weiche Matratze des breiten Ehebetts sinken. Sie starrte an die Decke.

Was Daniel jetzt wohl gerade machte? Ob er ihr Verschwinden schon bemerkt hatte? Heute Morgen war er bereits weg gewesen, als sie das Haus verlassen hatte.

Bevor Pia zum Flughafen gefahren war, hatte sie Meike kurz darüber informiert, dass sie die nächsten zwei Wochen nicht kommen würde. Nachdem sie etwas von einem familiären Notfall erwähnt hatte, wegen dem sie dringend nach Deutschland müsste, hatte Meike dann doch noch so etwas wie Verständnis gezeigt.

Pia fing wieder an zu grübeln. Hätte sie bleiben und noch einmal mit Daniel reden sollen? Vielleicht hatte er seine Meinung ja inzwischen geändert und bereute, was er gestern Abend gesagt hatte.

»Ach Pia, mach dir nichts vor«, schalt sie sich selbst. »Er hat sich nun wirklich unmissverständlich ausgedrückt: Entweder er oder das Kind.« Nein, es war tatsächlich aus und vorbei.

Ihre Augen füllten sich mit Tränen. Denselben Fehler würde sie nicht noch einmal machen! Wie zum Versprechen legte sie schützend beide Hände auf ihren Bauch.

»Mmmh, das riecht ja gut!« Pia betrat Tante Agathes heimelige Küche und ließ sich seufzend auf einen der vier Stühle sinken.

»Sag mal, humpelst du etwa?« Die alte Dame sah sie besorgt an.

Pia versuchte möglichst belanglos zu klingen, als sie antwortete:

»Ich hatte gestern einen kleinen Unfall mit dem Fahrrad. Nichts Tragisches.«

Als ihre Tante sie skeptisch prüfend von der Seite musterte, fügte sie erklärend hinzu:

»Zur Sicherheit war ich noch im Krankenhaus. Aber die Ärzte dort haben Entwarnung gegeben.« Sie deutete auf ihren Oberschenkel. »Das hier tut noch ziemlich weh. Vielleicht kannst du es dir nachher mal ansehen und mit deinem berühmten Franzbranntwein betupfen. Oder in dem Fall doch lieber mit dem Quetschöl? Eins davon hilft ja bekanntlich immer, gell?«

»Mach dich nur lustig über mich, junge Dame! Beides hat mir schon gute Dienste erwiesen«, bekam sie leicht beleidigt zur Antwort.

»Weiß ich doch, war nicht so gemeint«, lenkte Pia schnell ein und musste innerlich schmunzeln. Manchmal war ihr Tantchen etwas schrullig. Auf ihre Allheilmittel ließ sie einfach nichts kommen.

Während Tante Agathe mit dem Rührgerät die Sahne schlug, trank Pia genüsslich den warmen Kakao, den ihr die alte Dame zuvor ungefragt in einer fein geschwungenen Porzellantasse hingestellt hatte. Purzel legte seinen Kopf auf ihren Schoß und bettelte um Zuwendung.

»Ja, ich weiß, du bist auch noch da, du kleiner Reißer!«, neckte sie ihn. »Na, komm her, mein Süßer!« Lachend streichelte sie seinen Kopf und tätschelte seine Seite.

Pia war im Umgang mit Hunden geübt. Sie hatten zu Hause selbst lange Jahre einen gehabt, und Edvina war wie ein Familienmitglied für sie gewesen. Eigentlich hatte die Hundedame mit vollem Namen Edvina von Faunburg geheißen und war ein elf Wochen alter, reinrassiger Dobermann gewesen, den ihre Eltern bei einem Züchter gekauft hatten, als Pia neun war. Mit seinen hängenden Schlappohren, die nicht wie üblich kupiert worden waren, war er anfangs von den Nachbarn eher für einen Dackel gehalten worden. Nur seine großen Pfoten hatten erahnen lassen, was mal aus ihm werden würde. Edvina sollte das große Grundstück der Laubensteins bewachen. Dass sich hinter dem lauten Gebell aber ein absoluter Familienhund verbarg, der bei Gewitter vor Angst winselnd in den Keller lief, hatten potentielle Einbrecher glücklicherweise nicht ahnen können.

»Jetzt erzähl mal, Kind, wie ist es dir ergangen so fern der Heimat?«, fragte Tante Agathe und schob sich ein weiteres Stück Waffel mit Sahne und eingelegten Schattenmorellen in den Mund. Ohne Pia Gelegenheit zum Antworten zu geben, fuhr sie kauend fort: »Anfangs hat deine Mutter mich hin und wieder noch auf den neuesten Stand der Dinge gebracht, aber in letzter Zeit haben wir uns kaum gesehen oder telefoniert. Hast du denn deine Arbeit in diesem feinen Hotel noch? Ja?«

Pia nickte.

»Und was ist mit diesem Mann, den du dort kennengelernt hast – meine Güte, das sind jetzt bestimmt auch schon zwei Jahre her – David heißt er, oder?«

Sie hielt kurz inne und sah ihre Nichte besorgt an, die plötzlich ganz bleich geworden war.

»Daniel heißt er und es sind drei«, konnte Pia gerade noch hervorpressen, bevor sie, die linke Hand vor den Mund haltend, von ihrem Stuhl aufsprang und zur Toilette rannte, um sich zu übergeben.

»Alles in Ordnung, Liebes?«

Tante Agathe stand in der geöffneten Küchentür und wartete besorgt auf eine Antwort ihrer Nichte. Sie hörte die Toilettenspülung, dann das Ablaufen von Wasser im Waschbecken.

»Brauchst du etwas, Kind?«

»Nein, geht schon«, versuchte Pia möglichst harmlos zu klingen.

Sie betrachtete sich im Spiegel. Elend sah sie aus. Noch einmal benetzte sie Stirn und Wangen mit eiskaltem Wasser, um sich dann ziemlich heftig mit dem harten, rosa Gästehandtuch trocken zu rubbeln. »Ja, Tante Agathe hält nichts von Weichspülern«, schoss es ihr seltsamerweise durch den Kopf.

Zögernd und mit hängenden Schultern schlich sie um die Ecke und warf der alten Dame einen unsicheren, flüchtigen Blick zu, um gleich darauf wieder auf den Fußboden zu starren.

Agathe entging ihr leichenblasses Gesicht nicht, das an einigen Stellen gerötet war. Unschlüssig stand sie da und betrachtete Pias verzweifelt wirkende, zierliche Gestalt. Sie wollte sie nicht drängen.

Pia hatte die Hände in den Hosentaschen ihrer Jeans vergraben. Sie atmete tief ein und wollte zu sprechen anfangen. Wie sollte sie nur beginnen? Es war alles noch so frisch, so unfassbar, so irreal. Sie hielt die Luft kurz an und seufzte.

Kraftlos ließ sie sich auf die Stufen der alten Treppe neben der Küche sinken. Sie stützte ihre Ellbogen auf die Knie, legte gleichzeitig ihre Handflächen aneinander und schloss die Augen.

Tante Agathe setzte sich vorsichtig neben sie und strich ihr mit ihrer warmen, runzligen Hand über den Rücken. »So schlimm?«, fragte sie teilnahmsvoll.

Pia nickte und schluchzte laut auf. »Ach Tante, es ist alles ganz anders.« Agathe nahm sie fest in den Arm, und Pia ließ ihren Tränen freien Lauf.

Als sie sich nach einer Weile etwas beruhigt hatte, fuhr ihr die alte Dame liebevoll über den Kopf. »Was hältst du davon, wenn wir ein wenig spazieren gehen?«

Pia lächelte zaghaft und nickte. Der Gedanke an die Weinberge hellte ihre gedrückte Stimmung etwas auf.

Wie oft war sie früher beim Durchstreifen der Wege innerlich zur Ruhe gekommen. Unzählige Weinstöcke zogen sich scheinbar endlos lang und wohlgeordnet Reihe für Reihe den Berg hinauf. Man konnte im Gehen immer nur genau zwischen zweien entlang schauen und wusste dabei doch genau, dass sich gleich dahinter der nächste Rebentunnel ohne Begrenzung zum Himmel auftun würde. Wendete man sich dagegen nach einem guten Stück um ins Tal, war die Perspektive eine völlig andere.

Sie mochte diese Kombination von verlässlicher Monotonie, von Ordnung und Überschaubarkeit im Kleinen einerseits und das Gefühl andererseits, den großen Überblick zu haben, Herr der Dinge zu sein und mit Abstand über der Sache zu stehen.

Die beiden Frauen erhoben sich und machten sich auf den Weg. Nachdem sie einige Minuten schweigend nebeneinander hergelaufen waren, begann Pia zu erzählen. Sie wurde nur selten von ihrer Tante unterbrochen, und mit jedem Schritt, den sie tat, wich die erdrückende Schwere, die sie gerade noch gespürt hatte, mehr und mehr von ihr.

4

Es war Samstag und Daniel war dankbar, dass er einfach weg konnte. Einfach weg. Zur Ruhe kommen. Weg von den erdrückenden Problemen, von denen er vor zwei Tagen noch gar nichts geahnt hatte. Weg von Pia, die ihm plötzlich so fremd geworden war, als sie versucht hatte, ihn unter Druck zu setzen.

Nach einer ziemlich schlaflosen Nacht auf der Couch hatte er sich heute Morgen ganz früh auf sein Fahrrad geschwungen und war mit Proviant und Ausrüstung für zwei Tage im Rucksack, immer noch sehr aufgewühlt, nach Port de Sóller aufgebrochen, um von dort aus mit dem Bus in die Berge Richtung Lluc zu fahren.

Für einen Moment hatte er sich in der Garage gewundert, dass Pias Fahrrad nicht wie sonst in der Halterung an der Wand neben seinem hing, wo er doch eigentlich sicher war, dass sie das Haus nicht verlassen hatte. Vielleicht waren irgendwelche Reparaturen nötig geworden und sie hatte es in die Werkstatt gebracht. Eigentlich fiel so etwas sonst eher in seinen Aufgabenbereich. Egal. Er hatte den Gedanken daran schnell beiseitegeschoben und das weiße Garagentor hinter sich geschlossen.

Am Hafen von Sóller stieg er in den Bus, der ihn zum Santuari de Lluc bringen sollte. Die im 13. Jahrhundert erstmals erbaute Klosteranlage von Lluc befand sich weiter im Norden des Gebirges Serra de Tramuntana und war nach etlichen Zerstörungen ab dem 17. Jahrhundert umgebaut und vergrößert worden. Heutzutage war sie ein beliebtes Ausflugsziel für Touristen wie Einheimische gleichermaßen, das sich insbesondere im Sommer wegen seiner hohen Lage und den nicht ganz so heißen Temperaturen anbot.

Für Daniel hingegen markierte das Kloster an diesem Tag in erster Linie den Ausgangspunkt seiner spontanen Wochenendwanderung. Jetzt im Juni ging die Wandersaison auf der Insel langsam aber sicher zu Ende und er wusste, dass dies vermutlich die letzte Gelegenheit bis zum Herbst sein würde.

Unterwegs bat er den Busfahrer, ihn schon ein wenig früher rauszulassen, weil es ihn in den Beinen kribbelte. Oben wollte er frühstücken, doch er verspürte den inneren Drang, sich vorher unbedingt bewegen zu müssen.

Kaum war er aus dem Bus gesprungen, verwandelte sich das ohnmächtige Gefühl der Enttäuschung und Ausweglosigkeit, das ihn seit gestern Abend fast ununterbrochen plagte, in Wut, sodass er ohne es zu merken, immer schneller lief. Der letzte Anstieg bis zum Kloster kostete ihn deshalb mehr Kraft und Schweiß als gewöhnlich, aber das war genau das, was er gerade brauchte.

Er bemerkte, dass der riesige Parkplatz noch recht leer war, doch er würde sich schon bald mit zahlreichen Bussen und Pkws füllen. Eine ganze Reihe von Besuchern kam vor allem wegen der Klosterkirche und der berühmten, schwarzen Madonnenstatue »Sa Morenata« – die Dunkelhäutige.

Als Daniel vor Jahren das erste Mal hier gewesen war, war ihm aufgefallen, wie viele Mallorquiner mit ihren Familien durch den hübschen Innenhof zu dem dunklen Gotteshaus gingen, das einer Basilika ähnelte. Sie waren leicht erkennbar und unterschieden sich von den deutschen und englischen Touristen nicht nur durch ihre typisch südländischen Gesichtszüge, sondern auch in ihrer Kleidung. Statt Shorts und T-Shirt trugen die Männer ganz selbstverständlich Anzüge oder zumindest Hemd und Stoffhose und in jedem Fall geschlossene Schuhe. Ihre Frauen waren sorgfältig frisiert und zurechtgemacht, trugen Goldschmuck und meist Röcke statt Hosen.

Doch ob Einheimische oder Touristen, die meisten legten Wert darauf, beim Verlassen der Wallfahrtskirche eine Kerze für einen geliebten Menschen oder ein Herzensanliegen anzuzünden und in das brennende Lichtermeer einzureihen, das linker Hand der schweren Eisentür beständig flackerte.

Daniel passierte die Toreinfahrt und durchquerte den lang gestreckten, großzügigen Vorplatz, der zum eigentlichen Eingang des Klosters führte. Er ließ seinen Blick über den Gebäudekomplex schweifen.

Im Hauptteil befand sich ein Museum mit Informationen zur Geschichte Llucs sowie zu zahlreichen archäologischen Funden der Insel und eine bunte Gemäldesammlung. Daneben gab es, etwas versteckt, einen botanischen Garten und schräg dahinter einen Hügel, dessen Besteigung mithilfe vieler flacher Treppenstufen in einer Viertelstunde gut machbar war. Vom Kalvarienberg aus hatte man einen schönen Überblick über die Klosteranlage und eine lohnende Aussicht über die verschiedenen Täler ringsum.

Viele Wanderer und Tagesausflügler nutzten außerdem gern die Möglichkeit, im Seitenflügel des Klosters zu übernachten, auch wenn die Preise für die bescheidene Unterkunft nicht mehr ganz so billig waren wie ein paar Jahre zuvor. Daniel hielt davon nichts und war lieber mit seinem Zelt unterwegs.

Nach der kleinen Anstrengung vor dem Frühstück saß er nun schon wieder einigermaßen erholt und innerlich aufgeräumt im Café des Klosters, in dem er immer gern verweilte, bevor er sich zu der Tour zum Cuber-Stausee aufmachte, die durch verwitterte Kalksteinfelsen und Steineichenwälder führte. Sein letzter Ausflug war, zugegebenermaßen, schon eine ganze Weile her. Zu viele Termine.

Er beschloss, sich die Wanderung auf zwei Tage aufzuteilen und an der Quelle »Font des Prats« zu übernachten, sodass er genügend Zeit hatte, noch einen weiteren Café Americano und einen Teller mit herrlich duftenden Ensaimadas zu genießen.

Dieses unwiderstehlich leichte, mit Puderzucker bestreute Hefegebäck, das jedoch dank des darin verarbeiteten Schweineschmalzes einen sehr hohen Fettgehalt und massenhaft Kalorien besaß, gönnte er sich nur hin und wieder. Trotz der mittlerweile sechs Jahre, die er auf der Insel lebte, hatte er die Frühstücksgepflogenheiten der meisten Mallorquiner nicht in seinen Alltag integriert. Für die erste Mahlzeit des Tages war er seiner Heimat durch die nahe gelegene deutsche Bäckerei mit ihren traditionellen Brotspezialitäten doch sehr verbunden.

Daniel wischte sich mit einer Serviette die Krümel vom Mund und spülte mit schwarzem Kaffee nach. Dann lehnte er sich mit hinter dem Kopf gefalteten Händen zurück, während er die Beine weit von sich streckte und begann, die anderen Gäste des kleinen Lokals zu betrachten.

Manche waren ebenfalls alleine gekommen, waren in ihre Zeitung versunken oder hatten das Alleinsein in der Nähe anderer Menschen gesucht, wie er.

Einer sorgfältig zurechtgemachten Frau mittleren Alters, die direkt neben der Eingangstür in einer Ecke saß, war das Fehlen einer Begleitung dagegen spürbar unangenehm. Wahrscheinlich war sie noch nicht oft allein verreist und hatte sich lange überlegt, ob sie es tatsächlich wagen sollte, sich ohne die Sicherheit eines Gegenübers an einen Tisch zu setzen. Insgeheim hatte sie vielleicht dennoch gehofft, hier von einem gepflegten älteren Herrn angesprochen zu werden oder sonst irgendeine Bekanntschaft zu machen. Nun studierte sie zum wiederholten Male die sehr übersichtliche Speisekarte, sah von Zeit zu Zeit immer wieder unsicher nach oben, um plötzlich ihren Kopf in eine Richtung zu wenden und zu prüfen, ob sie mitleidig beobachtet wurde. Außer von Daniel und der Bedienung, die ihr gerade ihren Café con leche gebracht hatte, schien sie jedoch von niemandem wahrgenommen zu werden.

Pia war Meisterin darin, in solch einer Umgebung Menschen aufmerksam zu beobachten und sich eine passende detaillierte Geschichte zu ihnen auszudenken, die sie Daniel dann leise flüsternd ausführte. Manchmal äußerte er zum Spaß nicht ganz so leise einen Einwand bezüglich einer vermeintlichen Unstimmigkeit, woraufhin er sich ihrer gespielt strengen Zurechtweisung sicher sein konnte. Wenn die betreffende Person sich dann auch noch irritiert nach ihnen umwandte, steckten sie die Köpfe zusammen und Pia kicherte ertappt wie ein Teenager. Daniel musste unwillkürlich schmunzeln.

Sein Blick blieb bei einem älteren Paar hängen, das sich vor einer Weile schon in der Nähe des großen Rundbogenfensters niedergelassen hatte. Beide trugen den typisch deutschen beigefarbenen Partnerlook, was jedoch die einzige Gemeinsamkeit zu sein schien. Nach wahrscheinlich einigen Jahrzehnten gemeinsamer Ehejahre hatten sie sich offenbar nicht mehr viel zu sagen. Sie blickten etwas gelangweilt und nicht sehr entspannt immer wieder in verschiedene Richtungen und rührten ab und zu in ihrem Kaffee, besahen sich die Einrichtung oder trommelten mit gespreizten Fingern leise auf dem Tisch.

Daniel fühlte sich unwillkürlich an seine Eltern erinnert. Hauptsache, um jeden Preis zusammenbleiben. Trennung ausgeschlossen, egal wie unerträglich es war. Nebeneinanderher leben. Sich und seine Wünsche und Bedürfnisse schon lange aufgegeben haben. Die Fassade aufrechterhalten, bis zum bitteren Ende.

Ob seine Eltern sich jemals geliebt hatten? Daniel merkte, dass er sich diese eigentlich naheliegende Frage noch niemals ernsthaft gestellt hatte. Er hatte den steifen und eingefahrenen Umgang der beiden über Jahre miterlebt und Gedanken in diese Richtung verboten sich quasi von selbst. Hatten sie nur irgendwann damit aufgehört, sich füreinander zu interessieren? Was war geschehen? Er wollte jedenfalls nie so enden.

Mit Pia war das anders – *gewesen*, ergänzte er in Gedanken. Sie hatten sich immer etwas zu erzählen gewusst, hatten sich nie anstrengen müssen, Themen zum Reden zu finden. Sie konnten miteinander über Belangloses plaudern, über dieselben Dinge lachen und tief gehende Gespräche führen. Gut, oft hatten diese eher etwas Philosophisches denn Persönliches. Aber das war in Ordnung so. Wenn Pia etwas unnahbar wirkte, dann hatte diese Eigenschaft auch etwas Geheimnisvolles, das sie unergründbar und nur noch attraktiver machte. Er hatte sich nie darum bemüht, alles an ihr verstehen zu wollen, denn auch er schätzte es, wenn man ihm nur so dicht auf die Pelle rückte, wie er es von sich aus bereitwillig zuließ.

Daniels gerade noch versonnener Gesichtsausdruck wurde hart und er kniff den Mund zusammen. Tja, in diesem Punkt hatte er sich anscheinend gründlich getäuscht. Ihm so die Pistole auf die Brust zu setzen. Er schüttelte den Kopf. Nein, nicht mit ihm! Er ließ sich nicht unter Druck setzen, auch nicht von der Frau, die er liebte. Ja, ohne Zweifel, er liebte sie, gestand er sich ein. Und eigentlich konnte er sich ein Leben ohne sie nicht mehr vorstellen.

Daniel ertappte sich plötzlich, wie er eine zaghafte Hoffnung in sich aufkeimen spürte, dass noch nicht alles verloren war. Vielleicht war Pia zur Vernunft gekommen, hatte gesehen, dass er es ernst meinte und – abrupt wurde er durch ein leises Summen aus seinen Gedanken gerissen.

»Hallo Daniel, bin in Deutschland. Werde demnächst den Rest meiner Sachen abholen. Gruß Pia.«

Daniel starrte einen Moment lang auf sein Handy und las die SMS noch einmal. Er verzog die Mundwinkel und stieß einen leisen, abfälligen Laut aus. *O.K., so viel also dazu.* Während er sich noch zu Illusionen hatte hinreißen lassen, war Pia längst dabei, Nägel mit Köpfen zu machen. *Auch gut.* Ganz bestimmt würde er ihr nicht hinterherlaufen!

Er schaltete sein Handy aus, verstaute es in der Gürteltasche und trank den Rest seines gerade noch lauwarmen Kaffees in einem Zug aus. Dann griff er nach seinem Trekkingrucksack und ging zum Tresen.

«Y quisiera un bocadillo con jamón para llevar porfavor.«

Daniel wartete, bis man ihm das mit rohem Schinken belegte Baguette für unterwegs eingepackt hatte und zahlte.

Erika Linde ließ die Erinnerung an die junge Frau keine Ruhe. Sie überlegte hin und her, wie sie Kontakt mit ihr aufnehmen konnte. Sie wollte sich nur vergewissern, dass es ihr gut ging. Das arme Ding hatte so verzweifelt gewirkt. Und der Grund dafür war mit Sicherheit nicht nur der Unfall gewesen.

»Erika, Erika, ich sehe es dir an. Bevor du das Mädchen nicht ausfindig gemacht hast, gibst du keine Ruhe«, wurde sie in ihren Gedanken unterbrochen, »pass bloß auf, dass du in der Zwischenzeit keine Löcher in den Boden schrubbst!«, neckte Jakob sie lachend.

Schon den ganzen Nachmittag wuselte seine Frau in dem gemütlichen Häuschen in Esporles herum und wienerte zum wiederholten Male die Ecken in Küche und Bad. Zwar hatten diese in den letzten Monaten bestimmt keinen Putzlappen gesehen, bedurften jedoch keiner so intensiven Bearbeitung, wie sie sie innerhalb der letzten Stunden erfahren hatten.

»Ach Jakob!« Noch mit dem Lappen in der Hand ließ sich Erika auf das verblichene blaue Sofa sinken. »Wir müssen doch etwas tun. Wer weiß, wie es ihr geht«, äußerte sie ihre Besorgnis und runzelte die Stirn.

»Wie wär's, wenn du in der Klinik nach ihrer Adresse fragst?«, schlug ihr Mann vor.

Erika schüttelte resignierend den Kopf.

»Meinst du, da bin ich nicht draufgekommen? Aber die dürfen solche Daten nicht herausgeben. Wir sind noch nicht mal nahe Angehörige oder so was.«

»Erika Linde, jetzt bin ich aber wirklich enttäuscht von dir. Als hätten dich solch banale Widerstände jemals von einer Sache abgehalten, die dir wichtig gewesen ist!«, schalt er sie mit gespieltem Ernst.

Seine Frau sah ihn einen Moment lang überrascht und fragend an.

»Du meinst, ich soll etwa … na ja, in dem Fall wäre es ja für eine gute Sache und nicht wirklich verwerflich.«

Schon war sie aufgesprungen, hatte ihren Lappen in die Spüle geworfen und war unterwegs in den Flur, um das Telefonbuch zu holen. Sie tauchte wieder in der Tür auf, drückte ihrem Mann einen dicken Kuss auf die Wange, bedachte ihn mit einem »Wenn ich dich nicht hätte!« und begann, die dünnen Seiten nach der Telefonnummer des Krankenhauses zu durchsuchen, während Jakob schmunzelnd neben ihr Platz nahm, die Hände vor seinem Bauch faltete und sich gemütlich zurücklehnte.

Erika hat sich nicht verändert, dachte er bei sich, *seit sie mir als dieses energische, rothaarige und sommersprossige Mädchen mit den zwei Zöpfen aufgefallen war, das ununterbrochen von einem Schwarm ebenfalls bezopfter Altersgenossinnen wie eine Bienenkönigin umringt war.* Das war schon eine Ewigkeit her. Jakob hatte Erika vor 48 Jahren geheiratet. Sie waren damals beide geprägt gewesen von einer frühen Kindheit in den Bunkern des Zweiten Weltkrieges und christlichen Zeltlagern in den Jahren des Wiederaufbaus. Auf einem solchen hatten sie sich auch kennengelernt.

Jakob musste schmunzeln. *Sie war bei Weitem nicht die Hübscheste dieses ständig plappernden und kichernden kleinen Völkchens gewesen, aber sie hatte etwas an sich gehabt, das viele in ihren Bann zog und mich fasziniert hat. Das hat sich bis heute nicht geändert.* Er war Gott noch immer dankbar, dass Erika damals diesen schüchternen, jungen Jakob in ihr Herz geschlossen hatte.

Anschrift und Telefonnummer der jungen Frau herauszubekommen war erstaunlicherweise keine große Sache. Erika musste noch nicht einmal vage Verwandtschaftsverhältnisse andeuten, um die gewünschten Informationen zu kriegen. Die nette Dame am Telefon sprach zu ihrer Erleichterung sehr gut deutsch und erteilte ihr bereitwillig Auskunft. Insgeheim war Erika froh darüber, nicht die lustlose Krankenschwester vom vorherigen Tag erwischt zu haben.

»Das war einfacher als ich dachte. Da merkt man wieder, dass man im Ausland ist«, sagte sie fröhlich. »Zu Hause wäre das doch undenkbar, oder?«

»Wobei der Datenschutz natürlich auch seine Berechtigung hat«, wandte Jakob bedächtig ein.

»Ja, ja. Du hast ja recht. Aber egal. Ich werde sie gleich mal anrufen«, und damit wählte sie schon Pias Telefonnummer.

»Hm, nur der Anrufbeantworter«, murmelte sie gleich darauf. Sie wartete den kurzen Ansagetext ab und hinterließ eine Nachricht für Pia mit der Bitte, bald zurückzurufen.

5

Pia war nach einem entspannenden Bad mit überbrühtem, frischem Lavendel und einer anschließenden Franzbranntweinbehandlung früh zu Bett gegangen.

Tante Agathe war wirklich ein Schatz. Sie hatte ihr lange und ruhig zugehört, sich den Schrecken über Pias Fahrradunfall in den Bergen kaum anmerken lassen und ihr herzlich und ohne Vorbehalte zur Schwangerschaft gratuliert. Über Daniels Verhalten und die überstürzte Abreise hatte sie kein Wort verloren. Vielmehr hatte sie gleich ihre Hilfe und Unterstützung zugesichert und sie so in ihrer Entscheidung bestärkt.

»Jetzt komm du erst einmal zur Ruhe. Alles Weitere wird sich finden«, hatte sie ihrer Nichte Mut gemacht.

Nun lag Pia müde und einigermaßen bequem in dem weichen Bett, den Kopf auf einem großen Daunenkissen und frei von schweren Gedanken. Das Fenster war gekippt und die Holzläden unverschlossen, sodass sie hin und wieder einen leichten Windhauch spürte. Zwar trug sie nur einen kurzen, luftigen Pyjama, aber Tante Agathes dicke Federdecke war für die sommerlichen Temperaturen eindeutig zu warm.

Pia erwog für einen Moment, die Decke abzuziehen und in den Bettbezug zu schlüpfen, verwarf den Gedanken aber gleich wieder. Das hatte Zeit bis morgen. Für heute war sie einfach zu erledigt. Sie fühlte, wie ihre Augen schwer wurden, drehte sich vorsichtig zur Seite und fiel sofort in einen tiefen, erholsamen Schlaf.

Die folgenden Tage verbrachte Pia mit ausgedehnten Spaziergängen durch die sattgrünen Weinberge, die hier »Wingerte« genannt wurden. Deren Reben trugen nun schon feste, kleine Früchte, die nur noch weiter wachsen und reifen mussten, um in einigen Wochen für den ersten Neuen Wein geerntet zu werden. Bei dem Gedanken an den wohlschmeckenden Traubenmost, den sie früher jeden Herbst zusammen mit vielen Freunden und Zwiebelkuchen genossen hatte, fühlte Pia gleich das charakteristische Bizzeln auf der Zunge und musste unwillkürlich lächeln.

Dieses Jahr versprach für die Winzer kein außergewöhnliches zu werden. Was Pias Lebenssituation anging, sah es dagegen ganz anders aus. Sie war unschlüssig, was sie weiter tun sollte. Am besten würde sie möglichst bald aus der Villa ausziehen und sich nach einer neuen Bleibe umschauen. Eigentlich wollte sie gar nicht daran denken.

Sie hatte sich von Anfang an wohlgefühlt, als sie Daniel das erste Mal in Bella Colina besucht hatte, jenem Örtchen am Fuße der Tramuntana, das »wunderschöner Hügel« bedeutete.

Zwei Jahre zuvor hatte er das Anwesen liebevoll restauriert und es geschafft, den Charakter des aus hellen Natursteinen errichteten Hauses zu erhalten. Sein Geschmack und seine Stilsicherheit hatten sie sehr beeindruckt. Beide hatten schnell festgestellt, dass sie auch in Bezug auf die Gestaltung der Inneneinrichtung ähnliche Vorlieben hatten, und so hatte es dann nur einiger kleiner Veränderungen im Haus bedurft, um es zu ihrem gemeinsamen Heim werden zu lassen, als Pia schließlich bei Daniel einzog. Und die Nachbarn, vorwiegend waschechte Mallorquiner, hatten sie nach anfänglicher Zurückhaltung, die sie allen Fremden gegenüber vorsichtshalber am Anfang an den Tag legten, herzlich in die Dorfgemeinschaft aufgenommen.

Pia gestand sich ein, wie viele angenehme Erinnerungen sie mit der wunderschönen, einsamen Finca verband. Unzählige Sonnenstunden unter Palmen und Olivenbäumen, ob zu zweit oder mit Freunden, angefüllt mit guten Gesprächen bei ebensolchem Essen, Wein und spanischer Musik – lachen, diskutieren und philosophieren, entspannen und immer wieder ankommen.

Sie ärgerte sich über sich selbst, dass sie solchen Gedanken nachhing und sich damit zusätzlich das Herz schwer machte. Aber das Ende war einfach zu plötzlich gekommen, zu unvorhersehbar. Wenn es wenigstens Vorboten gegeben hätte, Anzeichen, die das Aus für ihre Beziehung angekündigt hätten, wenn die Liebe nach und nach so langsam erloschen wäre.

Nicht, dass sich ihre Beziehung mit der Zeit nicht verändert hatte. Sie waren beide realistisch genug, um zu wissen, dass dies der normale Lauf der Dinge war, dass die erste Aufgeregtheit füreinander beständigeren Gefühlen weichen musste. Und dennoch war es ihnen immer wieder gelungen, auch den Zauber der Verliebtheit mit aller Macht aufflammen zu lassen, indem sie romantische Momente nicht einfach dem Zufall überließen.

Fast automatisch und sehr wehmütig musste Pia an die wunderschönen Tage an der Cala Rajada denken, wo sie unbeschwert und scheinbar weit entfernt von der Arbeit den Alltag hinter sich gelassen und sich einfach selbst genügt hatten.

Sie griff nach ihrem Handy, für den Fall, dass Daniel sich in irgendeiner Weise auf ihre kurze Nachricht gemeldet hatte.

Nein, nichts. Mit »Keine Nachrichten« holte das Display sie unbarmherzig in die neue Wirklichkeit zurück. Pia seufzte resignierend und ließ das Telefon wieder in die Tasche gleiten. Sie legte die Hände in ihre Seiten und bog einen Moment lang ihren Rücken durch, um sich zu strecken. Die Sonne stand schon tief und färbte die vereinzelten Wolken am Himmel in ein unwirkliches Rosa. Sie richtete sich wieder auf.

»Komm, Purzel!«, rief sie ihrem Begleiter zu, der ständig einige Meter vorausrannte, dann plötzlich kehrtmachte und sein neues Frauchen einmal umkreiste, um sofort wieder ungestüm und mit großer Begeisterung denselben Weg zurückzulegen.

Jetzt blieb er unvermittelt stehen und spitzte erwartungsvoll die Ohren.

»Na, komm! Tante Agathe wartet bestimmt schon mit dem Abendessen«, lockte sie ihn. Das ließ er sich nicht zweimal sagen, war mit ein paar kurzen Sätzen bei ihr und sprang aufgeregt an ihr hoch. Sie ließ es lachend geschehen.

»Der kleine Racker tut mir einfach gut«, dachte sie. Immer wieder schaffte er es, sie von ihren trüben Gedanken zu befreien.

»Wer zuerst zu Hause ist«, versuchte sie ihn herauszufordern und spurtete augenblicklich los in Richtung Tal. Zwar zeugten unter ihren leichten

Shorts noch große lila und gelbliche Flecken von ihrem Unfall in den Bergen, aber sie konnte, möglicherweise dank des guten, alten Franzbranntweins, fast wieder ohne Einschränkung ihre Beine belasten.

Dennoch hatte sie keine Chance, den ungleichen Wettkampf zu gewinnen. Das kleine Kraftpaket auf vier Pfoten holte sie schon nach wenigen Metern mühelos ein und Pia gab sich geschlagen, ganz außer Puste.

Ihr war aufgefallen, dass sie ohnehin sehr kurzatmig geworden war. »Ein erstes Anzeichen der Frühschwangerschaft, wie es zwangsläufig auch wieder gegen Ende auftaucht«, schoss es ihr unfreiwillig durch den Kopf.

Ihre Schwester Eva hatte sie ständig mit solchen Erklärungen genervt, als sie selbst ihr erstes Kind erwartet hatte. Sie hatte das Bedürfnis gehabt, alle Welt an ihrem Zustand und den damit einhergehenden Befindlichkeiten teilhaben zu lassen.

Ihre Familie, Freunde und Nachbarn schienen sich darüber auch meistens gefreut zu haben, hatten Anteil genommen, wissend genickt, hatten gut gemeinte Ratschläge gegeben oder belustigt über so viel Eifer und Offenherzigkeit geschmunzelt.

Pia dagegen hatte dieses Verhalten und die damit verbundenen Äußerungen als aufdringlich empfunden. Immer seltener war sie bei ihren Eltern aufgetaucht, eigentlich nur, um ihrer Schwester nicht wieder über den Weg zu laufen. Die war nämlich, als sie schwanger war, fast jede freie Minute dort anzutreffen gewesen, nicht ohne einen Arm voller Kataloge mit Umstandskleidung, Kinderwagen, Babyspielzeug, Stubenwiegen, Tragetüchern und Lätzchen, die man beliebig bedrucken lassen konnte, mitgebracht zu haben.

Nach einigen Wochen hatte Pia immer ungeduldiger die Euphorie ihrer Schwester ertragen, die die Gleichgültigkeit und Ablehnung der Älteren scheinbar nicht zu spüren schien. Etwas musste dass Fass dann zum Überlaufen gebracht haben. Jedenfalls hatte Pia sie irgendwann angeschrieen, dass sie es einfach nicht mehr hören könne.

»Erzähl es jemandem, den es interessiert, aber lass mich damit gefälligst in Ruhe!«, hatte sie sie angeherrscht, woraufhin Eva erst einen Moment lang sprachlos und mit offenem Mund vor ihr gestanden hatte. Dann hatte sie sie wütend und verletzt mit hasserfüllten Augen angeblitzt und war weinend aus dem Zimmer gerannt.

Ihre Mutter hatte schon lange gespürt, dass etwas Derartiges in der Luft lag und es hatte ihr oft wehgetan, dass Pia sich nicht mit ihrer jüngeren Schwester freuen konnte. Auch war es ihr nicht entgangen, dass ihre Große deshalb nur noch selten zu Besuch kam, aber sie hatte sich auch keinen Rat gewusst. Zwar hatte sie immer wieder Anstrengungen unternommen, um Pia wieder mehr in die Familie zu integrieren und die Gespräche mit anderen Inhalten zu füllen, aber das war angesichts der Dominanz der Jüngeren schwierig gewesen. Außerdem war sie selbst ganz aufgeregt wegen der bevorstehenden Ankunft des ersten Enkelkinds gewesen.

Sie vermutete, dass Pias Ablehnung damit zusammenhing, dass sie vielleicht nicht ganz freiwillig von eigenen Familienzukunftsplänen weit entfernt war, hatte sie doch seit Jahren keine ernsthafte, feste Beziehung zu einem Mann gehabt. Wahrscheinlich fühlte sie sich von der jüngeren Schwester, die mit 26 geheiratet hatte und ein knappes Jahr später schwanger war, auf diesem Gebiet überholt.

Inge Laubenstein konnte nicht ahnen, wie sehr sie in diesem Punkt irrte. So hatte sie das Verhalten ihrer älteren Tochter nicht billigen wollen und nach deren wütendem Ausbruch verständnislos und ausgesprochen enttäuscht reagiert: »Musste das jetzt sein? Ist es wirklich zu viel verlangt, dass du dich ein bisschen mitfreust?«

Pia hatte sie aus leeren, traurigen Augen angeblickt und sich gewünscht, die Mutter würde sie in den Arm nehmen, festhalten wie ein Kind und sie irgendwann nach dem Schmerz ihrer Seele fragen, wenn sie lange genug geweint hätte.

Stattdessen war ihre Mutter nach kurzem Zögern ihrer Schwester nachgeeilt, um diese zu besänftigen und zu trösten. Pia war an diesem Abend wortlos gegangen und hatte sowohl die Haustür als auch den Weg zu ihrem Herzen für ihre Familie leise hinter sich zugemacht.

Ein paar Tage später hatte sie sich dann mit einer Karte und einem kurzen »Tut mir leid, bitte entschuldige. Pia« bei ihrer Schwester gemeldet. Zu mehr war sie nicht fähig gewesen. Ihre Eltern traf sie von da an nur noch zu besonderen Familienfeierlichkeiten. Als der kleine Tim geboren wurde, ein wirklich putziges Kerlchen mit dem Kopf voller dunkler Locken, war Pia gerade im Flugzeug unterwegs gewesen, um mit ihrer Freundin Annabelle Urlaub auf Mallorca zu machen.

»Tante? Tante Agathe, bist du da?«

Besorgt und mit wenigen, großen Schritten sprang Pia die Treppe zur offenen Haustür hoch. Sofort schlug ihr beißender Qualm aus der Küche entgegen. Schnell durchquerte sie den Flur und warf dabei einen kurzen, prüfenden Blick ins Wohnzimmer.

»Tante Agathe?«, rief sie sichtlich beunruhigt.

Pia kniff die Augen zusammen und hielt instinktiv die Luft an, um den Rauch nicht einzuatmen. Am Herd angekommen, zog sie eine Pfanne mit verkohlten Bratkartoffeln von der Kochstelle und schaltete das Gas ab. Anschließend eilte sie zum Esstisch und riss die Küchenfenster weit auf.

Pia überlegte noch kurz, was mit der rauchenden Pfanne am besten zu tun sei, beschloss aber, erst einmal ihre Tante ausfindig zu machen.

Irgendetwas musste passiert sein. Tante Agathe war zwar schon Mitte achtzig, aber gewiss nicht senil und hatte bestimmt nicht vergessen, dass der Herd noch an war.

Voller Unruhe und mit einem nassen Küchenhandtuch auf Mund und Nase rannte sie nach oben.

»Tante? Wo bist du? Hörst du mich?«, rief sie mit angsterfüllter Stimme, während sie die Zimmertüren aufriss.

»Tante, sag doch bitte was!« In diesem Moment hörte sie den Hund unten bellen.

Mit schnellen Schritten war sie wieder an der Küche angekommen. Das japsende Bellen kam von draußen. Pia lief zur Haustür hinaus und sah sich suchend um. Jetzt entdeckte sie die offen stehende grüne Holztür, die zum Weinkeller führte, und auch dass Purzel dort unten sein musste.

»Tante Agathe?«

»Ja, hier unten, Pia«, vernahm sie nun endlich die gepresste Stimme der alten Dame. »Du musst mir helfen, Kind. Ich schaffe es nicht allein.«

Schon war Pia, begleitet von Purzels vorwurfsvollem Gebell, bei ihr angelangt. Schnell versuchte sie, die Situation einzuschätzen.

Ihre Tante lag seltsam verdreht am Fuß der kalten Steintreppe. Pia bückte sich und fasste sie sachte am Arm.

»Was ist passiert? Hast du Schmerzen?«, fragte sie.

»Ja, aber es geht schon«, erwiderte diese. »Ich komme nur einfach nicht mehr hoch.« Dabei machte sie eine resignierte Handbewegung in Richtung ihrer Beine.

Pia war aufgestanden und lief um Agathe herum. »Komm, wir probieren es mal ganz langsam«, schlug sie vor, während sie sie vorsichtig von hinten an der Schulter und unter ihrem Arm fasste. Tante Agathe versuchte mitzuhelfen, schrie aber vor Schmerzen laut auf, und Purzel fing aufgeregt an zu winseln.

»Nein, so geht das nicht«, stellte Pia fest und half Agathe, sich wieder hinzulegen. Sie dachte kurz nach und zuckte mit den Schultern.

»Es hat keinen Zweck. Ich rufe einen Krankenwagen.«

»Nein, ein Krankenwagen ist nicht nötig«, wollte ihre Tante abwehren, aber Pia unterbrach sie sofort.

»Keine Widerrede! Es hat keinen Sinn, wir schaffen es nicht allein, und du kannst dich keinen Millimeter bewegen, ohne dass du höllische Schmerzen hast.«

Die alte Dame sah ein, dass es zwecklos war, versuchte noch ein zaghaftes »Vielleicht kann ja Dr. Renninger…«, gab sich aber gleich geschlagen, als sie merkte, dass Pia sich auch darauf nicht einließ.

»Was ist denn eigentlich passiert?«, wollte sie wissen. »Hattest du es mal wieder eilig und bist die Treppe runtergefallen, oder was?« *Das musste ja mal so kommen*, dachte sie im Stillen.

Tante Agathe ärgerte sich über den versteckten Vorwurf.

»Ach, Papperlapapp! Die Treppe habe ich gut geschafft. Ich war schon unten, wollte noch ein gutes Tröpfchen für Henriette Wiesenfeld holen. Du weißt schon, sie wird morgen 75«, fügte sie erklärend an.

Pia nickte. Henriette war Agathes Freundin. Sie trafen sich mit zwei weiteren einmal im Monat zum Rommé spielen.

»Nein, die Treppe war nicht das Problem«, betonte Agathe nochmals, »aber auf diesem Korken bin ich dann irgendwie ausgerutscht.« Dabei deutete sie in Richtung des Weinregals, das an der Wand links neben den vier großen, alten Weinfässern stand.

Pia entdeckte ihn und stellte sich vor, wie Tante Agathe wie immer die Treppe heruntergerannt war, um dann von diesem unscheinbaren, kleinen Korken unsanft zu Fall gebracht zu werden.

»Pass auf«, sagte sie und wurde wieder pragmatisch, »ich gehe jetzt nach oben, rufe einen Krankenwagen, und du versuchst möglichst ruhig zu liegen und tief durchzuatmen. Womöglich ist etwas gebrochen. Außerdem müssen wir zusehen, dass dein Kreislauf stabil bleibt. Und mach dir keine Gedanken, ich bin gleich wieder da.« Schon war sie auf dem Weg nach oben.

Purzel wich dagegen nicht von Frauchens Seite.

»Mach Platz, mein Guter!«, lud Agathe ihn ein, noch näher zu kommen, und der Kleine gehorchte bereitwillig ihren Worten.

Da fiel ihr plötzlich noch etwas ein. »Der Herd!«, rief sie ihrer Nichte aufgeregt hinterher. »Hast du den Herd ausgemacht? Ich habe…«

»Keine Sorge!«, antwortete Pia von draußen. »Schon erledigt.«

Agathe seufzte erleichtert auf und ließ sich langsam zurücksinken. Sie versuchte, möglichst entspannt dazuliegen und begann still zu beten.

Ach, Herr Jesus. Wie soll es jetzt weitergehen? – Na, du wirst es schon wissen, oder? Ich bin jedenfalls froh, dass Pia mich gefunden hat, und danke, dass ich mit meinen Bratkartoffeln nicht das ganze Haus abgefackelt habe. Sie musste unwillkürlich schmunzeln und sah dabei fast wieder aus wie ein kleines Mädchen.

Schon hörte sie ihre Nichte wieder die Treppe herunterkommen, die ihr versicherte, dass Hilfe unterwegs wäre und ihr ein Glas Wasser und zwei Decken mitgebracht hatte.

»Du bist ein Schatz!«, sagte Agathe zu ihr, nachdem sie einen Schluck getrunken hatte und sich nun vorsichtig eine Decke als Kopfkissen unterschieben ließ, während die andere schon über ihren Beinen ausgebreitet lag.

Pia ging in die Hocke und setzte sich einen Moment lang zu Agathe. Sie wollte sie wenigstens ein bisschen vorbereiten auf das, was kommen würde.

»Also, Tantchen, mach dir keine Sorgen. Bestimmt kommst du schnell wieder auf die Beine«, sprach sie ihr Mut zu. Dabei fing sie an, den kleinen Vierbeiner neben ihr an den Ohren zu kraulen. »Und bis dahin kümmere ich mich um Purzel und die Katzen.«

»Nun mal langsam Kind!«, protestierte Agathe energisch, »Jetzt warten wir erst mal ab, ob überhaupt was gebrochen ist. Vielleicht bin ich heute Abend schon wieder daheim.«

Es war fast 19 Uhr und Pia war auf medizinischem Gebiet erfahren genug, um zu wissen, was Stürze dieser Art und in diesem Alter anrichten konnten. Doch sie wollte der alten Dame ihre Zuversicht auf eine schnelle Rückkehr nicht rauben, nickte nur und sagte: »Wir werden sehen.«

Sie erklärte, dass es besser wäre, oben zu warten, wo sie den Notarzt in Empfang nehmen konnte und ging wieder nach draußen.

Kurze Zeit später traf der Krankenwagen ein. Nachdem Agathe von einer netten jungen Ärztin kurz untersucht worden war, wurde sie vom Sanitäter und einem Zivildienstleistenden auf eine Trage gebettet und vorsichtig nach oben gebracht. Dann schloss sich die Tür des Notarztwagens und Pia blieb mit Purzel allein zurück, der traurig die Ohren hängen ließ.

Es stellte sich schnell heraus, dass es mit einer baldigen Heimkehr nichts werden sollte. Die Röntgenaufnahmen bestätigten, was Pia schon befürchtet hatte: Ihre Tante hatte sich einen Oberschenkelhalsbruch zugezogen. Gleich am nächsten Morgen würde sie in der nahe gelegenen Neustädter Klinik operiert werden. Dann würden drei Wochen Krankenhaus und drei Wochen Reha folgen.

Pia erhielt die Nachricht noch am selben Abend per Telefon, packte ein paar Sachen zusammen und fuhr direkt ins Krankenhaus, wo sie von ihrer betrübt dreinblickenden Großtante bereits erwartet wurde, die dank der Medikamente zumindest keine Schmerzen hatte.

»Ach, Kind, es ist ein Jammer! Hast du es schon gehört? Die wollen mich aufschneiden und hier behalten.« Die sonst so resolut wirkende alte Dame war mit einem Mal ganz hilflos. Schnell besann sie sich wieder und fragte. »Und was wird denn jetzt mit dir?«

Pia lachte erstaunt auf. »Mit mir? Da mach dir mal keine Gedanken. Ich komme schon alleine klar, und um die Tiere kümmere ich mich selbstverständlich auch«, sagte sie schnell.

Tante Agathe nickte abwesend.

»Ach du meine Güte! Übermorgen wollten doch auch wieder Gäste kommen«, rief sie erschrocken aus. »Denen muss ich natürlich absagen«, begann sie laut zu denken.

»Das findet sich schon«, wiegelte Pia ab. »Jetzt sieh erst mal zu, dass du die Operation morgen gut überstehst, und dann sehen wir weiter.« Sie versuchte möglichst zuversichtlich zu klingen.

Pia verstaute Agathes Kleider im Schrank, fand für Handtücher und Kulturbeutel einen geeigneten Platz im Badezimmer und legte ihrer Tante ein frisches, rosa Nachthemd neben das Kopfkissen.

»Und damit das morgen mit der Operation was werden kann, wird jetzt erst mal geschlafen!«, sagte sie bestimmt.

Die alte Dame war für weitere Einwände ohnehin zu müde und ließ sich widerstandslos beim Umziehen helfen, um bald nachdem Pia sich verabschiedet und alles Gute für den nächsten Tag gewünscht hatte, erschöpft und einigermaßen beruhigt einzuschlafen.

6

Als Pia auf dem Hof ankam, war es bereits Mitternacht und sie wurde von dem verstörten Purzel schon sehnsüchtig erwartet. Er lag nicht wie sonst in seinem Körbchen vor Tante Agathes Schlafzimmer, sondern saß direkt hinter der Haustür in Wachposition, um ja nichts zu verpassen. Als er dann das vertraute Geräusch von Frauchens altem Käfer vernahm, sprang er mit einem Satz auf, setzte sich hin und klopfte so lange mit seinem buschigen Schwanz auf den dicken, roten Teppichläufer, bis Pia endlich die Tür öffnete und vor lauter ungestümer Wiedersehensfreude fast das Gleichgewicht verlor.

»Ist ja gut, mein Süßer«, begrüßte sie ihn, tätschelte seine Seite und kraulte seinen Nacken. »Deinem Frauchen geht es bald wieder gut, aber sie wird erst mal ein Weilchen im Krankenhaus sein«, erklärte sie ihm. »Dort sind nette Leute, die sich um sie kümmern.«

Der kleine Vierbeiner lauschte aufmerksam Pias beruhigenden Worten, als schien er jedes davon zu verstehen.

»Und bis sie wiederkommt, passen wir beide aufeinander auf, in Ordnung?«

Wie zur Bestätigung leckte er ihre Hand, lief die Treppe nach oben und rollte sich auf seinem gewohnten Schlafplatz zusammen, wie Pia an den Geräuschen seines Holzkörbchen erkennen konnte.

Müde zog sie ihre Hausschuhe an, sperrte die Haustür ab und versorgte die beiden Katzen, denen die Ereignisse des Tages egal zu sein schienen. Bald würden sie lautlos durch die Katzenklappe verschwinden, die von der Küche ins unverschlossene Kelterhaus führte, um ihre nächtlichen Streifzüge zu beginnen.

Erleichtert stellte Pia fest, dass von dem stinkenden Qualm, der wenige Stunden zuvor den Raum ausgefüllt hatte, kaum mehr etwas wahrzunehmen war. Das Essigwasser, das sie zur Neutralisierung des Geruchs aufgesetzt hatte, hatte wohl das Übrige getan. Pia schloss die Küchenfenster sowie alle Fensterläden im Erdgeschoss und folgte Purzel nach oben. Der schnarchte schon leise.

Irgendwie ein komisches Gefühl, so fast ganz allein in diesem großen Haus weit draußen, kam es ihr plötzlich in den Sinn. Aber sie war viel zu müde, um weiter darüber nachzudenken. Trotzdem verriegelte sie sorgfältig auch die restlichen Fensterläden, putzte sich kurz die Zähne und ließ sich erschöpft auf ihr weiches Bett fallen.

Sie musste dringend überlegen, wie es weitergehen sollte. Eigentlich hatte sie beabsichtigt, in ein paar Tagen zurückzufliegen, um ihre Sachen aus der Villa zu holen. Außerdem musste sie sich bei ihrer Arbeitsstelle melden. Die zwei Wochen Urlaub, die sie ohne Vorwarnung und ohne Rücksicht auf die Hauptsaison genommen hatte, konnte sie unmöglich verlängern. Sie hatte die Geduld und das Entgegenkommen ihres Chefs und ihrer Kolleginnen schon genug strapaziert. Das war ihr klar. Aber die Zeit war viel zu schnell vergangen – sie hatte bisher noch nicht einmal ihre Familie besucht – und irgendwie zog sie nichts zurück auf ihre Insel im Mittelmeer.

»Egal!«, sagte sie laut und unterbrach ihre Gedanken. »Morgen ist auch noch ein Tag, um mir darüber den Kopf zu zerbrechen.«

Sie knipste die Nachttischlampe aus, strich sich prüfend über den Bauch, dem noch keine Veränderung anzumerken war und schlief fast augenblicklich ein.

Mitten in der Nacht kam sie schweißgebadet und völlig verstört im Bett sitzend zu sich. Tränen liefen ihr über das Gesicht. Sie zog weinend ihre Knie zum Kinn und umfasste mit beiden Händen ihre Knöchel so fest sie konnte.

Da war er wieder. Der gleiche, schreckliche Traum, der sich all die Jahre mit eiskalter Hand in ihren Nacken zu krallen schien, um sie auf schmerzliche Weise daran zu erinnern, was vor langer Zeit geschehen war. Sie hatte geglaubt, er hätte sich lautlos verabschiedet, würde sie endlich in Ruhe lassen. Und nun war er so präsent, als ob er nie weg gewesen wäre.

»Was hätte ich denn tun sollen?«, versuchte sie sich gegen die anklagenden Stimmen in ihrem Inneren zu verteidigen. Sie kannte die Antwort und schluchzte laut auf.

Purzel war wach geworden und bettelte kratzend um Einlass, um sein neues Frauchen zu trösten. Pia öffnete und setzte sich auf den harten Boden vor ihr Bett, nahm den treuen Vierbeiner auf den Schoß und vergrub ihr Gesicht an seinem Hals.

Wann wird das endlich aufhören? Sie dachte an Susanne, ihre ehemals beste Freundin – und an Lars. *Ja, Lars. Ob er seine Entscheidung jemals bereut hat? Vermutlich nicht.* Sie ballte ihre Hände zu Fäusten und ertappte sich bei dem Gedanken, dass sie die Vorstellung befriedigte, dass er dasselbe wie sie durchleben musste. Dass Albträume ihn ganz unvermittelt weckten, ihm Selbstanklagen keine Ruhe ließen und dass sich immer wieder traurige Verzweiflung und Hoffnungslosigkeit in sein Leben schlichen.

Aber selbst das würde nichts ändern. Sie konnte es einfach nicht ungeschehen machen. *Aber ich kann es dieses Mal besser machen. Vielleicht damit auch etwas wiedergutmachen?*

Pia versuchte sich an diesen Gedanken zu klammern, während sie kraftlos in ihr Bett zurückkroch. Sie klopfte mit der Hand einladend auf das Fußende der Matratze.

Der kleine Hund ließ sich nicht lange bitten. Er war mit einem Satz bei ihr im Bett, rollte sich grunzend zusammen und bewachte Pia den Rest der Nacht vor weiteren angstmachenden Träumen.

Als sie am nächsten Morgen erwachte, fühlte sie sich trotz der Erlebnisse in der Nacht doch recht ausgeruht. Ein Blick auf die Uhr zeigte, dass es schon fast elf war, was sie noch mehr erstaunte. Sie konnte sich nicht daran erinnern, jemals so lange geschlafen zu haben.

Normalerweise war Pia eine ausgesprochene Frühaufsteherin, die die Stille des Tagesanbruchs mochte. Schon als Kind hatte sie es genossen, wie ruhig das Haus am Wochenende war, wenn sie sich mit Edvina im Schlepptau nach unten geschlichen hatte, um im Wohnzimmer ein Buch zu lesen, leise Musik zu hören oder für alle den Tisch zu decken.

Pia sprang schnell aus dem Bett, dann unter die Dusche und zog sich ein leichtes, weißes Sommerkleid an, das ihre durch die mallorquinische Sonne gebräunte Haut betonte. Da sie sehr großen Hunger hatte, beeilte sie sich, nach unten in die Küche zu kommen, wo sie sich bald eine große Portion Rühreier mit Speck, Kaffee und Orangensaft schmecken ließ.

Noch einmal kamen ihr die Schrecken der letzten Nacht in den Sinn. Bei Tag betrachtet erschienen ihr ihre heftigen Emotionen überzogen und unangemessen. Schließlich war das alles schon so lange her. Seltsam, welchen Einfluss dies alles noch immer auf sie ausübte.

Aber nun schien die Sonne, sie hatte neue Energie und die Zuversicht, aus dem Krankenhaus positive Nachrichten zu hören, was sich bei einem kurzen Telefonanruf bestätigte.

Tante Agathe war am Morgen ganz früh in der Neustädter Klinik operiert worden und es ging ihr laut Aussage einer Krankenschwester den Umständen entsprechend gut. Sie wache langsam auf und könne ab dem Nachmittag Besuch empfangen.

Pia war erleichtert und beschloss, die Freundinnen der alten Dame über die gestrigen Geschehnisse zu informieren, schon allein des heute stattfindenden Geburtstagsfestes wegen, an dem sie nun nicht dabei sein konnte. Doch zu ihrem Erstaunen hatte es sich schon herumgesprochen, was passiert war.

Königsbach war ein Dorf, und es bestätigte sich wieder einmal, dass in solch einem kleinen Ort nichts unbemerkt geschehen konnte. Die einen schätzten genau das: Nachbarn nahmen am Leben teil, achteten aufeinander und kümmerten sich. Die anderen, und dazu gehörte Pias Mutter, konnten sich den Alltag in solch einer Umgebung nicht vorstellen, in der jeder fast alles über den anderen wusste und zu allem eine Meinung hatte. Nachdem sie ihre Kindheitsjahre in der Enge einer kleinen Dorfgemeinschaft erlebt hatte, empfand Inge Laubenstein die Anonymität, die das Leben in einer größeren Stadt bot, als wohltuend und befreiend.

Ja, ihre Eltern sollte sie natürlich auch über den Sturz der Tante informieren, damit sie sie im Krankenhaus besuchen konnten. Und überhaupt wurde es höchste Zeit, sich bei ihnen zu melden. Sicher würden sie enttäuscht sein, dass ihre Tochter nun schon fast zwei Wochen in Deutschland war, ohne sie davon in Kenntnis zu setzen, aber sie würden es sich vermutlich nicht anmerken lassen und ihr keine Vorwürfe machen. Sie wussten mittlerweile, wie sensibel Pia auf derartige Anmerkungen reagierte und wollten bestimmt nicht riskieren, dass sie sich noch weiter zurückzog.

Pia war nicht stolz auf diese Sonderbehandlung und darauf, dass ihr Verhältnis nicht mehr das engste war, aber sie konnte einfach nicht aus ihrer Haut. Sie würde sie später anrufen. Zuerst musste sie klären, wie es mit ihrer Arbeit im Royal Princess weitergehen konnte.

Am Anfang hatte sie ihr Glück kaum fassen können, als sie die Stelle in dem noblen Hotel ergattert hatte und die Konditionen sich als äußerst fair herausstellten. Sie hatte lange das Gefühl gehabt, den absoluten Traumjob auf einer Trauminsel zu haben. Nicht umsonst galt Mallorca schließlich als der Deutschen liebste Ferieninsel, auf der sich auch internationale Prominenz tummelte und sogar das spanische Königshaus seinen Urlaub verbrachte. Und mit einem vermeintlichen Traummann wie Daniel hatte sie tatsächlich geglaubt, auf der Sonnenseite des Lebens angekommen zu sein.

Tja, zumindest dieser Traum war mittlerweile geplatzt und was die Arbeit anging, wusste Pia nicht mehr wirklich, ob sie noch das war, was sie wollte. In letzter Zeit hatte ihr der Job nicht mehr allzu viel Freude bereitet, nicht die Erfüllung gegeben, die sie sich einmal für ihre Arbeit erhofft hatte.

Wahrscheinlich wäre sie trotzdem noch eine Weile geblieben, wenn ihr Leben auf der Baleareninsel in geordneten Bahnen weiterverlaufen wäre. Aber jetzt und mit entsprechendem räumlichen Abstand stellte sich die Situation ganz anders dar.

Pia hatte die letzten Tage versucht, zur Ruhe zu kommen und ihre Gedanken zu ordnen. Sie hatte überlegt, wie es weitergehen sollte, wenn das Kind da sein würde, wie sie leben und arbeiten sollte und vor allem wo. Bisher hatte sie selbstverständlich vorgehabt zurückzukehren, aber je mehr sie darüber nachdachte, desto weniger waren Mallorca und ihr altes Leben dort momentan eine wirkliche Option.

Aber Deutschland? Wo sollte sie hin? Sie hatte damals viele Zelte hinter sich abgebrochen und kaum Freundschaften aufrechterhalten. Und für immer hier zu bleiben, konnte sie sich auch nicht vorstellen.

Pia lehnte sich auf ihrem Stuhl zurück und starrte gedankenverloren durch das Küchenfenster auf die wenig befahrene Straße vor dem Haus. Resigniert schlug sie die Augen nieder, unglücklich darüber, während der vergangenen Tage so wenige befriedigende Lösungen und Zukunftsperspektiven gefunden zu haben.

»Wie auch immer«, sagte sie sich achselzuckend und versuchte, den Berg offener Fragen innerlich beiseite zu schieben. Sie musste sich ja nicht gleich Gedanken über ihr ganzes weiteres Leben machen. Fürs Erste würde sie hierbleiben, so wie sie es ihrer Tante versprochen hatte und sich um Haus, Hof und die Gäste kümmern. Mit einem Ruck erhob sie sich und begann, den Tisch abzuräumen.

Zumindest wegen ihres Jobs musste Pia sich bald nicht mehr den Kopf zerbrechen.

Als sie andeutete, dass ihr Spontanurlaub vermutlich nicht so bald zu Ende sein würde, platzte ihrem sonst so ausgeglichenen und entgegenkommendem Chef der Kragen und er drohte mit gefährlich leiser Stimme:

»Pia, wenn Sie am Montagmorgen nicht wieder hier sind, brauchen Sie gar nicht mehr zu kommen!«

Sie überlegte einen Moment, ob der Kündigungsschutz für werdende Mütter auch in ihrem Fall galt und sie ein triumphierendes »Sie können mich gar nicht rausschmeißen, ich bin schwanger!«, entgegnen sollte, besann sich jedoch rasch und erklärte stattdessen in ruhigem Tonfall:

»Ich verstehe, dass sie wütend sind. Aber die Umstände erlauben es mir nun mal nicht, so schnell wieder da zu sein.« Bevor er etwas einwerfen konnte, fuhr sie fort: »Deshalb ist es wohl das Beste, wenn ich kündige.«

Für einen Moment herrschte am anderen Ende der Leitung sprachlose Verwunderung über so viel Entschlossenheit. Dann versuchte ihr Chef einzulenken und klang fast väterlich, als er ihr anbot: »Pia, jetzt überstürzen Sie mal nichts. Ich schlage vor, wir telefonieren morgen nochmals und Sie sehen zu, dass …«

»Ich kann wirklich nicht«, unterbrach sie ihn. Ihr Entschluss stand fest. »Sie erhalten meine offizielle Kündigung in den nächsten Tagen. Und glauben Sie mir, ich hatte nicht die Absicht, Sie hängen zu lassen«, sagte sie mit ehrlichem Bedauern und fügte hinzu: »Ich hoffe, Sie finden schnell einen Ersatz für mich.«

Das Gespräch endete dann doch noch recht herzlich. Pias Vorgesetzter bemühte sich um Verständnis für ihren Entschluss und versicherte ihr, wie sehr er ihre Arbeit geschätzt habe. Er wünsche ihr alles Gute und werde ihr selbstverständlich ein hervorragendes Zeugnis ausstellen.

Pia legte erleichtert den Hörer auf und atmete tief durch. Obwohl sie nun ohne festen Job dastand, fühlte sie sich erstaunlicherweise irgendwie befreit.

7

Die beiden weiblichen Gäste, die sich für heute angekündigt hatten, trafen gegen 14 Uhr ein, als Pia gerade damit fertig war, die Zimmer herzurichten. Sie legte gerade ein Schokoladentäfelchen auf das Kopfkissen, da ertönte es fröhlich von unten:

»Grüß Gott, ist jemand zu Hause?«

»Ich komme schon«, rief Pia.

Sie begutachtete mit einem letzten, zufriedenen Blick ihr Werk, strich sich kurz die Haare zurecht und eilte nach unten, wo sie von zwei Damen mittleren Alters erwartet wurde. Purzel war damit beschäftigt, Knie zu beschnuppern und Hände abzuschlecken. Den beiden schien es nichts auszumachen und so ließ Pia ihn gewähren.

»Herzlich willkommen. Schön, dass Sie da sind!«, begrüßte sie die beiden und streckte der Größeren die Hand entgegen. Ihr kräftiger Händedruck erstaunte Pia nicht. Er passte zu ihrer wuchtigen Erscheinung.

»Ich bin Pia Laubenstein, die Nichte von Frau Schön, und werde meine Tante vertreten«, stellte sie sich vor, während sie nun der anderen, sehr viel weiblicher wirkenden Dame die Hand schüttelte.

»Meine Tante hatte leider einen Unfall. Aber keine Angst«, schob sie schnell hinterher, als sie die bestürzten Gesichter bemerkte, »sie liegt zwar mit einem Oberschenkelhalsbruch im Krankenhaus, aber es geht ihr soweit gut.«

Die Kleinere fragte dennoch besorgt nach: »Die Arme, wie ist denn das passiert?«

Pia erzählte die unglückliche Geschichte in wenigen Sätzen und fügte beruhigend hinzu, dass die alte Dame wirklich gut versorgt sei, jedoch leider die nächsten Wochen erst mal in der Klinik verbringen werde, um wieder auf die Beine zu kommen.

Die Größere runzelte die Stirn und verzog die Mundwinkel. »Ja, im wahrsten Sinne des Wortes: auf die Beine kommen. Dann hoffen wir, dass sie bald wieder laufen kann. Schade natürlich, dass wir sie nun gar nicht sehen werden«, sagte sie bedauernd mit ihrer tiefen Stimme. »Sie müssen wissen, wir kommen schon das achte Mal hierher und das nicht zuletzt wegen Ihrer überaus netten und liebenswürdigen Tante«, erklärte sie Pia freundlich, die lächelnd erwiderte:

»Ich weiß, sie ist wirklich ein Schatz. Mir tut es auch leid, aber ich werde mich bemühen, Ihnen den Aufenthalt trotzdem so angenehm wie möglich zu gestalten. Und vielleicht können Sie sie mal im Krankenhaus besuchen.«

»Natürlich, das werden wir gerne tun, wenn ihr das recht ist«, antwortete die Fraulichere. »Ach, entschuldigen Sie, wir haben uns noch gar nicht richtig vorgestellt«, bemerkte sie, »Ich bin Annemarie Rosenstetter, und das ist Hildegard Übeling.«

»Sie kennt unsere Namen doch bereits von der Anmeldung«, wurde sie von Hildegard etwas unwirsch unterbrochen.

»Aber sie kann nicht wissen, wer von uns beiden wer ist. Wir sind bereits seit der Schulzeit miteinander befreundet«, fuhr Annemarie unbeirrt fort. »Na, ja, eigentlich konnten wir uns damals nicht besonders gut leiden. Aber vor einigen Jahren sind wir uns dann zufällig über den Weg gelaufen und haben uns bei einer Tasse Kaffee so nett unterhalten, dass wir den Kontakt nicht wieder abreißen lassen wollten.«

Sie lachte laut auf. »Seitdem besuchen wir uns regelmäßig, und der Urlaub hier in Königsbach hat einen festen Platz in unserer Jahresplanung. Mein Mann sagt immer: ›Da haben sich zwei gefunden.‹ Und er hat nichts dagegen, wenn ich mal ein paar Tage was ohne ihn unternehme. Meistens fährt er dann zum Angeln, ganz allein. Nur er und Rex – unser Hund, wissen Sie? Also, für mich wäre das ja nichts. So ganz allein. Ich bin lieber in Gesellschaft. Stimmt's, Hildegard?«

Hildegard schien der Redeschwall ihrer Freundin etwas peinlich zu sein, aber sie lächelte tapfer und bestätigte: »Stimmt, Annemarie.«

Pia schaute belustigt von einer zur anderen. *Wie ein altes Ehepaar*, dachte sie. Laut sagte sie: »Schön, dann zeige ich Ihnen jetzt Ihre Zimmer.« Dabei machte sie eine einladende Bewegung, ihr nach oben zu folgen, und drehte sich um.

»Sie kennen sich ja wahrscheinlich bestens aus«, bemerkte sie mit einem Blick über die Schulter, während sie voranging.

Frau Rosenstetter und Frau Übeling lachten zustimmend und ließen sich, Purzel immer im Schlepptau, dennoch wie jedes Jahr alles zeigen.

Bevor Pia ins Krankenhaus fahren konnte, musste sie noch die Ankunft des dritten Gastes abwarten. Er würde unter dem Dach wohnen. Ein Musiker – so viel wusste sie von ihrer Tante – der für mehrere Wochen bleiben würde, um an einem Buch zu arbeiten.

Tante Agathe hatte ihm bereitwillig zugesagt, dass er dafür das Klavier im Wohnzimmer benutzen dürfe. Pia fürchtete sich etwas davor und stellte sich schon auf das stundenlange Geklimper eines verschrobenen Eigenbrötlers ein.

Musiker! Das war doch so ein Beruf wie Schauspieler. Meistens handelte es sich dabei um talentfreie, weltfremde Träumer, die hofften, irgendwann ihren Lebensunterhalt durch ihr Hobby bestreiten zu können und nannten sich einfach Künstler. Oder es waren einfach Faulenzer, die wirkliche Arbeit scheuten und sich nach etlichen vergeudeten Jahren an der Uni und mit fortschreitendem Alter mit der Berufsbezeichnung Student allmählich etwas schwertaten. Es fragte sich nur, zu welcher Kategorie Herr – wie hieß er doch gleich – Westermann gehören würde.

»Genug der Vorurteile«, gebot Pia ihren negativen Gedanken Einhalt. Vielleicht war er ja ganz nett, tatsächlich begabt und komponierte nur ruhige Balladen, die die Nerven der anderen Bewohner des alten Pfarrhauses nicht über Gebühr strapazierten. Pia konnte sich nicht helfen, eine gewisse Skepsis blieb.

Sie sah ungeduldig auf die Uhr. Mittlerweile war es schon später Nachmittag. Frau Übeling und Frau Rosenstetter waren von einem ersten Spaziergang durch die Weinberge und in den Ortskern zurückgekehrt, wo sie sich ein Tässchen Kaffee und ein Stück Erdbeerkuchen hatten schmecken lassen. Gerade fanden sie sich im Aufenthaltsraum für die Gäste im Erdgeschoss ein und begannen, eine Runde Karten zu spielen, als Pia klopfte und den Raum betrat.

»Wie sieht es aus, meine Damen: Möchten Sie heute Abend hier essen oder haben Sie andere Pläne?«, fragte sie und stützte sich abwartend mit ihrem rechten Ellbogen auf die Türklinke.

»Wir würden am liebsten zum Essen hierbleiben, wenn Sie darauf eingerichtet sind«, antwortete Frau Rosenstetter mit einem kurzen Blick auf ihre Freundin, die zustimmend brummte. »Wir sind doch schon recht müde«, fügte sie hinzu.

»Gerne. Ist Ihnen 19 Uhr recht? Dann schaffe ich es noch, in Ruhe meine Tante zu besuchen. Nach der Operation habe ich sie noch gar nicht persönlich gesprochen.«

»Aber natürlich. Lassen Sie sich nur Zeit. Auf ein paar Minuten kommt es uns nicht an, oder, Hildegard?«.

Hildegard schüttelte den Kopf. »Nein, nein. Und bestellen Sie ihr schöne Grüße von uns, ja?«

Pia nickte. »Mach ich. Dann bis heute Abend.«

Sie hatte sich schon zum Gehen gewandt, da fiel ihr noch etwas ein. »Ach, und erschrecken Sie sich nicht. Wir bekommen noch einen Gast, der jede Minute eintreffen kann. Ich kann nun nicht länger warten. Sonst wird es zu spät für einen Besuch im Krankenhaus«, erklärte sie. »Ich werde einen Zettel für den Herrn an der Haustür hinterlassen. Die steht ja sowieso offen, sodass er wenigstens schon mal sein Zimmer beziehen kann.«

»Ist gut. Ansonsten kümmern wir uns schon um ihn«, versprach Frau Übeling lachend.

Pia musste ebenfalls schmunzeln, da das mit dem lauten Organ und der imposanten Erscheinung der Dame wie eine Drohung klang.

»Er hat das Zimmer unter dem Dach«, rief sie noch, bevor sie die Tür hinter sich schloss.

Als sie gerade in Tante Agathes guten alten Käfer einsteigen wollte, fuhr ein großer BMW-Kombi auf den Hof.

»Das muss der Herr Musiker sein«, dachte Pia und versuchte einen Blick durch die Fensterscheibe der Fahrerseite zu erhaschen. Der Motor verstummte und sogleich öffnete sich die Tür. Ein Mann, ungefähr Mitte

40, stieg aus und lächelte Pia an. Sein schulterlanges Haar hatte er zu einem Zopf zusammengebunden. Er zögerte kurz und schaute sich um.

»Bin ich hier richtig bei Frau Schön?«, fragte er etwas unsicher.

»Das ist meine Tante.« Pia ging mit langen Schritten auf ihn zu, um ihn zu begrüßen.

»Ach so. Nach unserem Telefonat hatte ich Sie mir nämlich auch deutlich älter vorgestellt.« Er streckte ihr die Hand entgegen. »Gregor Westermann.«

»Freut mich! Pia Laubenstein.«

Er hatte einen angenehmen, festen Händedruck. »Gar nicht wie ein Musiker«, dachte sie.

»Ich vertrete meine Tante. Herzlich willkommen!«

Sie blickte in zwei sehr hellblaue Augen, die sie interessiert ansahen. »Entschuldigung, aber ich bin gerade auf dem Sprung. Ich würde Ihnen schnell Ihr Zimmer zeigen und dann heute Abend alles Weitere besprechen, wenn ihnen das recht ist.«

»Machen Sie sich meinetwegen keinen Stress!«, entgegnete er. »Erledigen Sie, was Sie zu erledigen haben, und ich vertrete mir so lange die Beine. Die Fahrt war länger als gedacht und Hunger habe ich auch. Gibt es hier in der Nähe einen Dönerstand oder so was?«, fragte er.

Pia musste grinsen und schüttelte heftig den Kopf, sodass ihre braunen Locken hin und her wippten.

»Tut mir leid, damit können wir hier nicht dienen. Dafür müssen Sie schon ein paar Ortschaften weiterfahren. Aber im Gasthaus unten im Dorf kriegen Sie schon was Schmackhaftes, so in Richtung gute Hausmannskost«, empfahl sie ihm.

»Na, das hört sich doch nicht schlecht an.«

»Ja, dann …«. Sie zuckte leicht mit den Schultern. »Guten Appetit und bis nachher.« Dabei drehte sie sich um und eilte zum Auto. »Ich muss wirklich los. Und danke für Ihr Verständnis!«

Sie schlug die Wagentür zu, wendete und winkte kurz, als sie an Herrn Westermann vorbeifuhr, der mit in den Hosentaschen vergrabenen Händen dastand und ihr hinterherblickte, bevor auch er sich auf den Weg machte.

»Er hat was von diesem bekannten Geiger, diesem erwachsen gewordenen Wunderkind, der momentan so umjubelt wird und in jeder Talkshow zu Gast ist«, dachte Pia, als sie noch einmal in den Rückspiegel sah. Sie kam nicht auf den Namen.

Gregor Westermann schloss die Tür seines Wagens ab und verließ das Hofgelände zu Fuß. Er schaute die Straße nach unten, wo das Ortsausgangsschild zu sehen war und die Landstraße begann, auf der Pia unterwegs war zu Tante Agathe.

»Sehr attraktiv, die Dame!«, ging es ihm durch den Kopf. Damit hatte er in diesem Kaff nun wirklich nicht gerechnet. Er lächelte versonnen. Eigentlich war er ja nur zum Arbeiten hier, aber sein Aufenthalt versprach sehr interessant zu werden.

Er nahm die entgegengesetzte Richtung und schlenderte pfeifend die Straße entlang bis er das Gasthaus »Zum Adler« erreicht hatte. Dort ließ er sich ein helles Hefeweizen und einen saftigen Schweinebraten schmecken.

8

Tante Agathe machte schon wieder einen fitten Eindruck und war in ein munteres Gespräch mit ihrer etwa halb so alten Zimmernachbarin vertieft, als Pia klopfte und den kleinen Raum auf der Chirurgischen Station des Krankenhauses betrat.

»Pia, Liebes, schön, dass du da bist!«, begrüßte Agathe ihre Nichte erfreut und lud sie ein, Platz zu nehmen. Noch bevor diese sich nach ihrem Befinden erkundigen konnte, fragte die alte Dame schon nach, ob mit den Gästen soweit alles geklappt habe und Pia auch nicht überfordert sei.

»Alles in Ordnung, Tantchen«, beruhigte Pia sie. »Und du hattest recht: Die beiden Damen sind wirklich sehr nett. Ich soll dir schöne Grüße und gute Besserung bestellen.«

»Und der Musiker?«, fragte Agathe weiter.

»Ist gerade angekommen«, antwortete Pia knapp und bedeutete ihr mit einem halb belustigten, halb strengen Blick, die Fragerei einzustellen.

»Jetzt aber zu dir«, sagte sie schnell. »Geht es dir schon so gut, wie du aussiehst?«

»Ja, die Ärzte sagen, für mein Alter hätte ich alles erstaunlich gut überstanden. Natürlich wird es noch eine ganze Weile dauern, aber ich bin guter Dinge, und Schmerzen habe ich dank der Medikamente so gut wie keine.

Du weißt ja, Unkraut vergeht nicht«, sagte Agathe, und etwas nachdenklich fügte sie hinzu: »Gott sei Dank hast du mich rechtzeitig gefunden und es ist nicht mehr passiert.«

»Ja, ein Glück!«, sagte Pia.

»Danke übrigens, dass du meine Freundinnen gleich verständigt hast. Wilhelmine Schöndorf kam direkt vorbei, noch bevor sie zu Henriette auf den Geburtstag gegangen ist. Hast du deinen Eltern auch schon davon erzählt?«, wollte sie wissen.

Pia blickte zu Boden und schüttelte den Kopf.

Tante Agathe sah sie an und fragte leise:

»Meinst du nicht, dass es Zeit wird, sich bei ihnen zu melden? Und ich meine nicht nur meinetwegen.«

»Ja, schon gut«, sagte Pia. »Heute werde ich es wohl nicht mehr hinkriegen. Ich bin abends immer so müde. Auch wenn man noch nichts sieht, der kleine Wurm schafft mich schon ganz schön!«

Agathe Schön nickte.

»Aber morgen rufe ich bei Mama und Papa an«, versicherte Pia etwas halbherzig und schob nach dem skeptischem Blick ihrer Tante ein: »Gleich morgen früh – versprochen!«

Tante Agathe griff nach ihrer Hand, drückte sie und meinte aufmunternd:

»Das wird schon, Liebes.«

Die beiden Frauen unterhielten sich noch ein Weilchen, bis Pia aufbrechen musste, um wie versprochen für das Abendessen zu sorgen.

»Und schone dich, Tantchen, auch wenn du dich gut fühlst!«, ermahnte sie ihre Tante bevor sie ging.

Verwirrt und beunruhigt stand Inge Laubenstein zur selben Zeit im Wohnzimmer ihres Hauses und ließ langsam den Telefonhörer in ihrer Hand sinken. Sie starrte einen Moment aus dem Fenster, um dann die Taste zum Abhören des Anrufbeantworters zu drücken und die Nachricht noch einmal zu hören:

»Hallo Pia, hier ist Daniel«, war Daniels Stimme zu hören.

Den Freund ihrer Tochter hatte sie bisher erst zweimal persönlich gesehen und dann auch nur ganz kurz.

»Ich nehme an, du bist noch bei deinen Eltern. Ruf doch bitte eine gewisse Erika Linde zurück. Sie hat schon zum zweiten Mal eine Nachricht auf dem AB hinterlassen. Du bist in ein paar Tagen zwar vermutlich sowieso zurück, um auszuziehen, aber ich dachte, es sei dringend und kann nicht so lange warten. Mach's gut! Ach so, die Nummer lautet …«

Inge drückte auf das Symbol mit dem roten Hörer, schüttelte ratlos den Kopf und verschränkte die Arme.

Was ist nur passiert?, fragte sie sich besorgt. *Pia soll bei uns sein? Sie hat sich nicht einmal gemeldet. Wahrscheinlich ist sie tatsächlich in Deutschland, wenn Daniel das sagt, bloß wo?* Offensichtlich war etwas Entscheidendes zwischen den beiden vorgefallen. Man zieht doch nicht gleich aus – nach drei Jahren Beziehung!

Pias Mutter biss sich auf die Lippen. Je länger sie darüber nachdachte, umso mehr Sorgen machte sie sich.

Schnell kramte sie in ihrem privaten, schwarzen Telefonbuch und suchte nach Pias und Daniels Nummer auf Mallorca. Eigentlich wusste sie nicht so recht, was sie sagen sollte, aber vielleicht hatte Daniel eine Idee, wo Pia sein konnte.

Ihr fiel beim besten Willen niemand ein, zu dem Pia in Deutschland noch Kontakt haben könnte.

Während sie die Tasten drückte, wurde ihr einmal mehr schmerzlich bewusst, wie wenig sie ihre Tochter kannte. Sie wartete.

»So ein Mist, nur der Anrufbeantworter!« Enttäuscht legte sie auf.

Inge Laubenstein erreichte an diesem Abend niemanden auf der einige hundert Kilometer entfernten Baleareninsel, und so hatte sie im Gegensatz zu ihrem Mann eine mehr oder weniger schlaflose Nacht. Der hatte wie immer recht entspannt und gelassen reagiert und hatte versucht, seine Frau zu beruhigen: »Keine Sorge, die meldet sich schon,« – und lag nun laut schnarchend neben ihr im Bett.

Pia hielt unterwegs beim Bäcker und Metzger an, um ein Roggenbrot und frische Hausmacherwurst einzukaufen.

Wenn Gäste ein Abendessen wünschten, machte ihre Tante in der Regel etwas Einfaches, selten etwas Warmes. Wenn, dann aufgewärmte Reste des Mittagessens, das jedoch nicht mitzubuchen war. So wollte es Pia auch halten und verstaute die Sachen im Kofferraum.

Auf dem Weg von Neustadt nach Königsbach hörte sie ABBA. Tante Agathe hatte erst vor Kurzem einen CD-Player einbauen lassen. Während sie aus vollem Hals »Dancing Queen« mitträllerte, hielt sie plötzlich inne.

»David Garrett!«, sagte sie laut.

So hieß der hübsche Geiger, dessen Name ihr vorhin nicht eingefallen war. Ja, der Musiker hatte eine gewisse Ähnlichkeit mit ihm.

Pia bog ab und nahm die Einfahrt zu Tante Agathes Hof. Sie fuhr langsam über das graue, holprige Kopfsteinpflaster und brachte den alten Käfer vor der Scheune zum Stehen. Es hatte zu regnen begonnen, und so beeilte sie sich, ins Haus zu kommen. Purzel begrüßte sie freudig.

»Ist ja gut, mein Kleiner! Riechst du etwa, dass ich bei deinem Frauchen war oder ist es eher die leckere Hausmacher?«

Schnell richtete sie das Abendessen auf einem Tablett an und brachte es in den Aufenthaltsraum, wo die beiden Damen noch immer ins Kartenspiel vertieft waren und nach einem überraschten Blick auf die Uhr feststellten, dass die Zeit wie im Flug vergangen war.

»Das sieht ja gut aus!«, sagte Frau Übeling.

»Und wie das Brot duftet!« Frau Rosenstetter hob ihre Nase und schnüffelte. »Da kriege ich sofort Hunger!«

Pia freute sich, dass ihre Wahl gefiel. »Nur zu. Lassen Sie es sich schmecken!«.

Schwungvoll drehte sie sich um und lief dem Musiker direkt in die Arme.

»Sachte, sachte!«, rief er lachend. »Sie sind aber stürmisch!«

»Oh, tut mir leid, beinahe hätte ich Sie umgerannt!«, entschuldigte sich Pia.

»Keine Sorge, so schnell wirft mich nichts um«, erwiderte er und sah sie mit unverhohlenem Interesse an. »Da müssen Sie sich schon etwas mehr anstrengen!«

Pia lächelte schief. Sie hatte keine Lust auf weiteres Geplänkel und kam zur Sache: »Dann würde ich Ihnen Ihr Zimmer zeigen. Es ist ganz oben unter dem Dach.«

Gregor Westermann ärgerte sich ein wenig über seine forsche Art. Er flirtete nun mal gern, und die junge Dame gefiel ihm ausgesprochen gut. Aber man musste nicht gleich mit der Tür ins Haus fallen.

Pia war tatsächlich etwas verstimmt. *Was bildet sich der Kerl eigentlich ein, wir kennen uns doch kaum*, fragte sie sich im Stillen. Schnell besann sie sich aber wieder auf ihre neue Rolle als Zimmerwirtin und bemühte sich interessiert zu klingen, als sie wissen wollte: »Und – wie war das Essen?«

»Danke, sehr gut«, antwortete er knapp, während er ihr mit zwei ziemlich zerschlissenen Koffern nach oben folgte.

Bis sie sein Zimmer erreicht hatten, sagten beide nichts mehr. Oben angekommen stieß Pia die Tür auf und trat einen Schritt zurück, um ihn eintreten zu lassen.

»Da wären wir also. Ich hoffe, es gefällt Ihnen.«

Gregor Westermann stellte seine Koffer ab. Er sah sich flüchtig um und nickte. »Ja, sehr schön.«

»Gut, dann wünsche ich Ihnen einen angenehmen Aufenthalt hier«, sagte sie förmlich. »Frühstück gibt es normalerweise zwischen sieben und neun. Ist Ihnen das recht?«

»Ja, natürlich«, antwortete er.

»Möchten Sie Kaffee oder Tee?«

»Ähm, Kaffee bitte.«

»Gut, dann bis morgen.«

Der Musiker sah sie unschlüssig an.

»Ist noch was?«, fragte sie.

»Ähm, kann ich vielleicht – also wenn es Ihnen nichts ausmacht, würde ich mich gern noch ein bisschen an das Klavier setzen«, fragte er.

Da sie nicht gleich antwortete, fuhr er schnell mit einer Erklärung fort: »Ihre Tante meinte, ich könnte vielleicht ab und zu … aber wenn es Ihnen nicht passt …«

»Nein, schon O.K.«, sagte Pia etwas halbherzig.

Eigentlich hätte sie sich am liebsten noch ein Weilchen vor den Fernseher gesetzt und dort ihre Ruhe gehabt, aber sie wollte nicht unhöflich wirken, nachdem sie ihn bei seiner Ankunft schon gleich weggeschickt hatte.

»Das ist sehr nett.« Er lächelte dankbar. »Dann werde ich kurz auspacken und komme anschließend nach unten.«

Pia nickte freundlich und ging zur Treppe.

»Äh, noch eine Sache!«, hielt er sie auf.

Sie drehte sich um und sah ihn an.

»Tut mir leid, wenn ich vorhin etwas plump war«, entschuldigte er sich. »Ich wollte Ihnen nicht zu nahe treten. Bitte verzeihen Sie!«

Pia war überrascht, dass er sein unbedachtes und etwas freches Benehmen von vorhin ansprach. Eigentlich war es keine große Sache gewesen. Sie musste lächeln, als er so zerknirscht vor ihr stand.

»Entschuldigung angenommen«, antwortete sie versöhnlich.

Er wirkte erleichtert und blieb noch einen Moment in der Tür stehen, nachdem sie ihm kurz zugenickt und sich dann auf den Weg nach unten gemacht hatte.

»Idiot!«, schimpfte er sich selbst. »Das hättest du dir echt sparen können.« Aber sie schien nicht nachtragend zu sein.

Er drehte sich um, schloss die Tür hinter sich und nahm eine Dusche. Das Kofferauspacken verschob er auf morgen, fischte sich nur etwas Neues zum Anziehen heraus und erschien eine Viertelstunde später vor Tante Agathes Wohnzimmer, das er nach kurzem Suchen gefunden hatte und mit einem leisen Klopfen betrat.

Pia kam gerade aus der Küche, wo sie schnell selbst einen Happen gegessen hatte. »Gehen Sie nur hinein«, sagte sie und warnte ihn: »Gestimmt ist es aber vermutlich nicht.«

Sie sollte sich täuschen. Das gute Stück hörte sich nicht so grausig an, wie Pia erwartet hatte. In ihrer Erinnerung hatte das alte Klavier stets schief und antik geklungen und damit sehr gut zu Tante Agathes übriger Einrichtung gepasst. Diese hatte den bevorstehenden Aufenthalt des Musikers jedoch offensichtlich zum Anlass genommen, es tatsächlich stimmen zu lassen.

Als Kinder hatten sie und ihre Schwester des Öfteren daran gesessen und viel Spaß dabei, so zu tun als seien sie begnadete Pianisten, die vor einem erlesenen Publikum spielten. Mit großer Ernsthaftigkeit im Blick und scheinbar hoch konzentriert ließen sie ihre Finger theatralisch jedoch mangels wirklichen Könnens ziemlich wahllos über die Tasten gleiten. Dadurch und weil das eigentlich gute und einmal sehr teuer gewesene Instrument nicht gestimmt war, bekamen sie nicht mehr als stümperhaftes Geklimper hin, doch davon ließen sie sich nicht beirren.

Die beiden Schwestern konnten tatsächlich auch ein paar Stücke vernünftig und nach Noten spielen, was ihnen jedoch deutlich weniger Freude bereitete. Zwar hatten sie beide nämlich über mehrere Jahre Unterricht gehabt, aber nie einen rechten Zugang zur Musik gefunden. Das lag möglicherweise auch an der verknöcherten Klavierlehrerin, die ihr Können nicht gerade auf ansprechende Art weitergegeben hatte. Heute bereute Pia ein wenig, dass sie nicht ausdauernder gewesen war.

Bei ihrem Gast mangelte es auf jeden Fall weder an Talent noch Können, wie Pia schnell feststellte. Nachdem er sich den Klavierhocker zurechtgerückt hatte und die ersten Töne zu spielen begann, leistete sie im Stillen Abbitte für ihre Vorurteile.

Eigentlich hatte sie sich nur kurz vergewissern wollen, dass Herr Westermann sich zurechtfand und war deswegen noch einen Moment im Türrahmen stehen geblieben. Sie war entschlossen, früh auf ihr Zimmer zu gehen und zu lesen, wenn sie schon nicht in Tante Agathes Wohnstube ihre Ruhe hatte.

Aus irgendeinem Grund jedoch berührte sie sein Klavierspiel, sodass sie nach wenigen Takten und kurzem Zögern auf Zehenspitzen zu dem großen Ohrensessel schlich, der in der Ecke stand und es sich darin gemütlich machte.

Sie fragte sich, ob ihn ihre Gesellschaft störe, doch Gregor Westermann schien ganz in seine Musik versunken zu sein. Er spielte recht leise ein Stück, das Pia nicht kannte und hielt die Augen dabei die meiste Zeit geschlossen.

Pia saß hinter ihm und beobachtete ihn neugierig. *Er hat schöne Hände*, dachte sie. *Nicht so lange Finger, wie man es bei einem Pianisten vermutet.* Sie wirkten eher kraftvoll und waren braun gebrannt. Er schien seine Zeit nicht nur am Klavier zu verbringen.

Sein helles Haar war mit einem einfachen, schwarzen Haargummi zusammengebunden und war bereits mit etlichen grauen Strähnen durchzogen. Eigentlich mochte Pia keine Männer mit langen Haaren und schon gar nicht, wenn diese älter waren als 25, aber sie musste zugeben, dass es zu ihm passte.

An der linken Hand trug Westermann einen recht breiten Silberring. *Vielleicht ein Freundschaftsring,* überlegte Pia, *oder einfach ein Schmuckstück.*

Daniel war für Schmuck nie zu haben gewesen. Ein Ring an der Hand würde ihn in seinem Alltag stören, hatte er zu Pias Bedauern immer wieder erklärt. Nachdem sie schon mehr als ein Jahr fest liiert gewesen waren, hatte sie ihn einmal zum Kauf eines wirklich schönen Rings überredet. Er hatte ihm ausgesprochen gut gestanden, wie Pia fand. Daniel hatte er auch gefallen und dennoch hatte er ihn bei jeder Gelegenheit, ob zum Händewaschen oder Zähneputzen, abgelegt und erst mal ein Weilchen liegenlassen. Sie hatte den Ring dann regelmäßig eingesammelt und ihn dazu ermuntert, seinen Schmuck doch wieder zu tragen. Irgendwann war er einfach verschwunden.

Daniel hatte die Vermutung geäußert, dass er während eines Tennisspiels aus der Tasche geklaut worden war. Sie hatte das nie so recht glauben wollen. Zumindest war das Thema Schmuck damit ein für alle Mal erledigt gewesen.

Eigentlich wollte sie jetzt nicht an Daniel denken. Pia lehnte sich zurück und schloss die Augen. Sie lauschte der Musik und ließ ihre Gedanken ganz davon gefangen nehmen.

Der Pianist spielte ohne Noten und Unterbrechung ein Stück nach dem anderen und schuf virtuos fließende, kaum wahrnehmbare Übergänge. Pia verlor jedes Zeitgefühl und träumte vor sich hin. Alle Anspannung und Aufregung der letzten Tage fielen mehr und mehr von ihr ab. Sie dachte nicht wehmütig an die Vergangenheit und nicht sorgenvoll an die Zukunft. Ein tiefes Gefühl der Ruhe gewann Raum in ihr, bis der letzte Ton verhallte.

Gregor Westermann hielt kurz inne, bevor er sich langsam auf seinem Klavierhocker zu ihr umdrehte. Er betrachtete einen Moment lang das hübsche, von dunklen, weichen Locken umrahmte Gesicht der jungen Frau, das gerade einen so friedlichen Ausdruck hatte.

Pia öffnete die Augen, den Kopf immer noch an die Seite des gemütlichen Ohrensessels gelehnt und lächelte. »Das war wunderschön«, sagte sie leise.

»Nicht wahr?«, erwiderte er. »Ich kann dabei immer am besten abschalten.«

Sie sahen sich einen Augenblick lang schweigend an. Dann sagte Pia: »Schön, wenn man seine Begabung zum Beruf machen kann und darin so viel Erfüllung findet«, und blickte kurz zum Fenster, während sie an ihren eigenen Beruf dachte, von dem sie momentan nicht so recht wusste, ob es noch der richtige für sie war.

»Ja, dafür bin ich auch sehr dankbar«, sagte er. »Aber im Alltag ist es nicht immer ein Zuckerschlecken und wird von vielen Dingen erschwert.«

Pia sah ihn überrascht an und fragte:

»Tatsächlich? Wie viele Konzerte geben Sie denn so oder komponieren Sie vorwiegend?«

Nun schaute er verwundert, doch schnell dämmerte ihm, dass sie ihn in die falsche Schublade steckte.

»Ach so. Nein, nein«, sagte er und lachte. »Ich bin weder Komponist noch gebe ich große Solokonzerte. Gut, ich habe hin und wieder etwas komponiert und auch vor Leuten gespielt, aber eigentlich gebe ich Unterricht und bin bei verschiedenen Musikproduktionen dabei.«

»Aber ich dachte … Meine Tante meinte, Sie seien hier, um zu arbeiten.« Pia runzelte die Stirn. »Ich will Ihnen nicht zu nahetreten, aber was genau tun Sie denn dann hier die nächsten Wochen?«

»Ich arbeite an einer Art Klavierworkshop in Buchform«, antwortete er.

Sie schaute irritiert, dann hellte sich ihr Blick auf. »Ach, damit Leute, die sich keinen Lehrer wie Sie leisten können, trotzdem Klavierspielen lernen können?«, neckte sie ihn und wurde wieder ernst. »Tut mir leid, aber ich denke, die wenigsten können sich das wirklich selbst beibringen«, äußerte sie. »Wenn das mal kein Flop wird.« Dabei machte sie eine abfällige Handbewegung.

Er ließ sich von ihrer bissigen Art nicht beirren und erklärte geduldig: »Eigentlich soll das Buch auf praktische Weise vermitteln, wie man Lieder begleitet. Es richtet sich an Leute, die bereits Klavierunterricht hatten, aber eben klassisch. Das heißt, sie können mit viel Üben und nach Noten spielen, aber sind nicht in der Lage, sich ein Stück anzusehen und ungefähr und spontan zu spielen oder mit Hilfe von Akkorden zu improvisieren.«

Pia hörte mit wachsendem Interesse zu, während er fortfuhr: »Das Problem haben tatsächlich mehr Leute als man denkt. Normalerweise wird das nämlich nicht unterrichtet.«

»Stimmt!«, sagte Pia und dachte an ihre alte Lehrerin Frau Klingbeil.

»Da werden Tonleitern geübt und Fingerübungen gemacht und über Wochen und Monate wird an einem Stück gefeilt. Das hat auch durchaus seine Berechtigung, ist jedoch eben nicht alles.«

»O.K., das kann ich nachvollziehen«, sagte sie und erzählte ihm von ihren eigenen wenig erfreulichen Erfahrungen.

Irgendwann streckten Frau Rosenstetter und Frau Übeling die Köpfe durch die Tür, wünschten eine gute Nacht und begaben sich auf ihr Zimmer.

»Tja, es ist schon spät geworden«, beendete Pia den Abend und stand aus ihrem Sessel auf. »Schlafen Sie gut und bis morgen.« Sie lächelte ihm kurz zu und ging zur Tür.

Gregor Westermann war ebenfalls aufgestanden. »Ja, gute Nacht. Bis morgen früh dann.«

Er blickte ihr noch einen Moment lang hinterher und hörte, wie sie die Treppe nach oben ging. Nachdenklich schloss er den Deckel des Instruments, löschte das Licht und ging ebenfalls zu Bett.

9

Am nächsten Morgen klingelte Pias Wecker schon früh, damit sie genügend Zeit für das Zubereiten des Frühstücks hatte. Sie hatte tief und traumlos geschlafen und fühlte sich ausgeruht.

Mit einem Satz sprang sie aus dem Bett und öffnete die Fensterläden. Die Sonne hatte den nassen Boden schon größtenteils getrocknet, und es versprach, ein schöner Sommertag zu werden.

Pia begrüßte Purzel leise, um niemanden zu wecken. Der freute sich, dass die Nacht endlich vorbei war und er wieder Gesellschaft hatte. Sie nahm ihn mit ins Badezimmer, wo sie eine kurze, erfrischende Dusche nahm.

Das Bad teilte sie sich mit den Gästen auf der Etage. Für dringende Bedürfnisse war noch eine zusätzliche Toilette unten im Erdgeschoss vorhanden. Ansonsten verfügte jedes der Zimmer im ersten Stock über eine eigene Waschgelegenheit. Die Waschbecken waren klein, bedeuteten aber schon deutlich mehr Komfort als dies noch vor einigen Jahren der Fall gewesen war.

Pia konnte sich noch sehr gut an die Zeit erinnern, als in den Räumen Waschschüsseln mit Steinkrügen standen, in die man regelmäßig Wasser nachfüllen musste. Solche altmodischen Details hatten dazu beigetragen, dass sie die Ferien im Hause Schön immer als ein großes Abenteuer erlebt hatte.

Sie war dennoch froh, dass diese Zeiten vorbei waren und überall fließendes und warmes Wasser vorhanden war. Und so störte es sie auch nicht, dass sie sich im Bad mit den Damen Rosenstetter und Übeling in die Quere kommen konnte. Es herrschte eine eigene, recht familiäre Atmosphäre, die so mancher Gast bewusst suchte. Dass man sich womöglich im Schlafanzug über den Weg lief, nahm man in Kauf.

Das ansonsten zweckmäßig eingerichtete Dachzimmer war zusätzlich mit einer Dusche ausgestattet. Tante Agathe quartierte dort bevorzugt männliche Einzelgäste wie Herrn Westermann ein, die dazu, wie er, für einen längeren Zeitraum gebucht hatten.

Pia ging schnell nach unten, ließ Purzel hinaus und nahm die frischen Brötchen von der Türklinke, die dort wie jeden Morgen schon in einem Stoffbeutel hingen. Der örtliche Bäcker erledigte diesen Lieferservice gern.

Pia atmete die kühle Morgenluft ein und schnupperte dann an der Tüte mit den warmen Backwaren. Sie hatte einen Bärenhunger!

Drinnen machte sie sich daran, Kaffee und Eier zu kochen und den Tisch im Aufenthaltsraum zu decken. Alles war im Handumdrehen erledigt, noch bevor die Gäste herunterkamen.

Dann ließ sie sich auf einen der alten Stühle in der Küche fallen und schmierte sich ein Brötchen mit Honig. Dabei schlürfte sie die ersten Schlucke heißen Kaffees. Sie tat einen herzhaften Bissen und schloss beim Kauen die Augen. Wie sie diese morgendliche Stille in dem alten Haus liebte, das bald zum Leben erwachen würde.

Automatisch musste sie an früher denken, an daheim. Schon damals hatte sie den Anbruch eines neuen Tages gemocht, der darauf wartete, gelebt zu werden, mit Eindrücken und Erfahrungen gefüllt zu werden, seien sie belanglos oder existenziell. Dem frühen Morgen war eine gewisse gespannte Erwartung zu eigen, eine positive, optimistische Grundstimmung, das Gefühl, neu anfangen zu können.

Neu anzufangen – das wünschte sie sich auch für das Verhältnis zu ihrer Familie. Wie gerne würde sie die Unbeschwertheit vergangener Tage zurückholen.

Sie war älter geworden. Dinge hatten sich geändert. Beziehungen waren komplizierter geworden. »Der normale Lauf der Welt eben«, tröstete Pia sich. Und doch wusste sie tief in ihrem Inneren, dass das nur die halbe Wahrheit war.

Wie auch immer, sie würde sich überwinden und endlich ihre Eltern anrufen. Gedankenverloren umrundete sie mit dem Zeigefinger den Rand der Kaffeetasse und hielt erst inne, als sie oben Türen schlagen hörte. Sie räumte den Tisch ab und widmete sich anschließend, ganz die nette Hauswirtin, den Bedürfnissen der restlichen Bewohner.

Gregor Westermann sah noch etwas verschlafen aus, als er ihr einen guten Morgen wünschte. Pia musste über seine leicht verquollenen Augen schmunzeln, was er gleich bemerkte. Er rieb sich verlegen über sein Augenlid und murmelte: »Ist nicht so meine Zeit.« Sie ließ ihn in Ruhe.

Um 10.30 Uhr waren alle Gäste aus dem Haus, um mit unterschiedlichen Zielen die schöne Gegend zu erkunden. Die Damen wollten wie in den Jahren zuvor als Erstes das Hambacher Schloss besuchen. Den Musiker zog es zur Inspiration in die Weinberge. Heute Nachmittag wollte er dann erste Gedanken für sein Buch zu Papier bringen, wie er den beiden Frauen beim Frühstück auf ihr neugieriges Nachfragen erzählt hatte. Auch ihnen war sein virtuoses Klavierspiel vom Abend zuvor nicht entgangen und sie hatten sich angeregt mit ihm unterhalten.

»Ist doch immer wieder nett, welch interessante Bekanntschaften man hier so macht«, hatte Frau Rosenstetter gesagt, als sie mit ihrer Begleitung in Richtung Schloss aufgebrochen war. Die hatte mit ihrer tiefen Bassstimme bestätigt: »Ja, ein ganz patenter junger Mann.«

Nachdem Pia alle Frühstücksutensilien verstaut und das Geschirr gespült hatte, trocknete sie sich sorgfältig die Hände ab und ging dann entschlossen zu dem kleinen Schränkchen im Flur, auf dem das schwarze, alte Telefon stand.

Pia nahm es mit ins Wohnzimmer. Das lange Kabel reichte gerade so bis zum Sessel. Sie setzte sich und drehte die Wählscheibe ein ums andere Mal. Dieses surrende Geräusch, das nach jeder gewählten Ziffer mal schneller, mal langsamer abrupt und mit einem kleinen Anschlag endete, wenn die Ausgangsposition wieder erreicht war, hatte Pia schon Jahre nicht mehr gehört. *Ich kenne niemanden, der noch ein solches Telefon hat,* dachte sie, während sie auf das Freizeichen wartete.

»Laubenstein?«, meldete sich ihre Mutter sofort, und Pia war einen Moment lang zu irritiert, um zu antworten.

»Hallo? Pia, bist du's?«, fragte ihre Mutter nach.

»Äh, ja. Hallo Mama.«

»Na, Gott sei Dank!«, seufzte Frau Laubenstein erleichtert.

Jetzt verstand Pia gar nichts mehr. »Woher wusstest du, dass ich es bin? Ist was passiert?«

Inge Laubenstein biss sich auf die Unterlippe. Sie wollte ihre Tochter nicht bedrängen. Zu leicht könnte Pia sich wieder unter Druck gesetzt fühlen und sich noch mehr zurückziehen. Sie suchte fieberhaft nach einer möglichst beiläufigen Antwort.

»Mama?«, fragte Pia nach. »Ist alles in Ordnung bei euch?«

»Ja, ja, alles in Ordnung«, versicherte ihre Mutter schnell. »Ich habe nur gerade an dich gedacht.«

Das war noch nicht einmal gelogen. Während der letzten 24 Stunden hatte sie an fast nichts anderes gedacht.

»Aha. Einfach so oder …?«, hakte Pia nach. Schließlich hatten sie seit Wochen nicht miteinander gesprochen, und sie glaubte nicht an Gedankenübertragung.

»Ja, na ja«, wand sich ihre Mutter, »schön, dass du anrufst!« Sie war eine Spur zu heiter, hoffte aber, Pia würde sich erst einmal damit zufrieden geben.

Die zuckte mit den Schultern und schüttelte über das seltsame Verhalten ihrer Mutter den Kopf. Egal, sie redeten selten genug und Pia wollte ihr gerade begonnenes Gespräch nicht wieder in eine Sackgasse führen, und so antwortete sie möglichst unverfänglich:

»Ja, ich dachte, ich melde mich mal wieder.«

»Mhm. Und, geht's dir gut?« Inge Laubenstein versuchte, sich ihre Sorge nicht anmerken zu lassen.

»Doch, ja«, antwortete Pia und merkte, dass es besser war, nun doch den Grund ihres Anrufs zu nennen. »Also, ehrlich gesagt«, setzte sie an und machte eine Pause, in der sie überlegte, wie sie am besten erklären sollte, dass sie schon so lange in Deutschland war, ohne sich gemeldet zu haben.

»Ja?«, ermunterte sie ihre Mutter betont gelassen zum Weiterreden.

Pia wickelte nervös das Telefonkabel um den Zeigefinger ihrer linken Hand. »Ich bin ganz in der Nähe – bei der Tante – also schon etwas länger«, ließ sie die Bombe platzen und redete schnell weiter. »Die Tante«, so wurde Tante Agathe von der ganzen Familie nur genannt, »also, sie ist die Treppe zum Weinkeller runtergefallen.«

»Ach, du meine Güte! Wie geht es ihr?«

Pia erzählte die ganze Geschichte, erwähnte den Oberschenkelhalsbruch, die Operation in der Klinik und schloss damit, dass sich die alte Dame über Besuch freuen würde.

»Dann fahren wir heute gleich hin«, sagte ihre Mutter. Sie war noch halb in Gedanken bei der armen Tante, da kam ihr wieder ins Bewusstsein, was ihre Tochter angedeutet hatte und sie spürte, wie es ihr die Kehle zuschnürte.

»Seit wann bist du denn schon bei ihr?«, fragte sie mit tonloser Stimme.

Pia hielt die Luft an und schloss die Augen. »Seit gut zwei Wochen«, sagte sie kleinlaut.

Am anderen Ende der Leitung herrschte Stille. Frau Laubenstein war tief getroffen.

»Mama, es tut mir leid. Es war alles sehr spontan«, versuchte sie eine klägliche Erklärung.

Ihre Mutter sagte noch immer nichts.

»Ich wollte mich ja schon eher melden«, räumte Pia ein.

Frau Laubenstein schluckte. »Daniel hat übrigens angerufen«, sagte sie unvermittelt und wartete gespannt auf die Reaktion ihrer Tochter.

Pia wurde es heiß und kalt und ihre Gedanken überschlugen sich. Er hatte doch hoffentlich nichts von der Schwangerschaft erzählt?

»Und – was wollte er?«, fragte sie mit gespielter Gelassenheit.

»Er sagte, eine gewisse Erika Linde habe um deinen Rückruf gebeten und es sei scheinbar dringend.«

»Aha.« Pia war etwas verwundert, aber erleichtert, dass er offenbar nur deshalb angerufen hatte.

»Sonst noch was? Hast du eine Nummer?«

»Ja, ich habe sie aufgeschrieben.« Inge zögerte einen Moment, bevor sie fortfuhr. »Er ging davon aus, dass du nächste Woche wieder auf Mallorca sein würdest.«

Pia unterbrach sie schnell. »Das hatte ich ursprünglich auch vor. Aber jetzt werde ich doch erst mal bleiben. Ich habe der Tante versprochen, mich um Haus und Hof zu kümmern, weißt du?«

Sie machte eine kleine Pause. »Na ja, und euch würde ich natürlich auch gern besuchen.«

Inge Laubenstein ging nicht darauf ein, sondern sagte stattdessen: »Daniel meinte auch – also es klang so, als hättest du vor, bei ihm auszuziehen.«

So ein Mist! Er hatte also doch … Pia kniff den Mund zusammen und atmete hörbar aus. »Und was hat er noch gesagt?«, fragte sie.

»Nichts«, versicherte ihre Mutter schnell. »Es stimmt also, oder? Was ist denn passiert?«, fragte sie besorgt und wünschte sich, ihre Tochter würde sich öffnen.

»Ja, wir haben uns getrennt«, sagte Pia nur und meinte ausweichend: »Zu unterschiedliche Vorstellungen vom Leben und so.« Sie war erleichtert, dass Daniel offenbar nicht weiter ins Detail gegangen war.

Es folgte keine weitere Erklärung. Inge entschloss sich, nicht nachzubohren. Sie konnte nachvollziehen, dass Pia nicht reden wollte. Der Schmerz war bestimmt groß.

»Ach, Pia!«, seufzte sie nur. »Das tut mir so leid!«

Das hatte Pia nicht erwartet und sie fühlte, wie Tränen in ihr aufstiegen. Sie spürte den Verlust ihrer großen Liebe, das überwältigende Gefühl, wieder einmal gescheitert zu sein. Gleichzeitig war sie für das Verständnis ihrer Mutter dankbar. Sie schloss ihre Augen. Die Tränen liefen ihr über das Gesicht.

Inge Laubenstein interpretierte Pias Schweigen richtig und versuchte sie zu trösten. »Ist schon gut, Pia. Ich verstehe, dass du erst mal Abstand bei Tante Agathe gesucht hast.«

Pia versuchte ein Schluchzen zu unterdrücken.

Nun konnte auch ihre Mutter einige Tränen nicht zurückhalten, fing sich jedoch gleich wieder und lud Pia ein:

»Du bist uns jedenfalls herzlich willkommen! Wir müssen auch nicht groß reden oder so. Komm einfach, wenn du so weit bist, ja?«

»Danke, Mama!«

Die beiden Frauen schwiegen einen Moment. Plötzlich fiel Pias Mutter noch etwas ein:

»Bevor ich es vergesse: Hier ist ein Brief für dich angekommen.«

»Aha. Von wem?«, fragte Pia und war froh, dass sie das Thema gewechselt hatten.

»Keine Ahnung, er ist ohne Absender. Aber die Adresse ist von Hand geschrieben. Ich wollte ihn dir schon nach Mallorca schicken, aber jetzt bist du ja in Deutschland. Willst du vorbeikommen und ihn abholen oder soll ich …?«

»Nein, nein«, antwortete Pia schnell. »Ich komme zu euch. Und das nicht nur wegen des Briefes.«

Ihre Mutter lächelte hörbar:

»Dann freuen wir uns auf dich!«

»Morgen Nachmittag?«

»In Ordnung. Wir sind auf jeden Fall da.«

Pia wollte noch fragen, ob ihre Schwester da sein würde, ließ es aber sein. Stattdessen notierte sie sich die Telefonnummer von Erika Linde. Dann legte sie langsam den Hörer auf die Gabel.

Pia blieb noch einen Moment in Tante Agathes Ohrensessel sitzen und dachte über das aufwühlende Gespräch nach. Dass es nicht konfliktfrei ablaufen würde, damit hatte sie gerechnet. Und doch war sie froh, mit ihrer Mutter gesprochen zu haben. Gut, dass Daniel die Schwangerschaft nicht erwähnt und ihre Mutter nicht weiter nachgefragt hatte. Mit ihrer Familie darüber zu reden, so weit war sie noch nicht.

Gedankenverloren strich sie über ihren Bauch, in dem ein kleines Wesen heranwuchs, dessen Vater nichts von ihm wissen wollte.

»Ich werde es ihnen schon sagen«, versprach sie ihrem Kind flüsternd. »Gib mir noch ein kleines bisschen Zeit!« Dann steckte sie den Zettel mit der Telefonnummer achtlos in ihre Hosentasche.

10

Die Stöcke mitzunehmen, sollte sich als gute Entscheidung herausstellen, auch wenn es zunächst nicht so ausgesehen hatte. Zuhause auf Mallorca hatte Pia ziemlich überstürzt ihre Sachen gepackt und nebenbei noch den Flug gebucht. Gerade als sie die Kofferbänder mit den gelben Sonnen darauf schließen wollte, hatte sie eine Eingebung.

Sie öffnete ihren Koffer nochmals, humpelte mit nackten Füßen so leise es ging die Marmortreppe nach unten, schnappte sich dort die hinter der Eingangstür lehnenden Walkingstöcke und schlich genauso leise wieder nach oben.

Diagonal passten sie in den Koffer gerade so hinein. Sie hätten keinen Zentimeter länger sein dürfen, und Pia verspürte seltsamerweise Genugtuung über diesen kleinen Erfolg. Sie wunderte sich, dass sie sich über etwas derart Banales einen Moment lang richtig freuen konnte. Die Szene war so surreal, dass Pia für den Bruchteil einer Sekunde damit rechnete, dass Daniel hereinkommen und sie mit einem fröhlichen »Guten Morgen, Schatz!«, begrüßen würde, als wäre nichts gewesen.

Natürlich war nichts dergleichen geschehen. Sie hatte nicht einfach wie aus einem bösen Traum erwachen können, der da hieß: »Ich bin dummerweise ungeplant schwanger und mein Freund will deshalb leider nichts mehr von mir wissen«, und sie hatte nicht einfach ihr gewohntes Leben weiterleben können. »Es ist vorbei!«, hatte sie sich selbst ermahnt, die Tränen hinuntergeschluckt und entschlossen und mit einem lauten Ratsch den Reißverschluss ihres riesigen Koffers zugezogen.

Als die Maschine startete, fiel ihr die kopflose Aktion mit den Walkingstöcken wieder ein. *Du kannst kaum laufen, weil alles weh tut, und du hast nichts Besseres zu tun, als die blöden Dinger reinzuquetschen*, war es ihr durch den Kopf geschossen.

Doch jetzt, nach dem Gespräch mit ihrer Mutter, verspürte Pia plötzlich das dringende Bedürfnis nach frischer Luft und Bewegung. Sie schwang sich aus dem Sessel und brachte das Telefon an seinen Platz zurück.

Voller Tatendrang nahm sie immer zwei Stufen auf einmal, schlüpfte in Windeseile in Laufhose und Trägertop und band sich die Haare zu einem Pferdeschwanz zusammen. Mit ihren Walkingstöcken bewaffnet ging sie nach unten und zog die Sportschuhe an, die zwischen vielen anderen auf dem Schuhregal im Flur standen.

Die Haustür war wie üblich nur angelehnt, wenn jemand da war. Pia hängte sich das Schlüsselband um den Hals und zog die Tür hinter sich zu.

Draußen war es schon ziemlich warm, und Purzel döste unter einem Baum, die Schnauze auf den Vorderpfoten abgelegt. Als Pia im Türrahmen erschien, spitzte er die Ohren und blinzelte.

»Na, los, du Faulpelz«, ermunterte sie ihn zum Aufstehen und schnalzte mit der Zunge, »wir gehen Gassi.«

Purzel hob den Kopf und schien einen Moment zu überlegen, ob es ihm für einen Spaziergang zu heiß war. Doch Pia stupste ihn mit dem Gummistöpsel ihres Stocks neckend in die Seite.

»Komm schon!«, forderte sie ihn auf, und der Hund sprang auf. Er reckte sich kurz und trottete dann hinter Pia her. Die Stöcke schien er nicht sonderlich zu mögen und hielt noch etwas Abstand, während sie die ersten Weinreben erreichten.

Die Sonne stand bereits recht hoch am Himmel, aber es würde noch heißer werden. Pia war froh, ihre Sonnenbrille aufgesetzt zu haben. Sie liebte Licht und Wärme. Das war einer der Gründe, weshalb sie sich auf Mallorca so wohlgefühlt hatte. Nun genoss sie die Sonnenstrahlen auf ihrer nackten Haut, während sie mit langen Schritten, aber in gemächlichem Tempo bergauf ging.

Ein leichter Wind spielte mit den Rebenblättern. Pia legte den Kopf in den Nacken und sog die Luft tief ein, wie sie es oft tat, wenn sie draußen in der Natur war und anfing, sich zu entspannen. Ihre Bewegungen wurden runder und fließender, und sie schwang gleichmäßig die Arme vor und zurück. Allmählich ging sie schneller und drückte sich mit den Stöcken fester ab. Die Anstrengung und die Hitze trieben ihr den Schweiß auf die Stirn und ließen sie schneller atmen.

Nach einigen Kilometern näherte sie sich wieder dem Haus ihrer Tante. Es fühlte sich gut an, den eigenen Körper zu spüren und mit allen Fasern ganz im Hier und Jetzt zu sein. Pia pustete sich eine Strähne aus der Stirn. Hinter ihr rief es:

»Hallo Frau Laubenstein!«

Sie drehte sich um. Es war Gregor Westermann, ebenfalls in Sportkleidung, der hinter ihr den Berg hinaufjoggte.

»Darf ich Sie ein Stück begleiten?«, fragte er etwas außer Atem und tätschelte Purzel den Kopf, der ihn stürmisch begrüßte.

Pia hatte nichts dagegen.

»Klar, wenn Sie noch mithalten können. Anscheinend sind Sie ja schon ganz erledigt«, rief sie.

»Machen Sie sich nur lustig über mich!«, spielte er den Gekränkten. Er hatte sie eingeholt. »Zu meiner Verteidigung muss ich sagen, dass ich schon eine ganze Weile unterwegs bin und ...« – er sah auf seinen Schrittzähler am linken Handgelenk – »... 19 Kilometer zurückgelegt habe.«

»Ich bin tief beeindruckt!«, tat Pia übertrieben ehrfürchtig, staunte aber insgeheim doch über seine Form. »Aber wollten Sie sich nicht ein paar Gedanken wegen Ihres Buches machen?«

»Stimmt schon«, antwortete er, während er langsam neben ihr herjoggte. »Aber Sport hilft mir, den Kopf freizukriegen.«

»Geht mir genauso«, sagte Pia. »Aber Joggen ist nicht so mein Ding, wissen Sie. Ich habe es ein paar Mal probiert, aber nicht so wirklich Spaß daran gefunden.«

Sie sah ihn schräg von der Seite an und bemerkte sein Schmunzeln. »Ich weiß«, fuhr sie fort, »Nordic Walking wird immer ein wenig belächelt, was ich auch teilweise verstehen kann. Sieht schon etwas seltsam aus, wenn man scheinbar nur mit Stöcken spazieren geht.«

Sie hatte erraten, was er dachte. »Tut man das denn nicht?«, fragte er vorsichtig.

Pia antwortete mit gespielter Entrüstung: »Nein, ganz und gar nicht! Zumindest, wenn man es richtig macht.«

»Und Sie machen es natürlich richtig.« Er schien amüsiert.

»Natürlich!«, bestätigte sie mit Nachdruck. »Nein, im Ernst, eine

Freundin hatte mich mal zu einem Kurs überredet. Wider Erwarten hat es mir gefallen. Es ist schonend und trainiert nicht nur die Beine. Und meinem Rücken tut es ebenfalls gut. Anschließend bin ich bestimmt jedes Mal zwei Zentimeter größer.«

»Mindestens!«, sagte Herr Westermann und beide lachten.

»Und? Hat es etwas gebracht?«, wollte Pia wissen.

»Was gebracht?«, fragte er irritiert.

»Na, das Joggen. Haben Sie gute Ideen bekommen? – Für Ihr Buch, meine ich.«

»Ach, so. Ja, doch.« Er wiegte den Kopf hin und her. »Heute Nachmittag geht es dann richtig los. Wobei, mal sehen, was ich bei der Hitze zustande bringe.«

»Stimmt. Zum Arbeiten ist das nicht das beste Wetter. Außer im Weinkeller ist es drinnen auch nicht kühler.«

»Vielleicht sollte ich mich dann dorthin zurückziehen«, schlug Herr Westermann grinsend vor. »Ab und zu ein Schlückchen Wein, vielleicht sprudeln die Gedanken dann nur so.«

»Genau! Sie können es ja mal versuchen. Nur das Klavier dort runter zu kriegen, stelle ich mir schwierig vor.«

Er stimmte in ihr Lachen ein.

Nach einer kurzen Pause fuhr sie nachdenklich fort: »Richtig leid tut mir ja meine Tante. Bei diesen Temperaturen im Krankenhaus zu liegen, stelle ich mir nicht angenehm vor.«

Herr Westermann nickte. »Und soweit ich mitbekommen habe, ist sie ja auch nicht mehr die Jüngste.«

»86 ist sie, die Gute. Aber unterschätzen Sie sie nicht! Sie ist zäh. Ich kenne niemand in dem Alter, der noch so fit ist.«

»Die beiden Damen erzählten mir, dass sie sogar noch Auto fährt.«

»Ja, richtig. Der Käfer gehört ihr. Sie sollten sie sehen, wie sie Treppen hochrennt. Da könnte sich manch einer, der ein paar Jahrzehnte weniger auf dem Buckel hat, eine Scheibe abschneiden!« Sie hielt inne und wurde wieder ernst. »Ich hoffe nur, dass sie wieder ganz auf die Beine kommt. So ein Oberschenkelhalsbruch ist nicht ohne.

»Das können Sie laut sagen. Mein Opa hatte einen. Er musste ins

Krankenhaus, hat sich eine Lungenentzündung geholt und kam gar nicht mehr nach Hause.«

»Oh, das tut mir leid!«, sagte sie.

»Ist schon ein paar Jahre her«, versuchte er ihr Bedauern achselzuckend abzutun. Sie schwiegen eine Weile bis Herr Westermann das Thema wechselte: »Wie kommt es eigentlich, dass Sie Ihre Tante vertreten?«

Pia sah ihn fragend an.

»Ich meine, was tun Sie denn im richtigen Leben? Oder wohnen Sie auch sonst bei ihr?«

»Eigentlich bin ich Physiotherapeutin. Und nein, normalerweise wohne ich nicht hier«, sagte sie.

»Aha.« Er sah sie erwartungsvoll an.

Pia zögerte. »Ist eine lange Geschichte«, erklärte sie ausweichend. »Sagen wir, ich bin hergekommen, um mir eine kleine Auszeit zu nehmen.«

»Genau wie ich!«

»Ja, und dann ist die Sache mit dem Sturz passiert und ich bin kurzerhand erst mal geblieben.«

»Können Sie das denn so einfach? Haben Sie eine eigene Praxis oder …?«

»Ehrlich gesagt, war es tatsächlich erstaunlich einfach. Ich habe meinen Chef angerufen und gekündigt.«

Mit offenem Mund schaute er sie an. »Einfach so?«

»Einfach so«, sagte sie belustigt und fast ein bisschen stolz.

Gregor Westermann wartete vergeblich auf weitere Erklärungen, denn Pia meinte nur abschließend: »Wie gesagt, ist eine längere Geschichte.«

Er fragte nicht weiter nach und bemerkte mit einem Blick auf seinen Schrittzähler:

»Wer hätte das gedacht? Genau 20 Kilometer. Das sollte für heute reichen.«

Sie waren fast wieder an Tante Agathes Haus angelangt und wurden beide langsamer. Pia ließ die Stöcke nun locker über den Boden schleifen und sah Purzel zu, wie er in die Hofeinfahrt einbog.

»Bestimmt steuert er zielstrebig seinen Schattenplatz unter dem großen Nussbaum an«, sagte sie.

Ihr Begleiter wandte sich noch einmal um und ließ seine Augen über die Weinberge schweifen. »Ist wirklich wunderschön die Landschaft – fast schon mediterran.«

Pia folgte seinem Blick. »Ja, nicht wahr? Manche bezeichnen die Gegend hier als die Toskana Deutschlands.

»Mhm, das kann ich gut verstehen.«

»Wussten Sie, dass hier sogar Kiwis und Feigen wachsen?«

»Tatsächlich?«

»Ach, und Mandeln«, sagte sie. »Das Gimmeldinger Mandelblütenfest ist legendär und zieht jedes Jahr Tausende von Besuchern an. Ein richtiges rosa Blütenmeer säumt dann die Straßen. Sogar die Landstraßen. Das sollten Sie sehen, es ist traumhaft!«, geriet sie ins Schwärmen. Unweigerlich musste sie an zu Hause denken. Dort begann die Mandelblüte im Südosten der Insel bereits meist Mitte Januar und läutete noch weitaus verschwenderischer den mallorquinischen Frühling ein.

»Ja, wenn das kein Grund ist wiederzukommen!«

»Nur zu!«, sagte sie und fuhr mit weiteren Erklärungen fort. »Das Mandelblütenfest ist das erste Weinfest des Jahres. Der genaue Termin wird immer erst kurz vorher bekannt gegeben, damit die Bäume auch tatsächlich in voller Blüte stehen. Und dann folgen jedes Wochenende bis in den Oktober hinein noch eine Menge weiterer Weinfeste, bis es am Ende der Saison wieder Neuen Wein gibt.«

»Jedes Wochenende ein Weinfest?«, fragte er erstaunt nach.

Pia winkte müde lächelnd ab. »Eins? Meistens sind es sogar mehrere gleichzeitig. Natürlich in verschiedenen Ortschaften, und manche sind auch recht klein. Das hier in Königsbach nächste Woche ist so eines. Aber es gibt eigens einen Weinfestkalender, in dem man nachschauen kann, was gerade wo stattfindet.«

»Das würde mir zu Hause auch gefallen. So etwas gibt es bei uns im Ruhrgebiet nicht.«

»Ich habe früher immer gedacht, das wäre überall so. Wir trafen uns mit Freunden auf dem und dem Weinfest, und das jedes Wochenende. Manche Weinfeste haben gewaltige Dimensionen. Der Wurstmarkt in

Bad Dürkheim, beispielsweise, hat weit über eine halbe Million Besucher und ist das größte Weinfest der Welt.«

Der Musiker hob beeindruckt die Augenbrauen.

Pia war in ihrem Element. »Er findet immer – das weiß ich sogar auswendig – am zweiten und dritten Septemberwochenende statt. Ursprünglich verkauften dort Händler ab dem 15. Jahrhundert ihre Waren an Wallfahrer, die jedes Jahr zu einer Kapelle pilgerten, die dem Erzengel Michael geweiht war. Mit der Zeit verlagerte sich der Schwerpunkt allerdings mehr auf Vergnügungsangebote. Na, und heute gibt es unzählige Fahrgeschäfte. Das Riesenrad ist vor allem bei Nacht schon kilometerweit zu sehen. Bekannt sind auch die historischen Weinstände, die sogenannten Schubkärchler. Der Name erinnert noch an die Lieferanten von damals. Dort und auch in den großen Weinhallen, wo immer verschiedene Bands Livemusik machen, kann man nett zusammensitzen und die eine oder andere Rieslingschorle trinken.«

Herr Westermann hörte ihren Ausführungen mit großem Interesse zu und meinte anerkennend: »Respekt! Man könnte fast meinen, Sie gäben Führungen dort.«

Pia fühlte sich geschmeichelt, winkte jedoch ab. »So unrecht haben Sie gar nicht. In Worms, wo ich aufgewachsen bin, habe ich früher tatsächlich Stadtführungen gemacht.«

Sofort setzte sie ein steifes Lächeln auf und leierte in einer Art Singsang und mit überdeutlicher Aussprache einen Text herunter, der ihr in Fleisch und Blut übergegangen war:

»Dort drüben sehen Sie den berühmten Wormser Dom, der neben dem Speyrer Dom und dem Mainzer Dom einer der drei romanischen Kaiserdome ist. Sie werden nachher noch ausreichend Gelegenheit haben, dieses imposante Bauwerk von innen zu besichtigen.« Sie kicherte. »Ich glaube, dass könnte ich auch in 100 Jahren noch im Schlaf.«

»Nicht schlecht!«, sagte er, während sie sich zum Gehen wandten.

Das schwere, schön geschwungene Eisentor stand weit offen und quietschte laut, als Pia sich anschickte, es hinter Herrn Westermann zu schließen. Die beiden verzogen das Gesicht und der Musiker meinte, dass es wohl etwas Öl vertragen könne.

Purzel hatte es sich tatsächlich schon auf seinem Lieblingsplatz gemütlich gemacht und ließ hechelnd die Zunge aus dem Maul hängen.

»Der Arme ist bestimmt froh, dass wir wieder da sind«, sagte Pia, während sie die Klettverschlüsse der Handschlaufen öffnete.

Sie lehnte die Stöcke an die Hauswand und begann mit ihren Dehnungsübungen. Herr Westermann stand bereits im Ausfallschritt mit seinem linken Bein auf der zweiten Treppenstufe und stützte sich mit den Armen auf seinen Oberschenkel.

»Ich bringe dir gleich frisches Wasser«, rief sie zu dem Hund hinüber, der kurz blinzelte und zustimmend mit dem Schwanz auf den Boden schlug. Schweigend und konzentriert machten sie ihre Übungen, bis Pia den Musiker ansah und fragte:

»Was ist mit Ihnen? Haben Sie Lust auf eine kalte Johannisbeerschorle?«

Er sah sie strahlend an. »Mmh, das klingt gut.«

»Ich bin gleich wieder da«, sagte sie und war schon ins Haus verschwunden.

Gregor Westermann sah sich ein wenig auf dem Hof um und inspizierte die Gartenlaube von innen. Sie hatte keine Tür und richtige Fenster, so dass man zwar fast im Freien, aber doch gut geschützt darin saß. Sowohl der Tisch als auch die Bänke ringsum waren aus hellem Stein und luden zum Verweilen an heißen Tagen ein. Unter den Bänken befanden sich Auflagen, mit denen man es sich bequem machen konnte, aber heute war es angenehmer, direkt auf dem kalten, rauen Stein zu sitzen.

Herr Westermann war gerade dabei, Platz zu nehmen, als Pia mit einem Tablett und zwei großen Gläsern im Türrahmen erschien. Flink lief sie die Stufen hinunter und stellte es eine Spur zu hastig auf die Tischplatte, sodass der Saft etwas überschwappte. Verlegen beseitigte sie die Spuren ihres kleinen Missgeschicks mit einem Taschentuch und setzte sich auf die andere Seite des Tisches, um direkt wieder aufzuspringen.

»Jetzt habe ich doch glatt den armen Purzel vergessen«, sagte sie.

Sie eilte in die Küche, kippte dort den Rest des abgestandenen Wassers von heute Morgen in die Spüle und füllte den silbernen Napf mit frischem Wasser aus der Leitung. Draußen angekommen, stellte sie ihn vor Purzel im Gras ab, der sich sichtlich über das Wasser freute und sich gleich darüber hermachte. Pia beobachtete ihn zufrieden und gesellte sich dann wieder zu Herrn Westermann, dessen Getränk noch unberührt vor ihm stand.

Er hob sein Glas und sagte: »Also dann, vielen Dank und zum Wohl!«

Pia tat es ihm gleich und trank in großen Schlucken die Hälfte ihrer kühlen Schorle. Es schmeckte herrlich erfrischend.

Herr Westermann nahm ebenfalls einen kräftigen Zug und seufzte genießerisch: »Ah, genau das Richtige jetzt!«, während er sein Glas auf den Korkuntersetzer zurückstellte. Er lehnte sich mit dem Rücken an die helle Wand, setzte sich ein wenig schräg, damit er Pia nicht in die Quere kam und machte die Beine lang. »Die Laube hier ist wie gemacht für einen Tag wie diesen«, schwärmte er und verschränkte bequem die Arme vor der Brust. »Schattig, luftig, einfach perfekt!«

»Stimmt!«, pflichtete Pia ihm bei. »Wir haben hier früher viele schöne Stunden verlebt, wenn wir in den Ferien bei meiner Tante waren. Manchmal waren außer meiner Schwester und mir auch unsere Cousinen und Cousins da. Vor allem als wir größer wurden, kamen wir alle fast jedes Jahr in den Herbstferien, um bei der Weinlese zu helfen.«

Pia lächelte verträumt und wurde fast ein bisschen wehmütig, während sie weitererzählte. »Da war richtig was los, kann ich Ihnen sagen. Das ganze Haus war voller Menschen, und alle waren von früh bis spät im Weinberg. Jeder war für eine Reihe zuständig. Während man mit einer Winzerschere die Reben abschnitt und in einen Eimer sammelte, konnte man sich nebenbei wunderbar unterhalten. Ab und zu lief jemand mit einem großen Behälter auf dem Rücken durch die Reihen und jeder leerte seine Trauben hinein. Ja, das waren schöne Zeiten.« Sie stockte einen Moment. »Später hat sie dann fast ausschließlich polnische Arbeiter beschäftigt.«

»Ach, Ihre Tante hat selbst Wein angebaut?«, fragte Herr Westermann interessiert.

»O ja!«, bestätigte Pia voller Stolz. »Und sie hat in einem Alter damit angefangen, in dem die meisten schon ans Aufhören denken.«

Mit einem Kopfnicken deutete sie in Richtung der Mauer, hinter der sich die Weinberge befanden. »Einige Hektar gehören ihr. Die Wingerte hatten damals dazugehört, als sie das Winzerhaus zusammen mit ihrem Bruder kaufte.«

»War sie denn nie verheiratet?«

»Nein, nein!«, sagte Pia, als ob der Gedanke völlig abwegig sei und zog die Augenbrauen hoch. »Ursprünglich stammte sie aus Mußbach, das liegt gleich neben Königsbach, und war die Jüngste von sechs Geschwistern. Als ihr Bruder dann die Pfarrstelle oben im Ort übernommen hat, war sie fast volljährig und es war schnell klar, dass sie ihm erst einmal den Haushalt führen würde. Ob sie sich damals hätte träumen lassen, dass sie das bis zu seinem Tod tun würde, weiß ich gar nicht.«

Sie machte eine kurze Pause und schien darüber nachzudenken, was sie gerade gesagt hatte. »Vielleicht sollte ich sie das einmal fragen«, murmelte sie. »Na, jedenfalls hat sie mit dem Weinanbau erst angefangen, als sie nach seiner Pensionierung hier eingezogen sind. Da muss sie schon fast 60 gewesen sein.«

Der Musiker stieß einen anerkennenden Pfiff aus und fragte dann: »Und was ist aus Ihrem Onkel geworden?«

»Eigentlich ist er ja mein Großonkel und Tante Agathe meine Großtante. Aber alle, also die komplette Verwandtschaft, nennt sie nur »die Tante«. Er ist kurz darauf gestorben. Ich habe nur eine schwache Erinnerung an ihn. Im Grunde kenne ich ihn nur von Fotos.«

»Im Wohnzimmer steht eines von ihm, oder?

»Ja, genau«, bestätigte Pia.

»Und heute?«, fragte er, »baut sie heute noch Wein an, Ihre Tante?

»Letztes Jahr hat sie schließlich ganz damit aufgehört. Aber verkaufen tut sie ihn noch.« Sie deutete in Richtung Kelterhaus, das direkt an das Wohnhaus grenzte. »In den Regalen drüben im Weinkeller lagern noch eine ganze Menge Flaschen.«

»Das wusste ich gar nicht, dass man hier Wein kaufen kann.«

»Nicht mehr lange. Die Restbestände noch. Dann ist es ein für alle Mal vorbei damit«, erklärte sie ihm und es schwang ein gewisses Bedauern in ihrer Stimme mit. »Aber noch ist etwas da. Wenn Sie möchten, führe ich Sie gern einmal herum und zeige Ihnen alles. Natürlich können Sie die Weine auch gern probieren.«

Gregor Westermann nahm das Angebot erfreut an.

»Schön! Wie wäre es mit sofort? Dann können wir auch einen Kellerrundgang machen.«

Herr Westermann willigte ein. Sie gingen auf das Kelterhaus zu, das sich neben dem Weinkeller befand.

»Ich dachte, Sie wüssten, dass es hier auch Wein zu kaufen gibt«, wunderte Pia sich, als sie eine der beiden Holztüren öffnete. »Manche Gäste kommen sogar vor allem deshalb hierher.«

Er holte zu einer Erklärung aus, während er ihr die Treppe nach unten folgte.

»Eine ehemalige Klavierschülerin hat mir die Adresse Ihrer Tante gegeben, als sie hörte, dass ich mir eine Auszeit zum Schreiben nehmen will. Aber, dass es hier so viel mehr Reizvolles als ein ruhiges Zimmer in idyllischer Lage gibt, hat sie nicht erwähnt.« Sie waren unten angekommen und er lächelte sie an.

Pia schien es nicht zu bemerken und deutete auf die fünf großen, schweren Fässer, die auf den rötlichen Wingertsteinen standen. »Hier drin ist der Traubensaft vergoren und wurde nach entsprechender Zeit in Flaschen abgefüllt. Mittlerweile sind die Fässer aber alle leer.«

»Das sieht man nur noch selten«, sagte er sichtlich angetan, während er mit der linken Hand seitlich an das erste Fass schlug und den Klang prüfte. »Gute, alte Eiche, oder?«

»Stimmt«, sagte Pia.

»Normalerweise entstehen die Weine doch heute fast ausschließlich in Stahltanks. Meine erste Kellereibesichtigung vor einigen Jahren war mehr als ernüchternd, um nicht zu sagen äußerst enttäuschend. Bis dahin hatte ich die nostalgische Vorstellung, jeder Wein käme aus einem Fass.«

»Wobei es immer noch die berühmten Barrique-Fässer gibt.«

»Mit denen kräftig geworben wird und für deren Inhalt man ordentlich bezahlt«, ergänzte er. Er besah sich, immer noch beeindruckt, die aufgereihten Fässer an. »In dieser Größe allerdings findet man sie, schätze ich, nur noch selten.«

Für einen kurzen Augenblick dachte Pia an die »Cellers« in Inca, urige mallorquinische Lokale, die früher größtenteils einmal Weinkeller gewesen waren. In der Hitze des Sommers waren sie ideal zum Verweilen bei einem guten Glas Wein oder auch einem kühlen Bier. Und im Winter wurden dort schmackhafte, deftige Gerichte wie Eintöpfe und dergleichen angeboten.

Herr Westermann schaute sich noch einmal im Kellergewölbe um und atmete dann tief durch. »Gutes Klima hier. Liegt wahrscheinlich am Lehmboden«, sagte er mit einem Blick nach unten.

Pia freute sich über sein Interesse.

»Ja, der atmet sozusagen mit. Dadurch erspart man sich die ganze aufwendige High-End-Klimatechnik wie sie vielerorts nun gang und gäbe ist.« Sie schaute versonnen an die Decke, während sie weitersprach. »Mir ist erst auf Mallorca bewusst geworden, wie ursprünglich und außergewöhnlich diese Art der Lagerung heutzutage doch ist.«

Sie sah ihn unvermittelt an. »Mein Freund ist Immobilienmakler dort, wissen Sie.«

Er hob gespannt die Augenbrauen, da ihm noch nicht klar war, worauf sie hinauswollte.

»Dadurch habe ich viele Häuser dort gesehen. Paläste«, korrigierte sie sich. »Vielen gut betuchten Klienten ist es wichtig, eine adäquate Lagerungsstätte für ihre erlesenen und zum Teil unwahrscheinlich teuren Weine mitzukaufen. Da gibt es dann Kellerräume, die so aufwendig ausgestattet sind, dass sie so mancher Kellerei Konkurrenz machen könnten.« Sie schüttelte den Kopf. »Alles kann man genau einstellen und programmieren: Die Temperatur, Luftfeuchtigkeit, Luftzirkulation, es gibt Scheinwerfer, indirekte Beleuchtung, aufwendige Farbspiele und so weiter. Und alles wirkt unglaublich leblos und steril.«

Ihr Gesicht hellte sich auf, als sie sagte: »Da lobe ich mir doch den guten, alten Schön'schen Weinkeller, wo alles echt ist und sogar der Boden atmet.«

Sie sahen sich einen Moment lang unschlüssig an.

»Wollen wir …«, setzte Pia zu einer Frage an, um sofort wieder abzubrechen, da auch er im selben Augenblick einen Satz begonnen hatte. Beide warteten eine Sekunde, ob der andere etwas sagen würde und öffneten nochmals gleichzeitig den Mund. Sie fingen an zu lachen, und Gregor machte eine einladende Bewegung mit seiner rechten Hand, um ihr den Vortritt zu lassen »Sie zuerst«, murmelte er dabei.

Pia holte Luft und fragte: »Wollen wir … Also, haben Sie Lust, ein paar Weine zu probieren?«

»Unbedingt! Genau das wollte ich gerade vorschlagen.«

Sie gingen wieder zur Treppe, während Pia entschuldigend erklärte: »Normalerweise reicht meine Tante dazu ihr selbst gebackenes Brot. Doch damit kann ich heute leider nicht dienen.«

»Solange der Wein gut ist …«, antwortete er.

»Sie können schon mal ins Kelterhaus gehen und sich ein wenig umsehen«, sagte sie. »Ich bin gleich wieder da.«

Zwei Minuten später erschien sie mit einem Holzbrett in der einen Hand, auf dem sich in einer weißen Stoffserviette eingeschlagen in mundgerechte Häppchen geschnittenes Weißbrot befand und einigen hohen Weingläsern in der anderen Hand, deren Stiele sie geschickt umfasste.

»Ist das die Kelterpresse?«, fragte er, während er sich das gute Stück aus der Nähe betrachtete.

Sie stellte alles vorsichtig auf dem Tisch in der Nähe der Weinregale ab.

»Mhm. Ist jetzt aber nicht mehr in Gebrauch. Brauchen Sie einen Spucknapf?«

»Nein, danke. So viele verschiedene Sorten sind es ja nicht. Und wenn der Wein gut ist, darf er auch gern meine Kehle passieren.«

Pia lächelte und fragte, womit er beginnen wolle. »Riesling, Grauburgunder, Spätburgunder, Kerner oder Spätlese?«

Er entschied sich für einen Grauburgunder und Pia öffnete die erste Flasche.

»Das Atmenlassen entfällt heute«, merkte sie an. Der Wein schmeckte trotzdem, wie Gregor anerkennend bestätigte.

Er schwenkte den Weißwein in den Rand hinauf und steckte seine Nase tief in das Glas, bevor er einen weiteren Schluck nahm.

»Sehr gut!«, lobte er kurz und bündig, doch mit so viel Nachdruck in der Stimme, dass weitere Worte überflüssig waren.

Pia nickte zufrieden und sagte:

»Wissen Sie, meine Tante war vereidigte Messweinlieferantin für das

Bistum Speyer«, erklärte sie nicht ohne Stolz. »Wenn sie einmal im Jahr wie üblich Proben an das zuständige Amt zur Prüfung schickte, konnte es schon vorkommen, dass man von dort augenzwinkernd nochmals ein paar Flaschen anforderte mit der fadenscheinigen Begründung, die erste Lieferung sei nicht eingetroffen. Den Herrschaften hat der Wein schlichtweg zu gut geschmeckt.«

11

Daniels Handy klingelte und er erkannte die Nummer im Display. Er wartete noch einen Augenblick, bevor er ranging und wies seine Sekretärin freundlich, aber bestimmt an:

»Gehen Sie schon mal vor zum Auto, ich komme gleich«, was sie auch tat, nicht ohne ihm einen missbilligenden Blick zuzuwerfen. Er blieb im Treppenhaus des Bürogebäudes stehen und sah ihr hinterher, wie sie seiner Aufforderung etwas unwillig Folge leistete und die Tür nach draußen öffnete, die auf die Carrer de la Luz führte, in der sich seine Kanzlei in Palma befand. Die Einheimischen nannten ihre Hauptstadt einfach nur liebevoll die Stadt, »La Ciudad«.

»Hallo Sonja!«, meldete er sich. »Schön, deine Stimme zu hören!«

Er lachte tief, als er die Antwort am anderen Ende der Leitung hörte, und sagte dann schnell: »Sei mir nicht böse, aber ich bin gerade auf dem Sprung zu einem Klienten.« Daniel fuhr sich durchs Haar und strich sich über den Nacken, während er der jungen Dame namens Sonja zuhörte.

»Nein, nein«, wehrte er ab und lachte wieder. »Ich habe es wirklich eilig. Wir sehen uns heute Abend. So um acht, ja? Ich hole dich ab.« Er wollte gerade auflegen, versicherte aber dann rasch: »Ich freue mich auf dich.«

Zufrieden lächelnd klappte er das Mobiltelefon zusammen, ließ es im Jackett seines hellen Anzugs verschwinden und machte sich auf den Weg nach unten.

Die erste Verabredung mit Sonja vorgestern Abend war sehr nett gewesen. Unkompliziert, leicht und unverbindlich. »Das wäre doch gelacht«, sagte er sich, »wenn ich das Kapitel Pia Laubenstein nicht ganz schnell abhaken kann.«

Es war schön gewesen mit Pia, aber jetzt hatten sich die Dinge eben anders entwickelt, als ursprünglich geplant. Das war zwar einerseits bedauerlich, aber so ging es doch vielen Paaren. Schwer verliebt und in bester Absicht starteten sie in das Abenteuer Beziehung, um dann zu merken, dass es doch nicht so gut passte und sie in ihren Vorstellungen zu verschieden waren.

Und hey – was hatte sein alter Kumpel Maik als Aufmunterung gesagt, als sie sich seit ewigen Zeiten mal wieder zu einem Kneipenabend verabredet hatten: »Andere Mütter haben auch schöne Töchter.«

Sie hatten an dem Abend ziemlich viel getrunken, über das Leben und die Liebe philosophiert, und Daniel war am nächsten Morgen ungewohnt spät und mit einem dicken Kater im Büro erschienen. Maria, seine Sekretärin, hatte die Augenbrauen hochgezogen und ihn mit einer vollen Rückrufliste empfangen. Ohnehin schien sie seinen neuen Lebenswandel nicht gutzuheißen und ließ ihn das auch durch Gesten oder Bemerkungen deutlich spüren.

Ja, Maria war eine Frau mit festen Prinzipien. Solange sie ihren Arbeitgeber kannte, hatte er mit jeder noch so hübschen Klientin ausschließlich auf der geschäftlichen Ebene Umgang gehabt. Dies war eine der Charaktereigenschaften, die sie an ihm schätzte. An heimlichen und offenkundigen Verehrerinnen hatte es ihm wahrlich nie gemangelt.

Außerdem war Maria die bodenständige und allürenfreie Pia immer sehr sympathisch gewesen. Sie hatten des Öfteren ein Schwätzchen gehalten und sich dabei gern über mallorquinische Kochrezepte ausgetauscht, an die Pia sich hin und wieder wagte.

Pia war nämlich nicht nur eine Genießerin und Feinschmeckerin, sondern kochte auch leidenschaftlich gern und mit Vorliebe einheimisches Essen wie das »Conejo con Cebolla«, ein Kaninchengericht mit Zwiebeln oder Fisch, den sie mit Kartoffeln, Tomaten, Pinienkernen, Paprika und Rosinen sowie frischen Kräutern und Gewürzen im Ofen garte. Daniel schwärmte immer wieder von ihren Kochkünsten diesbezüglich, die das Paar gern mit einem fruchtigen Rotwein aus Binissalem feierte.

Gut, Daniel und Pia waren bedauerlicherweise nicht verheiratet, wie es sich eigentlich gehörte. Aber so waren die jungen Leute heute eben, dachte die streng katholische Maria sich.

Doch diese oberflächlichen weiblichen Bekanntschaften, die ihr junger Chef momentan pflegte, waren ganz und gar nicht in Ordnung, wie die resolute Mallorquinerin fand. Das hatte Frau Laubenstein nicht verdient, ob sie nun tatsächlich getrennt waren oder nicht.

Daniel wunderte sich, dass seine Sekretärin so schnell Wind davon bekommen hatte, dass er der attraktiven Damenwelt neuerdings durchaus offen gegenüberstand. Es war ihm unangenehm, wenn die Frau in seinem Vorzimmer, auf deren Meinung er viel gab, von seinen Rendezvous erfuhr. Erzählt hatte er ihr nichts; offenbar war das weibliche Intuition. Anders konnte er es sich nicht erklären, dass sie immer richtig lag und Telefonanrufe wie die von Sonja mit bösen Blicken strafte.

Aber was wusste sie schon? Schließlich hatten er und Pia sich getrennt und er war frei zu tun, was er wollte.

Und diese neue Freiheit wollte er in vollen Zügen genießen, so wie Maik ihm geraten hatte. »Du hast schon viel zu lange gelebt wie ein Spießer«, hatte er gesagt und ihn ermuntert: »Geh raus, hau auf den Putz, genieß das Leben!«

Daniel sprang in seinen silbernen Mercedes SL, der auf seinem Parkplatz direkt um die Ecke stand und ließ sich auf den Ledersitz hinter dem Steuer sinken.

Autos waren schon immer Daniels Leidenschaft gewesen und was das anging, hatte er nicht vor, sich seinen mallorquinischen Nachbarn anzupassen. Selbst wenn sie es sich leisten konnten, legten die meisten Einheimischen auf diesem Gebiet deutlich mehr Bescheidenheit an den Tag, obgleich sie Ausländern jede ihrer noblen Karossen neidlos zu gönnen schienen oder gar offen bewunderten.

Mit seinen 36 Jahren war Daniel schon fast so viele Autos gefahren wie er Lebensjahre zählte. Siebzehnjährig hatte er seinen Führerschein in den Staaten gemacht, als er ein Schülerauslandsjahr dort verbracht hatte. Als er ein knappes Jahr später und kaum volljährig zurückgekehrt war, hatte ihn zu Hause sein erstes eigenes Auto erwartet: Ein grüner Mazda MX5, mit dem er kurz darauf wieder in sein Schweizer Internat gefahren war. Er war dort mit dem schicken Zweisitzer nicht einmal sonderlich aufgefallen. Wer seinen Sprössling nach Schloss Hohenfels schickte, der sparte nicht etwa am fahrbaren Untersatz für den Filius.

Daniel war schon zu diesem Zeitpunkt aufgegangen, dass wohl so manche Eltern mit Schuldgefühlen kämpften, wenn sie ihre Kinder in das Elite-Internat abschoben. Gemeinsame Zeit und verbindende Erlebnisse kamen offenbar in diesen Familien so kurz wie in seiner eigenen. Die kostspieligen Geschenke waren die Art, wie die Eltern Liebe und Wohlwollen zeigten. Ihre Kinder kannten es nicht anders und nahmen selbstverständlich, was sie kriegen konnten.

Als Einzelkind aufgewachsen, hatte Daniel sich bis zum Beginn seiner Internatszeit immer Geschwister gewünscht, und Gedanken an seine Kindheit waren für ihn sehr ambivalent.

Da war zum einen die zärtliche Liebe seiner Mutter, die ihren Jungen erst relativ spät bekommen hatte und ihn deswegen umso mehr spüren ließ, dass sie ihn als besonderes Geschenk empfand. Leider konnte sie sich jedoch nie gegen das gestrenge Familienoberhaupt durchsetzen. Dabei hatte es ihr fast das Herz zerrissen, als sie Daniel im Alter von zehn Jahren das erste Mal ins Internat gebracht und für viele Monate in der renommierten Schweizer Schule zurückgelassen hatten. Sie hatte den kleinen Kerl ganz fest an sich gedrückt und ihm leise ins Ohr geflüstert, wie sehr sie ihn liebte und ihn nur deshalb losgelassen, weil sie wusste, dass es keinen Sinn hatte, ihren Mann zu bitten, es sich noch einmal zu überlegen. Sie wollte es Daniel nicht noch schwerer machen, sich in das Unvermeidliche zu fügen.

Auf der anderen Seite war da sein Vater: Ein stattlicher, hart arbeitender Bauunternehmer, der sich und seinen Angestellten eine Menge abverlangte. Sein Sohn sollte einmal in seine Fußstapfen treten und die Firma übernehmen. Bis dahin galt es, ihn mit allem auszustatten, was dazu erforderlich war. Offen gezeigte Zuneigung gehörte nicht dazu.

Daniel hatte als Halbwüchsiger im Streit einmal laut den Verdacht geäußert, sein Vater hätte ihn doch nur deshalb in die Welt gesetzt, um einen Nachkommen und Erben zu haben für das Unternehmen. Der hatte, fassungslos über so viel Undankbarkeit und in unbändiger Wut, dem Jungen die erste und einzige Ohrfeige seines Lebens verpasst. Hinterher hatte es ihm insgeheim leid getan, doch er hatte sich nicht überwinden können, sich zu entschuldigen. Derartige Gefühlsduseleien waren nicht seine Art und würden Daniel nur unnötig verweichlichen, dachte er.

Genau wie damals, als der weinende Zehnjährige nicht im Internat bleiben, sondern wieder mit nach Hause fahren wollte. Er hatte ihm in einer angedeuteten Umarmung fest auf den Rücken geklopft, wie es Männer tun, und ihm mit auf den Weg gegeben: »Wir wollen nur das Beste für dich.« Als das den Sprössling nicht in der gewünschten Weise zu beeindrucken vermochte, hatte er ermahnend nachgelegt: »Stell dich nicht so an, du bist doch keine Memme!« Dann hatte er seine weinende Frau in Richtung Auto bugsiert und sie, kaum, dass die Türen zugeschlagen worden waren, angeherrscht: »Jetzt reiß dich zusammen! Kein Wunder, dass der Junge flennt!« Gabriele Bauer wusste, wie schon so oft, nichts zu erwidern und starrte den ganzen weiten Weg nach Hause mit leerem Blick vor sich hin.

Nach der Ohrfeige hatte sich das Verhältnis von Vater und Sohn mit der Zeit wieder weitestgehend normalisiert. Erst als Daniel ihm nach Beendigung seines Studiums eröffnet hatte, er habe sich dazu entschlossen, ganz auf eigenen Füßen zu stehen und wolle in die Immobilienbranche einsteigen, war es zum endgültigen Bruch gekommen. Erst hatte er ihn angebrüllt. Als das nichts nützte, hatte er überhaupt nicht mehr mit ihm geredet und ihn mit Ignoranz gestraft, war nur noch mit versteinerter Miene dagesessen und hatte ihn auf diese Weise seine Enttäuschung spüren lassen.

Albert Bauer hatte es nie verwinden können, dass sein Sohn nicht wie geplant die Firma übernehmen und die in ihn gesetzten Hoffnungen erfüllen wollte. Seine Frau hatte noch zaghaft versucht, die Wogen zu glätten und zu vermitteln, doch ohne Erfolg. So herrschte schon seit Jahren Funkstille zwischen den beiden.

Seine Mutter rief Daniel hin und wieder an. Das tat sie heimlich, um nicht den Zorn ihres Mannes auf sich zu ziehen. Von ihr wusste er auch, dass sein fast siebzigjähriger Vater sich noch immer nicht zur Ruhe gesetzt und das Unternehmen verkauft hatte. Das letzte Gespräch war bereits eine ganze Weile her.

Daniel sah hinüber zu seiner Sekretärin, die auf dem Beifahrersitz saß und Unterlagen sortierte. Sie waren auf dem Weg nach Port d'Andratx, einem prominenten Küstenort im Südwesten der Insel. Dort wollten sie einen neuen Klienten treffen, von dem Daniel sich einen sehr lukrativen Auftrag erhoffte. »Wir wollen nicht kleckern, sondern richtig klotzen, Herr Bauer«, hatte dieser angekündigt. Das hörte sich äußerst vielversprechend an und war Musik in Daniels Ohren.

12

Die Nacht war schwül und Pia konnte nicht schlafen. Sie wälzte sich unruhig hin und her und streckte mal das eine, mal das andere nackte Bein unter der Decke hervor. Genauer gesagt war es nur noch der Bettbezug. Nach der ersten heißen Nacht hatte sie das dicke Federbett abgezogen und im Schrank verstaut.

Tante Agathe hatte offenbar sommers wie winters nur diese eine Garnitur für jedes Zimmer, und Pia fragte sich, wie die Gäste damit wohl klarkamen. Bisher hatte sich noch keiner bei ihr beschwert. Wahrscheinlich kannten sie sich mit Agathe Schöns Gepflogenheiten aus und arrangierten sich damit. Schließlich verbrachten die beiden Damen nicht das erste Mal einige Sommertage hier. Bei Herrn Westermann war es unter dem nicht sonderlich gut isolierten Dach bestimmt noch eine Spur wärmer. Doch er würde sich, so schätzte sie ihn ein, zu helfen wissen und sich wegen einer Decke nicht beschweren. Wie sie ihn bisher kennengelernt hatte, schien er ohnehin eher unkompliziert zu sein.

Pia drehte sich auf den Rücken und starrte an die Decke. Sie dachte mit gemischten Gefühlen an den bevorstehenden Besuch bei ihren Eltern. Das Telefongespräch war ganz gut gelaufen, und sie freute sich darauf, Mama und Papa nach so langer Zeit endlich wiederzusehen. Am liebsten würde sie bei einer Tasse Kaffee einfach ein bisschen mit ihnen plaudern und in ihrer Nähe sein, doch bestimmt würde ihre Mutter das Gespräch schnell auf Daniel lenken und sich nicht mit knappen Erklärungen abspeisen lassen, warum sie aus der gemeinsamen Villa ausziehen wollte. Ihr Vater dagegen würde sich wie meistens mit dem zufriedengeben, was seine Tochter von sich aus erzählte und seine Frau hinter seiner Zeitung hervor freundlich ermahnen, sie nicht zu bedrängen.

Pia grübelte darüber nach, wie sie das Treffen einigermaßen stressfrei über die Bühne bringen konnte. Über kurz oder lang führte natürlich kein Weg daran vorbei, ihre Familie einzuweihen, aber sie wollte das Wissen um das kleine Wesen in ihr noch eine Weile für sich behalten.

Der Mond schien hell in ihr Zimmer, obwohl es noch ein paar Tage bis Vollmond waren. Die Fensterläden schirmten das Licht von draußen nicht vollständig ab. Deshalb hatte Pia sie gar nicht geschlossen und die beiden Fensterflügel weit geöffnet, in der Hoffnung auf einen schwachen Wind hin und wieder, der etwas Kühlung brächte. Zuhause auf Mallorca war es zwar lange Zeit heiß, aber in den Bergen ging meist ein laues Lüftchen, das die Nächte gut erträglich machte.

Hier war es dagegen drückend heiß und Pia fragte sich, ob es bald ein Gewitter gäbe. Sie schlug das Leintuch zurück und schwang die Beine aus dem Bett. Barfuß ging sie über die Holzdielen zum Fenster und blickte auf den Hof.

Alles war still. Sie entdeckte die beiden Katzen Max und Minka, die neben der Gartenlaube im Gras lagen. Sogar den sonst nachtaktiven Tieren schien es für Streif- und Beutezüge zu warm zu sein.

Sie wandte sich um, zog sich ihren kurzen Morgenmantel über und schlich auf Zehenspitzen im Dunkeln die Treppe hinunter in die Küche, um sich ein Glas Milch zu holen. Im Licht des offenen Kühlschranks trank sie gierig die ersten Schlucke und spürte, wie die kalte Flüssigkeit wohltuend ihre Kehle hinabrann. Sie goss gleich noch einmal nach, nahm den Teller mit dem übrig gebliebenen Rest Hühnchen heraus und schubste die Kühlschranktür zu.

Der Fußboden knarrte wie gewohnt, als sie über die Schwelle zum Wohnzimmer ging. Pia machte auch hier kein Licht. Ihre Augen hatten sich wieder an das Halbdunkel gewöhnt, und sie steuerte zielstrebig auf ihren Lieblingsplatz in Tante Agathes bequemem Ohrensessel zu.

Vorsichtig, um die Milch nicht zu verschütten, ließ sie sich im Schneidersitz nieder und stellte das volle Glas vor sich auf den Teppich. Schnell schob sie die Folie über dem Teller zur Seite und wollte gerade herzhaft in das helle, saftige Fleisch beißen.

»Bitte nicht erschrecken!«, hörte sie da plötzlich ein Flüstern hinter sich.

Mit weit aufgerissenen Augen fuhr Pia herum und unterdrückte einen Aufschrei. Dabei ließ sie den Hähnchenschlegel zurück auf den Teller fallen.

»Keine Angst! Ich bin's nur.«

Sie blickte suchend in die Richtung, aus der die Stimme gekommen war und kniff dabei die Augen zusammen, um besser sehen zu können. Im Sessel direkt hinter der Tür erkannte sie die Gestalt des Musikers. Der hob beschwichtigend die Hand und beteuerte:

»Ich wollte Sie wirklich nicht erschrecken.«

Pia stöhnte erleichtert auf. »Ach, Sie sind's«, um ihn gleich darauf entrüstet anzufahren:

»Was machen Sie denn hier mitten in der Nacht – und dann auch noch im Dunkeln?« Ihr Herz klopfte noch immer wie wild.

»Bitte entschuldigen Sie!«, sagte er ruhig.

Pia legte sich ihre linke Hand an den Hals und schnappte noch einmal nach Luft. »Schon gut! Ist ja nicht Ihre Schuld.«

»Ich konnte nicht schlafen«, antwortete er.

»Ich auch nicht.« Sie stand kurz auf, drehte ihren Sessel und setzte sich ihm zugewandt wieder hin.

»Ist einfach zu schwül.«

»Viel zu schwül«, pflichtete sie ihm bei.

»Da bin ich lieber aufgestanden.«

»Hm, ich auch.«

»Bevor man sich stundenlang nur im Bett herumwälzt.«

»Oder an die Decke starrt«, ergänzte sie.

Es herrschte einen Moment lang Stille. Pia zupfte an dem Hähnchenschlegel auf ihrem Teller und schob sich ein Stück Fleisch in den Mund.

»Guten Appetit!«

»Danke!«, nuschelte Pia kauend in ihre vorgehaltene Hand hinein. »Wollen Sie auch was?«

»Nein, danke. Mein Wasser genügt mir völlig.«

Sie hörte, wie er ein paar Schlucke trank und dann sagte: »Ich stehe öfter mal nachts auf.«

»Und dann haben Sie morgens ziemlich verquollene Augen.«

Sie erschrak über ihren vorlauten Kommentar, aber er schien ihn ihr nicht übelzunehmen.

Lachend sagte er: »Das mag sein. Aber wenn Sie auf heute Morgen anspielen – eigentlich habe ich letzte Nacht sehr gut geschlafen.«

»Oh! Ich wollte wirklich nicht …«

»Sie haben ja recht. Habe ich von meinem Vater geerbt. Der sah, bis er zum Frühstück einen Kaffee hatte, auch immer aus, als wäre er gerade erst aus dem Bett gefallen.«

Pia lachte leise und nagte dann den Rest ihres Hähnchenschlegels ab.

Er betrachtete sie im Schein des Mondlichts. »Ich mag es, wenn Sie sagen, was Sie denken«, sagte er mit warmer Stimme.

Sie verschluckte sich fast an ihrem letzten Bissen und musste zweimal husten.

Er wartete, bis sie sich geräuspert hatte und redete dann unbeirrt weiter. »Nachts kann ich einfach gut denken. Da kommen mir die besten Ideen.«

»Für Ihr Buch?«, fragte sie mit vollem Mund.

»Das auch.«

Pia nagte den Knochen ab, während sie darauf wartete, dass er weiterredete.

»Nachts überlege ich manchmal, wo ich noch hinwill.«

»Sie meinen, im Leben und so?«

»Ach, nein. Das weiß ich schon«, antwortete er.

Pia beneidete ihn. Sie selbst wusste momentan überhaupt nicht, wo sie hin wollte. Im Grunde genommen hatte sie das noch nie gewusst. Ihr Leben hatte sich so nebenbei entwickelt.

Als Kind hatte sie den vagen Wunsch formuliert, einmal anderen Menschen helfen zu wollen. Auf eine gewisse Art hatte sie das ja auch verwirklicht durch ihre Arbeit als Physiotherapeutin, auch wenn es nicht ganz das war, was sie ursprünglich damit gemeint hatte. An Wohlstandsverspannungen herumzumassieren war nicht der Traumberuf, der ihr einst vorgeschwebt hatte.

Die Jahre waren so schnell vergangen. Sie war nun Mitte 30. Eigentlich schon lange erwachsen. Und sie führte auch schon lange das Leben einer Erwachsenen. Aber innerlich fühlte sie sich nicht so viel reifer, wie sie es für dieses Alter erwartet hatte.

Sie konnte sich gut an die Zeit erinnern, als ihre Mutter so alt gewesen war wie sie jetzt. Sie selbst war damals elf gewesen und hatte sich ausgemalt, dass sie auch irgendwann einmal so ein Leben führen würde, Kinder haben würde und was sonst noch so dazugehörte, aber das alles war damals unendlich weit weg gewesen.

Ja, damals. Die Welt hatte ihr weit offen gestanden, es hatte viele Wahlmöglichkeiten gegeben.

Wenn sie jetzt darüber nachdachte, hatte sie nicht den Eindruck, dass sie wichtige Entscheidungen bewusst gefällt hatte. Immer mehr schien sich das Leben mit seinen Möglichkeiten zu verengen. Vieles war bereits festgelegt und manches nicht mehr möglich. Und jetzt stand sie plötzlich da und würde in wenigen Monaten selbst ein Kind zur Welt bringen, zwar älter geworden an Jahren und manchen Erfahrungen, doch ohne Partner, ohne festen Job und ohne eine Vorstellung davon, wer sie wirklich war und wie es weitergehen sollte.

»Und – wo wollen Sie hin?«, fragte sie den Musiker und war gespannt auf seine Antwort. »Im Leben meine ich.«

»Ich habe keine wirklich großen Pläne und Ziele für mein Leben«, sagte er.

»Meine Exfrau war sogar der Ansicht, ich sei nicht nur sprunghaft, sondern ließe mich sinn- und ziellos durchs Leben treiben. Aber so würde ich das nicht bezeichnen.«

Er war also tatsächlich schon einmal verheiratet gewesen. Pia stellte fest, dass es sie nicht sonderlich überraschte. Schließlich war er alt genug, dass so etwas wie eine Heirat im Laufe der vergangenen zwei Jahrzehnte hatte vorkommen können. Und doch hatte er etwas Freies und Ungebundenes an sich, das Pia automatisch dazu veranlasst hatte, zu glauben, dass er geschieden war oder zumindest nicht in einer festen Partnerschaft lebte.

»Treiben lassen hat so etwas Passives«, fuhr er fort. »Als ob man keinen

Einfluss darauf hätte, wo es hingeht.« Er schwieg einen Moment, als ließe er sich die Bedeutung des Ausdrucks noch einmal durch den Kopf gehen.

»Nein, wie ein Getriebener fühle ich mich nicht. Ich gestalte mein Leben bewusst, aber achte auf Anzeichen, dass ich etwas ändern und eine neue Richtung einschlagen sollte. Und das kann durchaus über Nacht geschehen. Mir gefällt der Ausdruck »gleiten« viel besser. Die Dinge gleiten lassen – durchs Leben gleiten. Wie ein Adler, der über der Erde schwebt und sie von oben betrachtet, gewissermaßen aus der Distanz heraus. Er nutzt leichte Böen, fliegt nach den Gesetzen der Aerodynamik mit ausgebreiteten Flügeln durch die Lüfte, und das meistens ohne große Kraftanstrengung. Macht keine großen Pläne. Er gleitet, indem er sich den Gegebenheiten anpasst, und doch weiß er im richtigen Moment genau, was er will. Wenn es darauf ankommt und er etwas sieht, das er haben will, dann vergisst er alles um sich herum und stürzt sich hinab auf das Objekt seiner Begierde.«

Pia hatte die Beine angezogen, wie sie es oft tat und stützte ihr Kinn auf die Knie, während sie seinen Worten in der Dunkelheit lauschte.

Es hörte sich einerseits verlockend an, so zu leben, aber auch ein bisschen abgehoben – im wahrsten Sinne des Wortes. An der Realität vorbei. Sie ahnte, was seine geschiedene Frau an seiner Lebensweise gestört hatte.

»Sie wirft also nie etwas aus der Bahn?«, wollte sie nun von ihm wissen.

Er überlegte einen Augenblick.

»Nein, nicht mehr, glaube ich. Damals als mein Vater starb – er war gerade einmal so alt wie ich es jetzt bin – da hat es mir den Boden unter den Füßen weggezogen. Er war ebenfalls Musiker. Spielte über 20 Jahre lang im selben Orchester Cello und hat keinen Tag gefehlt. Wir haben uns gut verstanden, und manchmal vermisse ich ihn noch heute. Er und meine Mutter hatten noch so viele Pläne für die Zeit, wenn er einmal in Rente gehen würde. Was wollten sie noch alles von der Welt sehen!«

Pia sah im Halbdunkeln wie er den Kopf schüttelte.

»Und was ist passiert?«, fragte sie.

»Eines Tages ging er zur Orchesterprobe, alle hatten gerade ihre Instrumente gestimmt, da griff er sich an die Brust und fiel vom Stuhl. Einfach so. Der Notarzt, der wenige Minuten später eintraf, konnte nur noch seinen Tod feststellen.«

»Das tut mir leid«, sagte Pia mit tonloser Stimme.

»Ja, wir waren alle geschockt. Meine Mutter ist zusammengebrochen und hat sich bis heute nicht richtig davon erholt. Sie trauert noch immer um ihn, trauert den vergangenen Zeiten nach und vor allem den Möglichkeiten und Chancen, die vertan sind. Bis heute hat sie nichts von der Welt gesehen, obwohl sie genug Zeit und Geld dafür hätte. Erst hat sie mit meinem Vater von der Zukunft geträumt und jetzt klammert sie sich an die Vergangenheit. Ich will im Jetzt leben, mit Haut und Haaren. Träume sind dazu da, verwirklicht zu werden. Wer weiß, was in zehn Jahren ist oder in zwanzig. Wir wissen doch noch nicht einmal, was morgen sein wird.«

Pia dachte über das nach, was er gerade gesagt hatte.

»Nein, mich wirft so schnell nichts mehr aus der Bahn«, bekräftigte er noch einmal. »Ich bin mir sehr bewusst, dass das Leben morgen schon vorbei sein könnte. Ich kenne so viele Menschen, die ihr ganzes Leben darauf warten, dass das wirkliche Leben beginnt.«

»Ja«, sagte Pia, »manchmal denke ich auch, dass es doch noch mehr geben müsste. Ich bin nicht religiös oder so, aber trotzdem kann das doch nicht alles gewesen sein, oder?«

»Sie meinen, ein Leben nach dem Tod? Oder irgendein höheres Wesen, das sich für uns kleine Menschen interessiert?«

»So etwas in der Art. Wirklich vorstellen kann ich es mir nicht. Ich fühle mich nur immer wieder – so leer.«

»Wachen Sie auf, Pia! Mit dem Tod ist alles aus«, sagte er, und es klang, als sei er sich sehr sicher. »Packen Sie so viel es geht in dieses Leben. Und seien Sie nicht enttäuscht, wenn Schicksalsschläge kommen. Stehen Sie wieder auf und nutzen Sie sie, um weiter voranzukommen.«

»Sie glauben an das Schicksal?«, fragte sie.

»Ja, ich glaube, dass es mir etwas sagen will, wenn es mich auf die eine oder andere Art führt, wenn Sehnsüchte in mir geweckt werden nach fernen Orten oder wenn mir Menschen begegnen, die bestimmte Saiten in mir zum Schwingen bringen. Dann bin ich dem Schicksal dankbar und ergreife die Gelegenheiten, die sich mir bieten.«

»Aber Sie glauben nicht, dass ein höheres Wesen oder Gott dahintersteckt?«

»Nein. Und wenn, kann es kein guter oder allmächtiger Gott sein. Würde er sonst all das Leid zulassen?«

Pia war diese Art der Argumentation vertraut. Die meisten Menschen, die sie kannte, glaubten nicht an Gott. Doch wenn dann etwas schiefging in ihrem Leben, fragten sie doch, wie Gott das hatte geschehen lassen können und klagten ihn an. Der Musiker hatte sich offenbar für einen anderen Weg entschieden. Er nannte es Schicksal und wollte sich um jeden Preis damit arrangieren. Statt ihm zu antworten, fragte sie:

»Durchs Leben gleiten also, ja?«

»Genau!«, gab er zurück.

»Nicht so einfach, wenn man plötzlich ungeplant schwanger ist«, erwiderte sie zu ihrer eigenen Überraschung.

»Oh!«, entfuhr es ihm.

Pia deutete es als Kapitulation vor seiner eigenen Theorie.

»Sehen Sie! Wenn man mit der harten Realität konfrontiert wird, ist es nicht mehr so leicht, vom Gleitenlassen zu reden, oder?«

»Nein, so war das nicht gemeint. Ich hatte nur nicht mit so etwas gerechnet. Sie wirken irgendwie nun mal nicht, als wären Sie …«

»Schwanger?«, vollendete sie seinen Satz.

»Ist noch alles recht frisch«, meinte sie erklärend. Sie wunderte sich, dass sie einem fast Fremden von der Schwangerschaft erzählte, aber der Musiker hatte sich ihr auf eine Weise geöffnet, die es ihr leicht gemacht hatte. Die Dunkelheit, in der man die Gesichtszüge des anderen nicht erkennen konnte und die ungewöhnliche Uhrzeit hatten vermutlich ein Übriges getan.

»Auch wenn es Sie offenbar noch nicht uneingeschränkt freut, ich gratuliere Ihnen!«

»Ja, da liegen Sie durchaus richtig«, sagte Pia bitter.

»Und der werdende Vater ist auch nicht begeistert?«

»Auch da liegen Sie richtig. Mehr noch. Er würde es am liebsten gar nicht erst so weit kommen lassen – Vater zu werden.«

»Oh Pia, tun Sie das nicht!«, bat er sie eindringlich. Sie bemerkte erst jetzt, dass er sie schon zum zweiten Mal in dieser Nacht beim Vornamen nannte.

»Behalten Sie das Kind und pfeifen Sie auf seinen Erzeuger, wenn er dieses unverhoffte Geschenk nicht annehmen will.«

»Keine Sorge. Ich werde das Kind behalten. Und auf seinen Erzeuger zu pfeifen, das übe ich gerade. Ist aber alles nicht so einfach.«

»Und trotzdem, Sie schaffen das schon«, sagte er zuversichtlich. »Sie sind stärker als Sie denken.«

»Sie kennen mich doch gar nicht«, gab sie ein wenig patzig zurück, wurde jedoch gleich wieder versöhnlicher. »Aber danke, es tut trotzdem gut, das zu hören. Vielleicht glaube ich es dann selbst noch irgendwann.«

»Ja, tun Sie das! Fangen Sie am besten gleich damit an!«, ermutigte er sie.

Pia lachte über so viel naiven Optimismus. Doch seine Worte bauten sie dennoch auf und es fühlte sich gut an.

»Haben Sie Kinder?«, fragte sie nun unvermittelt.

»Nein, das war mir bisher nicht vergönnt. Meine Exfrau und ich konnten keine bekommen. Aber wahrscheinlich war es im Nachhinein gut so. Scheidung muss für Kinder etwas sehr Traumatisches sein, auch wenn es manchmal vielleicht besser ist, sich zu trennen, als nur zu streiten.«

»Meinen Sie, es ist so viel besser, wenn ein Kind von vornherein ohne seinen Vater aufwächst? Und spürt, dass seine Mutter nicht glücklich ist?«

»Zumindest sollte es kein Grund sein, sich gegen ein Kind zu entscheiden. Meinen Sie, es wäre ihm lieber, erst gar nicht geboren zu werden?«, fragte er seinerseits.

Ohne eine Antwort abzuwarten, fuhr er fort: »Und vielleicht bekommt es ja irgendwann einmal einen Vater. Einen, der vielleicht nicht zu seiner Entstehung beigetragen hat, aber der für es da sein will und nicht nur die Mutter, sondern auch ihr Kind lieben kann.«

Pia traten bei seinen Worten Tränen in die Augen.

»Glauben Sie mir, Pia, das Leben ist nicht vorbei, nur weil es anders gekommen ist, als Sie gedacht haben. Für das Kind haben Sie sich schon entschieden, und das ist gut so. Jetzt entscheiden Sie sich dafür, wieder glücklich zu werden, und der Rest kommt schon von allein.«

»Wenn es nur so einfach wäre.« Sie seufzte. »Gleiten lassen, richtig?«

»Sie lernen schnell!«, sagte er.

Pia lächelte, während sie sich langsam aus ihrem Sessel erhob. »Dann werde ich mal wieder nach oben in mein Bett gleiten.«

Sie räumte das Geschirr zusammen und ging zur Tür. Neben seinem Sessel blieb sie noch einmal stehen und fragte: »Was ist mit Ihnen? Sind Sie denn gar nicht müde?«

»Zum Einschlafen reicht es noch nicht ganz. Ich glaube, ich werde draußen noch eine kleine Runde drehen. Schlafen Sie gut, Pia.«

»Gute Nacht, Gregor«, nannte sie ihn genauso selbstverständlich beim Vornamen.

Sie stellte das Geschirr in der Küche in die Spüle und schlich, um die Damen nicht aufzuwecken, leise die Treppe hoch. Umsichtig versuchte sie, nicht auf die knarrenden Stellen der Holzstufen zu treten, sodass sie fast lautlos auf ihren nackten Füßen oben ankam. Noch nicht einmal Purzel schien sie zu bemerken. Er grunzte nur vor sich hin. Anscheinend hatte die Hitze ihn vollends geschafft.

»Schlaf gut, mein kleiner Wachhund!«, flüsterte Pia ihm zu und verschwand leise in ihrem Zimmer.

In der Nacht träumte Pia von ihrer alten Wahlheimat. Frei wie ein Vogel kreiste sie hoch über der mallorquinischen Nordwestküste und beobachtete das Meer, wie es sich an den Klippen der steilen Felswände brach und weiße Schaumkronen aufwarf. Zwei große Gesteinsbrocken ragten aus dem Wasser und boten ein paar Möwen einen guten Landeplatz. Pia wunderte sich, dass sie sich so gar nicht an dem bis zu ihnen hinaufspritzenden Salzwasser störten.

Sie flog weiter über bizarre Gebirgsketten und bewaldete Hänge bis zum äußersten Norden der Insel und drehte dann mit dem Wind bei, unter sich das tiefblaue Meer, das sich von da scheinbar endlos in die Ferne erstreckte.

Pia sah die flachen Ausläufer der Victoriahalbinsel und registrierte fasziniert, wie schnell sich die Landschaft veränderte. Zuerst die geschützte, weitläufige Bucht von Alcúdia, an die sich die traumhaften Strände der Südostküste anschlossen. Hier glitzerte das Meer türkisfarben und kristallklar im Licht der Sonne, und Pia verspürte das Bedürfnis, einzutauchen in die weichen Fluten und sich ein wenig treiben zu lassen.

Doch sie wollte weiter, schwang sich mühelos wieder hoch in die Lüfte und ließ den einsamen Süden hinter sich. Langsam drehte sie weg von der Küste, wo Schafherden in saftigen grünen Tälern grasten. Dazwischen ein buntes Farbenmeer aus unzähligen Frühlingsblumen. Lächelnd betrachtete sie prächtige weiß und rosa blühende Mandelbaumkronen, um schließlich wieder Kurs auf die Küste zu nehmen. Unter ihr sahen die stolzen Jachten und Segelboote der vorbeiziehenden Häfen unglaublich winzig aus.

Als sie die Dracheninsel Sa Dragonera erblickte, wusste sie, dass es Zeit war, nach Hause zu fliegen. Sie konnte die sandsteinfarbenen, verträumten Ortschaften erkennen, die sich an die langsam aufsteigende Serra de Tramuntana schmiegten, und die terrassierten Hänge, die ins Meer zu stürzen schienen. Sie sah Steineichen und Olivenhaine, und ihr Herz tat einen Sprung. Bella Colina war nicht mehr weit.

Als Pia am nächsten Morgen erwachte, stand sie noch ganz unter den Eindrücken der vergangenen Nacht. Wohlig reckte sie sich im Bett. Vielleicht war das die Lösung: Die Dinge nehmen, wie sie kommen und das Beste daraus machen.

Etwas wehmütig dachte sie an ihren schönen Traum und verspürte eine tiefe Sehnsucht nach der malerischen Landschaft Mallorcas.

Sie mochte die Weinberge, die sie nun wieder direkt vor der Haustür hatte, sie schätzte die gastfreundliche und unkomplizierte Art der Pfälzer und fühlte sich der Heimat ihrer Jugend verbunden. Und dennoch vermisste sie Mallorca. Sie hatte sich in die bezaubernde Baleareninsel verliebt, und sie hatte sich dort in den Mann verliebt, mit dem sie einmal hatte alt werden wollen. Wenn sie doch nur die Zeit zurückdrehen könnte!

Pia griff nach ihrer Armbanduhr auf dem Nachttisch und stellte erschrocken fest, dass es bereits viertel nach neun war. Bestimmt waren die Gäste bereits aufgestanden und schon am Verhungern. Sie schälte sich aus ihrem Bettbezug und zog hastig ihren Morgenmantel über.

Seltsam, dass sie wieder so lange geschlafen hatte. Na ja, vielleicht auch nicht. Schließlich war sie ja eine ganze Weile wach gewesen in der Nacht.

In Anbetracht der Uhrzeit wollte sie schon auf eine Dusche verzichten. Doch dann kamen ihr wieder die Worte des Musikers in den Sinn. Nein, sie wollte sich nicht hetzen, sondern es gleiten lassen, wie er so schön gesagt hatte.

Demonstrativ langsam schlenderte sie zum Badezimmer und ließ dort fröhlich pfeifend ein Kleidungsstück nach dem anderen auf die angenehm kühlen Fliesen des Fußbodens fallen. Kurz darauf genoss sie das lauwarme Wasser, das auf ihren Körper prasselte. Sie stellte sich ganz unter den Strahl und schloss die Augen, während sie den Kopf in den Nacken legte.

Als sie fertig angezogen und frisiert war, ging sie die Treppe nach unten. Alles war ruhig. Sie ging am Wohnzimmer vorbei und hörte gedämpfte Stimmen aus dem Aufenthaltsraum. Zaghaft öffnete sie die Tür.

»Guten Morgen, Frau Laubenstein!«, begrüßten Frau Rosenstetter und Frau Übeling sie heiter wie aus einem Mund.

Pia lächelte erfreut bei ihrem Anblick. Die beiden saßen kauend am Tisch, vor sich jeweils eine Tasse Kaffee, Brötchen, Butter, Marmelade, Honig, Wurst und Käse.

»Guten Morgen die Damen! Wie ich sehe, haben Sie sich zu helfen gewusst.«

»Hoffentlich sind Sie uns nicht böse«, sagte Frau Rosenstetter nun leicht verlegen. »Als Sie nicht da waren, haben wir uns einfach selbst bedient. Wir wollten Sie nicht wecken.«

»Kein Problem«, räumte Pia schnell ihre Bedenken aus.

Na, also, geht doch, sagte sie sich im Stillen. *Einfach gleiten lassen.*

Laut sprach sie weiter: »Schön, dass Sie nicht mit knurrendem Magen die Zeit totgeschlagen haben. Ich habe einfach verschlafen, tut mir leid!«

»Nicht doch. Wir wussten ja, wo alles zu finden ist«, beruhigte Frau Übeling sie. Sie betrachtete die junge Frau, die etwas unschlüssig im Türrahmen stand und fragte dann:

»Wollen Sie nicht mit uns gemeinsam frühstücken? Wir würden uns freuen!«

Pia musste nicht lange überlegen. Ihr war ohnehin etwas flau im Magen. So holte sie sich schnell ein weiteres Gedeck, brachte noch einen Beutel Milch mit und setzte sich zu den beiden. Wenige Augenblicke später nippte sie schon an ihrem dampfenden Kaffee, den Frau Rosenstetter ihr fürsorglich eingegossen hatte.

»Und was haben Sie heute vor?«, fragte Pia sie.

»Wir möchten nach Bad Dürkheim fahren«, bekam sie zur Antwort. »In den Kurpark. 2007 war die Saline ja abgebrannt.«

»Das stimmt«, sagte Pia. »Leider ist das schon mehr als einmal vorgekommen.«

»Brandstiftung, oder?«, fragte Frau Übeling knapp.

Pia nickte. »Soweit ich weiß, ja. Aber ich bin mir nicht sicher.«

Frau Rosenstetter fragte: »Wird heute eigentlich noch Salz mit der Saline gewonnen oder stehen sie ausschließlich wegen des guten Luftklimas da?«

Auch Frau Übeling schaute sie gespannt an, und Pia kramte in ihrem Gedächtnis, was sie noch darüber wusste. »Die Salinen oder Gradierbauten hatten ursprünglich einmal der Salzgewinnung gedient, sind aber, wenn ich mich recht erinnere, in Bad Dürkheim so Mitte des 19. Jahrhunderts errichtet worden, als diese Art der Salzproduktion schon so langsam an Bedeutung verlor.«

Frau Rosenstetter hakte ein: »Und dann hat man entdeckt, dass es die Luft besser macht, und Bad Dürkheim ist Kurstadt geworden?«

»Jetzt lass sie doch mal ausreden!«, wurde sie von ihrer Freundin gerügt.

»So ungefähr«, bestätigte Pia und fuhr unbeirrt fort. »Jedenfalls hat man schnell herausgefunden, dass bei der Verrieselung der Sole irgendwelche Mineralien in die Luft abgegeben werden, die eine heilende Wirkung für Menschen mit Atemwegserkrankungen haben.«

»Interessant!«, sagte Frau Rosenstetter. »Dann werden wir mal ein paar kräftige Luftzüge dort nehmen – zur Vorbeugung sozusagen.«

»Anschließend wollen wir zum Schwimmen ins Salinarium. Wir waren nämlich noch nie drinnen«, schaltete sich Frau Übeling nun ein. »Jedes Mal, wenn wir hier waren, wollten wir uns das Kurbad für einen Schlechtwettertag aufsparen, doch dann wurden wir so mit Sonne verwöhnt, dass es noch nie dazu gekommen ist.«

Sie lachte ihr tiefes Lachen. »Deshalb haben wir beschlossen, heute reinzugehen, auch wenn das Wetter fast zu schön dafür ist.«

»Es wird Ihnen bestimmt gefallen«, sagte Pia. »Das Bad ist auch bei gutem Wetter durchaus einen Besuch wert. Zum einen weil im Sommer auch das Freibad geöffnet hat mit einer schönen Liegewiese, zum anderen kann man sich im Solebecken draußen wegen der angenehmen Wassertemperaturen nahezu bei jedem Wetter und zu jeder Jahreszeit aufhalten.«

»Ach, tatsächlich?«, fragte Frau Rosenstetter. »Mensch, Hildegard, so genau hatten wir uns gar nicht informiert. Da hätten wir ja wirklich schon lange einmal hinfahren können!«, bemerkte sie mit Blick auf ihre Freundin in vorwurfsvollem Ton.

Diese ließ sich nicht auf weitere Debatten ein und stellte etwas barsch fest: »Jetzt tun wir's ja. Also hab dich nicht so!«, worauf die Angesprochene beleidigt die Nase rümpfte. »Deswegen musst du mich ja nicht gleich so anfahren!«

»Nur die Ruhe!«, versuchte Pia die erhitzten Gemüter zu beschwichtigen. »Verderben Sie sich nicht den schönen Tag, sondern freuen Sie sich auf das, was Sie geplant haben. Ich bin mir sicher, es lohnt sich.«

Die beiden blickten sich etwas beschämt an, und Frau Rosenstetter sagte: »Sie haben recht. Manchmal sind wir ein wenig aufbrausend. Doch wir regen uns genauso schnell wieder ab. Nicht wahr, Hildegard?« Diese brummte zustimmend und ließ ihre Freundin weiterreden. »Im Grunde sind wir ein eingespieltes Team und raufen uns immer wieder zusammen.«

Pia gab sich Mühe, nicht zu lachen.

»Heute Abend sind wir übrigens nicht da. Wir wollen den Tag dann gemütlich im Dürkheimer Fass* ausklingen lassen«, ließ Frau Rosenstetter Pia wissen. »Mit einem Paar Pfälzer Leberknödeln mit Sauerkraut und einem Gläschen trockenen Grünen Silvaner.«

»Oder auch zwei. Für die nötige Bettschwere sozusagen«, ergänzte Frau Übeling.

Pia empfahl, auf das Auto zu verzichten, falls es nicht nur bei einem Gläschen Wein bleiben würde. »Fahren Sie lieber mit der Bahn, damit Sie mir wieder heil hier ankommen.«

Die Damen waren gleich einverstanden und nahmen den gut gemeinten Ratschlag gern an.

»Und erzählen Sie mir anschließend unbedingt, wie es Ihnen im Fass gefallen hat!«, bat Pia, als sie die beiden nach dem Frühstück an der Haustür verabschiedete.

»Ich kenne es zwar von außen solange ich denken kann, war aber selbst noch nie drinnen.«

Pia machte sich daran, das schmutzige Geschirr abzuwaschen, das sich in der Spüle gesammelt hatte. Bis auf die Tatsache, dass sie ständig Hunger hatte und schneller außer Atem kam, ging es ihr recht gut. Manchmal überkam sie aber zu ungewohnter Zeit ganz unvermittelt die bleierne Müdigkeit, über die ihre Schwester so gestöhnt hatte. Pia hatte stets geglaubt, dass sie so schlimm doch nicht sein konnte und sich ihr Schwesterherz mal wieder hatte wichtig tun wollen. Sie musste sich eingestehen, dass sie ihr in diesem Fall unrecht getan hatte. Diese Mattigkeit war mit nichts vergleichbar, was sie bisher erlebt hatte. Aber da sie nicht arbeitete, hielten sich die Auswirkungen in Grenzen. Wenn sie müde wurde, machte sie einfach eine Pause und wusste diesen Luxus sehr zu schätzen. Vor allem war sie froh darüber, dass sie von weiteren Übelkeitsattacken verschont geblieben war.

---

* Beim Dürkheimer Riesenfass handelt es sich um ein richtiges Fass mit gigantischen Ausmaßen. Im Inneren befindet sich ein uriges Wein- und Speiselokal mit einer begehbaren Empore und in den Sommermonaten ringsum einem Weingarten.

Da fiel ihr ein, dass es langsam an der Zeit war, sich um die nächste Vorsorgeuntersuchung zu kümmern. Äußerlich war ihr noch nichts anzusehen, obwohl der kleine Winzling in ihr gerade die größten und spannendsten Fortschritte seines jungen Lebens machte. Sie war in der Tat neugierig darauf, wie er gewachsen war.

Pia stellte die letzte Tasse zum Abtropfen in den Korb neben der Spüle und zog den Stöpsel. Sie trocknete sich die Hände an Tante Agathes verblichenem blau-rot karierten Küchenhandtuch ab und legte es über das nasse Geschirr, als sie die Schritte des Musikers auf der Treppe hörte, die seltsam träge wirkten. Endlich streckte er den Kopf zur Tür herein und krächzte mit belegter Stimme ein »Guten Morgen!«

Sie erwiderte den Gruß und fragte dann teils besorgt, teils belustigt:

»Alles in Ordnung bei Ihnen? Sie hören sich ja an, als hätten sie die ganze Nacht kräftig einen gezwitschert. Also, wenn ich es nicht besser wüsste … oder war das gestern Abend am Ende gar kein Wasser, was sie da so fleißig getrunken haben?«

Gregor Westermann stand mit verquollenen Augen an den Türrahmen gelehnt und hörte sich ihre Vermutungen stirnrunzelnd an. Er räusperte sich, und als er zu einer Antwort ansetzte, hörte sich seine Stimme schon viel klarer an.

»So fühle ich mich ehrlich gesagt. Aber nein, abgesehen von der netten Weinprobe gestern habe ich nur alkoholfreie Getränke zu mir genommen. Vielleicht lag es ja am Spätburgunder ihrer Tante. Wer weiß, was die alte Dame reingemischt hat«, mutmaßte er.

Pia tat entrüstet und hob drohend den Zeigefinger. »Das könnte Ihnen so passen, meine arme Tante zu verdächtigen, die sich nicht wehren kann. Nein, nein, ich würde meine Hand ins Feuer legen dafür, dass der Schönsche Rebensaft absolut rein und ungepanscht ist.«

»Bevor Sie mich noch auffressen, gestehe ich dann wohl doch besser, dass ich schlicht und einfach zu wenig geschlafen habe. Wahrscheinlich hätte ich ins Bett gehen sollen, bevor es hell wurde.«

Jetzt wollte es Pia genau wissen. »Wie spät war es denn?«

Er winkte müde lächelnd ab und murmelte: »Kann nicht mehr als zwei Stunden her sein.«

Pia zog die Augenbrauen hoch und schnalzte tadelnd mit der Zunge. »Dann müssen Sie sich wirklich nicht wundern!«

»Tu ich ja gar nicht. Aber etwas mehr Mitgefühl hätte ich von Ihnen schon erwartet«, spielte er den Beleidigten.

»Tja, da sind Sie bei mir an der falschen Adresse. Wie sagte meine Mutter immer so schön?« Dabei setzte sie eine Oberlehrermiene auf. »Early to bed and early to rise, makes a man healthy, wealthy and wise.«

»Das ist eindeutig zu viel für mich am frühen Morgen. Wie war das? Early to bed and early to was?«

Lachend wiederholte Pia die alte Redensart.

»So habe ich das noch nie betrachtet. Das wäre eine Erklärung«, stellte er fest. »Obwohl«, gab er zu bedenken, »zumindest erfreue ich mich bester Gesundheit.«

Pia zuckte mit den Schultern. »Meine Mutter hatte eben auch nicht immer recht.«

»Sonst noch irgendwelche Sprichwörter, die Sie anbringen wollen?«, fragte er.

»Hm, lassen Sie mich mal überlegen. Wie wäre es mit ›Morgenstund hat Gold im Mund‹ oder ›Nur der frühe Vogel fängt den Wurm‹ oder …«

»Schon gut, ich habe verstanden.«

Sie wechselte das Thema und sagte: »Wie sieht es aus, wollen Sie noch frühstücken?«

»Unbedingt! Ich habe einen Bärenhunger. Aber vor allem brauche ich Koffein, damit ich einigermaßen klar denken kann. Sie wissen schon: Kaffee am Morgen vertreibt Kummer und Sorgen.«

Grinsend nahm er die Thermoskanne mit dem heißen Kaffee entgegen, die Pia ihm wortlos entgegenstreckte.

Sie stemmte die Hände in die Seiten, legte den Kopf dabei schief und lächelte süffisant. »Aber eigentlich heißt es: ›Spinne am Morgen …‹«

»Kann es sein, dass Sie gern das letzte Wort haben?«

»›bringt Kummer und Sorgen‹«, schob sie hinterher.

»Ich sag's ja!«

»Was?«

»Dass sie gern das letzte Wort haben.«

»Schon möglich«, sagte sie und drehte sich zum Kühlschrank um.

»Wie auch immer«, sagte er. »Ich glaube, ich brauche jetzt wirklich erst mal dringend einen Kaffee.« Er nickte ihr zu und verkrümelte sich in Richtung Aufenthaltsraum. Als Pia ihn mit müden Schritten über die Holzdielen schlurfen hörte, konnte sie sich eine weitere Spitze in Anspielung auf den gestrigen Abend nicht verkneifen:

»Gleiten lassen hört sich aber anders an!«, rief sie ihm hinterher.

Der Musiker schmunzelte. Sie war wirklich unverbesserlich, dachte er, doch er versprach, ohne sich noch einmal umzudrehen: »Ich arbeite daran!«

13

Mit zwiespältigen Gefühlen und einem Topf prächtigem, wildem Schmetterlingslavendel im Gepäck, den sie in dem kleinen Blumenladen oben im Ort erstanden hatte, machte sich Pia auf den Weg zu ihren Eltern. Sie versuchte, ihre Bedenken in Bezug auf das bevorstehende Wiedersehen innerlich beiseitezuschieben und sich einfach auf die beiden zu freuen.

Wo waren denn nur ihre guten Vorsätze geblieben, ermahnte sie sich im Stillen, als es ihr nicht so recht gelingen wollte. Die Dinge nehmen, wie sie kommen, hatte sie sich vorgenommen. Und so schlimm würde es schon nicht werden, sprach sie sich selbst Mut zu. Das Telefongespräch war doch entgegen ihren Befürchtungen ganz positiv verlaufen.

Die Wettervorhersage im Radio kündigte für den Abend ein Gewitter an, das eine leichte Abkühlung bringen sollte. Pia hatte im Auto die beiden vorderen Fenster halb geöffnet, sodass ihre braunen Locken vom Fahrtwind wild durcheinandergewirbelt wurden. Als sie an einer roten Ampel anhalten musste, nutzte sie die Gelegenheit und band sich ihr Haar zu einem Pferdeschwanz nach oben. Eine Klimaanlage gab es in dem alten Käfer nicht, doch mit Durchzug während der Fahrt und freiem Nacken waren die Temperaturen einigermaßen erträglich.

Bevor sie losgefahren war, hatte sie noch kurz mit Tante Agathe telefoniert, um sich zu vergewissern, dass es ihr gut ging. Sie hatte ein schlechtes Gewissen gehabt, sie heute nicht besuchen zu können, aber die alte Dame hatte ihr versichert, dass sie sich keine Sorgen zu machen brauche.

»Untersteh dich, so zu denken! Ich fühle mich ganz bestimmt nicht vernachlässigt! Und im Übrigen war Frau Schuster-Ehrenfried von schräg gegenüber heute Morgen schon da und hat mir einen ganzen Korb voller Kirschen mitgebracht. Zwar habe ich mich gefreut, sie zu sehen, aber sie hat so viel geredet, dass ich ganz froh bin, wenn ich für heute meine Ruhe habe«, hatte sie sich Mühe gegeben, die Zweifel ihrer Nichte zu zerstreuen.

Pia hatte es ihr nicht ganz abgekauft, da sie wusste, dass sich Tante Agathe nahezu immer über Gesellschaft freute, aber diese hatte sich auf keine weitere Diskussion eingelassen. »Kind, ich bin doch schon froh, dass du einfach so für mich eingesprungen bist und dich um alles kümmerst«, hatte sie gesagt. »Und langweilig wird es mir hier gewiss nicht. Ich habe eine überaus nette Bettnachbarin und mit Lesestoff bin ich auch noch bestens versorgt.« Und damit war das Thema erledigt gewesen.

Pia suchte alle Radiosender durch, fand aber nichts, das ihr gefallen hätte. Deshalb kramte sie im Handschuhfach nach einer CD.

Katie Melua war jetzt genau das Richtige, beschloss sie und schob die Scheibe ein, überaus dankbar dafür, dass Tante Agathe sich zum Einbau eines CD-Players hatte hinreißen lassen. Leise summte sie »Nine Million Bicycles« mit und fand nach wenigen Takten, dass die Welt trotz allem in diesem Augenblick gerade sehr in Ordnung für sie war.

Eine halbe Stunde später parkte sie vor dem Reihenhaus ihrer Eltern. Alles sah aus, wie sie es von ihrem letzten Besuch vor ungefähr einem Jahr in Erinnerung hatte. Der dunkelblaue Opel Kadett stand aufgeräumt in der Einfahrt vor der Garage, und die Hecke war wie immer akkurat geschnitten.

Darauf legte Inge Laubenstein immer großen Wert, genau wie auf die Tatsache, dass der Bürgersteig jeden Samstag gekehrt wurde. Auch wenn sie der dörflichen Enge ihrer Jugend gerne entflohen und nach Worms mit seinen etwa 80.000 Einwohnern gezogen war, das eindeutig mehr Anonymität und in ihren Augen mehr Raum zur persönlichen Entfaltung bot. Gewisse Eigentümlichkeiten wie die Kehrgewohnheiten hatte sie jedoch genauso beibehalten, und es war ihr bis heute nicht egal, was die Nachbarn über sie dachten.

Pias Vater war deutlich entspannter. Er scherte sich wenig um die Meinung anderer Leute, doch seiner Frau zuliebe stutzte er die Pflanzen, wenn sie kundtat, dass es höchste Zeit dafür war. Meistens rasierte er sich auch, bevor er am Wochenende Brötchen holte oder jeden zweiten Dienstagmorgen noch vor dem Frühstück die Papier- und Biotonne auf die Straße stellte. Inge Laubenstein vertrat die Meinung, dass sich das für einen Lehrer gehöre. Nicht auszudenken, wenn ihn die Eltern der Anne-

Frank-Realschule unrasiert sähen! Ihr friedliebender Gatte hatte lieber seine Ruhe, als dass er sich auf Diskussionen darüber einließ.

Seine Erstgeborene kam mit seiner ruhigen, ausgeglichenen Art besser zurecht als mit dem Naturell ihrer Mutter. Jedoch musste sie zugeben, dass ihre Mutter oft den schwierigeren Teil gehabt hatte und sich immer um vieles gekümmert hatte. Ihren Beruf als Zahnarzthelferin hatte sie gerne für ein paar Jahre aufgegeben, als die Kinder noch klein waren.

Insgesamt dachte Pia gern an ihre Kindheit zurück. Die Töchter waren mit dem Vater am Wochenende vormittags oft in den Tierpark gegangen, während ihre Mutter die Zeit nutzte, um das Haus auf Vordermann zu bringen und ein leckeres Mittagsmahl zu zaubern, das meist noch für den nächsten Tag reichte. So war es nicht verwunderlich, dass die Kinder die Eltern auf sehr unterschiedliche Art erlebten und den Vater mehr mit Freizeit, Spaß und tollen Unternehmungen verbanden, während die Mutter den undankbareren Part belegte. Natürlich unternahmen sie auch hin und wieder zu viert etwas, doch Pia hätte sich an so manchem Samstag gewünscht, ihre Mutter hätte die Arbeit einfach Arbeit sein lassen und wäre mitgekommen. Aus der Distanz betrachtet war ihr heute natürlich klar, dass es so einfach nicht gewesen war und in vielen Familien die Rollen nach einem ähnlichen Schema verteilt waren.

Pia atmete tief durch und griff sich ihren schwarzen Rucksack, der unterwegs vom Beifahrersitz in den Fußraum gerollt war und hängte ihn sich über die Schulter. Sie holte den Lavendeltopf vorne aus dem Kofferraum und stellte ihn vorsichtig auf die Kiste Wein, die ebenfalls für ihre Eltern bestimmt war.

Während sie die Fahrertür verriegelte, schaute sie nochmals zum Wohnzimmerfenster. Dahinter bemerkte sie ihre Mutter, die heftig anfing zu winken, als sich ihre Blicke trafen, um gleich darauf strahlend die Haustür zu öffnen.

»Hallo, Pia, schön, dass du da bist!«, begrüßte sie ihre Tochter und eilte aufgeregt die Stufen herab, um sie nach so langer Zeit in die Arme zu schließen.

»Hallo, Mama!«

Pia freute sich über den herzlichen Empfang, und die beiden Frauen umarmten sich einige Sekunden.

»Jetzt bin ich aber dran!«, meldete sich ihr Vater aus dem Hintergrund zu Wort, der auf der Straße angelangt war.

Lachend gab Inge Laubenstein ihre Tochter frei, und der Vater drückte sie fest an sich. »Ich habe dich vermisst, meine Große!«, flüsterte er ihr liebevoll ins Ohr.

»Tut mir leid, dass ich mich nicht früher gemeldet habe«, gab Pia beschämt zu.

»Jetzt bist du ja da«, sagte er einfach.

Pia drückte ihm einen dicken Kuss auf die Wange und erwiderte nochmals seine Umarmung.

»Nun kommt schon rein, ihr zwei!«, drängte ihre Mutter die beiden ungeduldig. »Dann können wir schön Kaffee trinken und frischen Zwetschgenkuchen essen.«

Ihre Tochter hatte insgeheim gehofft, dass es genau diesen Kuchen gäbe. »Mir läuft schon das Wasser im Mund zusammen!«, sagte sie fröhlich.

Papa Laubenstein half ihr mit der schweren Weinkiste und trug sie hinter den beiden Frauen hinein ins Haus.

Pia drehte sich zu ihm um.

»Die ist für euch. Spätburgunder und Riesling gemischt.«

»Danke! Schön, dass du von dir aus daran gedacht hast!«, freute er sich. »Wir wollten eigentlich nochmals bei dir anrufen und dich bitten, ein paar Flaschen mitzubringen. Unser Vorrat geht nämlich langsam zu Ende.«

Seine Tochter schmunzelte. Sie wusste, dass ihre Eltern als echte Pfälzer zum Essen oder am Abend gern ein Gläschen Wein genossen und dadurch einen ordentlichen Verbrauch hatten. »Wie immer, oder?«, fragte sie keck über die Schulter.

»Das stimmt!«, sagte ihr Vater. »Na ja, ein gutes Tröpfchen ist eben nicht nur etwas für Festtage. Und Tantes Wein schmeckt einfach unübertroffen gut.«

Im Haus war es angenehm kühl. Pia entschuldigte sich und verschwand kurz in die Toilette neben der Eingangstür. Danach trat sie durch die Tür zum Wohnzimmer und ihr Blick fiel auf den gedeckten Esstisch, wo Inge Laubenstein den Lavendel dekorativ platziert hatte. Aber das war es nicht, was ihre Aufmerksamkeit erregt hatte. Pia fühlte, wie die Enttäuschung in ihr hochstieg und ein dicker Kloß in ihrem Hals entstand.

»Vielen Dank für den herrlichen Lavendel!«, hörte sie ihre Mutter durch die geöffnete Küchentür rufen. »Er sieht wunderschön aus, und wie er duftet …«

Pia starrte wie gebannt auf den Tisch, wo sie sieben Gedecke zählte. *Also doch! Sie hat es wieder nicht lassen können.*

»Eigentlich ist es fast zu heiß zum Kaffeetrinken«, hörte sie ihre Mutter sagen. »Möchtest du vielleicht auch gleich etwas Kaltes dazu?«

Pia schluckte und konnte einen Moment lang nicht antworten.

»Pia?«

Sie drehte sich um. »Äh, nein, danke.«

»Wirklich nicht?« Ihre Mutter erschien im Türrahmen. »Saft? Wasser? Gemischt?«

»Eva kommt also auch, ja?« Es war weniger eine Frage als eine resignierte Feststellung. Sie schaute ihrer Mutter direkt ins Gesicht.

»Ich dachte, du freust dich«, gab diese zögernd zu. »Schließlich habt ihr euch auch lange nicht gesehen.«

Pia zuckte mit den Achseln. »Ich hätte mich gern ein bisschen mit euch beiden alleine unterhalten.«

Inge Laubenstein suchte nach Ausflüchten. »Es ist nicht so, dass ich sie eingeladen hätte. Wir haben eher zufällig telefoniert. Und dann war sie ganz aus dem Häuschen, als sie hörte, dass du da bist.«

Pia biss sich auf die Unterlippe und wandte ihren Kopf ab. Sie hörte ihren Vater die Treppe hochkommen. Er hatte die Weinflaschen im Keller verstaut.

»Unten kann man gar nicht glauben, dass es draußen tatsächlich über 30 Grad sind«, sagte er.

Die beiden Frauen schwiegen.

Er schaute etwas irritiert von einer zur anderen und bemerkte die Spannung zwischen ihnen. »Ist was?«, fragte er vorsichtig.

»Nein, es ist nichts«, spielte Pia ihre Enttäuschung herunter und zwang sich zu einem Lächeln.

Herbert Laubenstein warf seiner Frau einen fragenden Blick zu, die riss jedoch nur die Augen auf und zuckte mit den Schultern. Er beschloss, es dabei bewenden zu lassen und legte seiner Tochter den Arm um die Schultern, während er sie zur Kaffeetafel schob.

»Erzähl mal!«, sagte er und begann ein unverfängliches Gespräch. »Wie ist es denn so als Tante Agathes Vertretung in Königsbach? Wie sind die Gäste?«

Pia setzte sich neben ihn.

»Ganz O.K.«, antwortete sie und ließ sich Kaffee von ihm eingießen. Sie erzählte von den beiden Damen und ihrem speziellen Umgang miteinander, der sie immer wieder schmunzeln ließ. Auch den Musiker erwähnte sie beiläufig.

Ihre Mutter begann, den Kuchen zu verteilen und ließ sich auf dem Stuhl ihr gegenüber nieder. »Zucker?«

Pia nahm den Zuckerstreuer und drehte ihn ein paar Mal vorsichtig über ihrem Kuchen um, bis alles mit einer feinen Schicht bedeckt war. Ihr Vater reichte ihr die Schlagsahne, von der sie einen großen Löffel voll nahm und ebenfalls über den Zwetschgen verteilte.

»Schleckermäulchen!«, kommentierte er ihr Werk.

Ihre Mutter sah auf die Uhr. »Lasst uns anfangen! Wer weiß, wann Eva kommt.«

Der Kuchen war noch lauwarm und schmeckte himmlisch, was Pia schon wieder versöhnlicher stimmte. Im Grunde genommen wusste sie, dass ihre Mutter sich einfach nichts dabei gedacht hatte und sich von Eva hatte überrumpeln lassen.

Es klingelte an der Tür.

»Ach, das werden sie sein.« Inge Laubenstein spritzte von ihrem Stuhl auf.

Pia und ihr Vater hörten die Stimmen im Flur und schauten sich an. Er tätschelte ihr aufmunternd die Hand und raunte ihr augenzwinkernd zu: »Das wird schon.«

Keine fünf Sekunden später stand ihre Schwester vor ihr mit einem Kleinkind, das seitlich auf ihrer Hüfte saß.

»Hallo Pia!«, begrüßte sie sie freudestrahlend und küsste sie links und rechts auf die Wange. »Das ist Sophie«, präsentierte sie ihre Tochter, die Pia heute das erste Mal sah.

Bei ihrem letzten Treffen zum 60. Geburtstag der Mutter vor über einem Jahr war Eva wieder hochschwanger gewesen. Das kleine Mädchen vergrub ihr Gesicht am Hals ihrer Mutter, als alle es ansahen. Die Erwachsenen lachten.

Evas Mann Robert drückte seiner Schwägerin die Hand und versuchte den kleinen Tim, der sich hinter ihm versteckte, ebenfalls zu einer Begrüßung zu bewegen.

»Na komm! Sag deiner Tante Pia Hallo.«

»Lass ihn doch!« Pia hatte Mitleid mit ihrem Neffen, der ihr partout keine Hand geben wollte. »Er kennt mich doch kaum.«

Alle setzten sich und begannen zunächst eine Unterhaltung über das Wetter.

»Wenn das so weitergeht mit der Hitze, wandere ich noch aus«, verkündete Robert.

Eva sah ihn verliebt an. »Aber nur, wenn du mich mitnimmst«, säuselte sie, um gleich darauf ihren Sprössling zu ermahnen, nicht mit den Fingern zu essen.

»Wo ist eigentlich Daniel?«, fragte sie dann mit halb vollem Mund.

Ihre Mutter verschluckte sich hustend, und Pia wünschte sich weit weg. Sie gab nur eine kurze, ausweichende Antwort und hoffte, ihre Schwester würde sich damit zufriedengeben. Durch die Kinder war es ohnehin nicht möglich, ungestört über ein Thema zu reden. Eva erzählte kleine Anekdoten über ihre beiden Racker und philosophierte über Erziehung und ähnliche Themen.

Als die Kleinen zu Ende gegessen hatten, durfte Tim aufstehen und mit seinem mitgebrachten Polizeiauto spielen. Er machte dabei ziemlich viel Lärm, was seine Eltern aber nicht sonderlich zu stören schien. Sophie wurde auf den Boden gesetzt und hielt einen bunten Ball fest in den Händen. Es dauerte nicht lange, bis ihr Bruder ihn ihr wegnahm, worauf die Kleine einen schrillen Schrei ausstieß und sich nicht mehr beruhigen ließ.

Nach einigem Hin und Her musste Tim ihn dann doch zurückgeben und plärrte seinerseits.

Bisher hatte Pia alles tapfer durchgestanden und sich nicht anmerken lassen, dass sie über das ungeplante Wiedersehen nicht sonderlich erfreut war. Doch nun verabschiedete sie sich recht schnell unter dem Vorwand, sich um Tante Agathes Gäste kümmern zu müssen und war froh, als sie wieder im Auto saß.

Für ihren Vater tat es ihr leid. Er strich ihr etwas traurig über die Wange, und sie sah ihm an, dass er den wahren Grund ihres überstürzten Verschwindens verstand.

Ihre Mutter brachte sie noch zur Tür und sagte bedauernd: »Schade, dass du schon gehen musst!« Offensichtlich wollte sie nicht wahrhaben, dass ihre Älteste sich zurückgesetzt fühlte und dass sie der Umgang mit ihrer Schwester noch immer überforderte. »Aber komm bald wieder, ja?«, bat sie sie.

Pia nickte, wusste jedoch insgeheim, dass sie nicht so schnell wieder auftauchen würde. Sie drehte den Zündschlüssel um und sah in den Rückspiegel.

Da bemerkte sie ihre Mutter, die aufgeregt rufend und winkend die Treppe heruntergerannt kam. Sie wedelte mit einem Brief in ihrer Hand, und da fiel es auch Pia wieder ein: *Richtig, der Brief.* Den hätte sie jetzt glatt vergessen.

Sie kurbelte die Scheibe herunter und warf einen neugierigen Blick auf den Umschlag. In gedruckten Buchstaben stand ihr Name darauf und die Adresse ihrer Eltern, jedoch kein Absender.

Pia zögerte einen Moment und riss dann den Umschlag auf. Sie zog zwei Blätter heraus. Eines war am Computer getippt, das andere mit einer Handschrift beschrieben, die ihr bekannt vorkam. Rasch überflog sie beide Seiten.

»Von wem ist er denn?«, wollte ihre Mutter wissen, die noch immer neben dem geöffneten Fenster stand und gespannt ihr Mienenspiel studierte.

»Er ist von Susanne«, murmelte Pia, während sie zu Ende las.

»Von Susanne?«, konnte Frau Laubenstein ihr Erstaunen darüber nicht verbergen. Soweit sie wusste, hatten die beiden schon seit langer Zeit keinen Kontakt mehr.

»Was schreibt sie denn?«, fragte sie mit unverhohlener Neugier.

Pia ließ den Brief sinken und starrte gedankenverloren ins Leere.

»Wir haben ein Klassentreffen nächste Woche«, sagte sie. »15 Jahre ist es schon her, seit wir Abitur gemacht haben.«

»Nächste Woche schon?«

»Ja. Der Brief ging ursprünglich an meine alte Adresse und kam zurück. Susanne war schlau genug, die Einladung dann an euch zu schicken.«

Ihre Mutter legte ihren Kopf zur Seite und schaute sie nachdenklich an. »Und, gehst du hin?«

Pia zuckte mit den Achseln und sagte knapp: »Weiß noch nicht. Mal sehen.«

Da Frau Laubenstein wusste, dass Pia nichts weiter sagen würde, verabschiedete sie ihre Tochter noch einmal. »Dann komm gut zurück. Und fahr vorsichtig, ja?«, ermahnte sie sie. »Die Leute fahren alle wie die Bekloppten bei dem schwülen Wetter.« Sie winkte ihr hinterher, bis das Auto um die Ecke gebogen war und schloss langsam das Gartentor hinter sich.

Wie viele Jahre ist Susanne hier ein- und ausgegangen?, dachte sie wehmütig an die Zeit, als die Mädchen gemeinsam zu Schule gegangen waren. Die beiden waren unzertrennlich gewesen, hatten alles gemeinsam gemacht und waren auch über die Schulzeit hinaus eng befreundet gewesen.

Sie hatte sich gewundert, als Susanne zu Pias Geburtstag – sie war sich relativ sicher, dass es der 21. gewesen war – nicht aufgetaucht war. Doch auf ihr Nachfragen hatte ihre Tochter seltsam schroff und abweisend reagiert. Kurz zuvor war auch die Beziehung zu Pias Jugendfreund Lars in die Brüche gegangen.

Inge Laubenstein verschränkte die Arme und ging langsam Stufe für Stufe nach oben bis zur Eingangstür. Ihr Mutterherz wurde schwer, wenn sie an die Vergangenheit zurückdachte. Wie unkompliziert war ihre Große bis zu ihrem 21. Geburtstag gewesen. Tiefgründig war sie schon immer gewesen, aber unbeschwert, fröhlich und voller Leben. Doch von dieser Zeit an war sie sehr verändert gewesen, und Frau Laubenstein hatte sich oft gefragt, was damals wohl geschehen war.

Es war sehr auffällig gewesen, dass Pia mit gleich zwei für sie so wichtigen Menschen gebrochen hatte. Ihre Mutter hatte sich zusammengereimt, dass die beiden – Susanne und Lars – vielleicht etwas miteinander hatten und heimlich hinter Pias Rücken angebandelt hatten. Ob sie mit ihrer Vermutung richtig lag, wusste sie jedoch bis heute nicht. Die wenigen Male, die sie es gewagt hatte, das Gespräch darauf zu lenken, hatte Pia sofort abgeblockt.

Mit den Jahren war Pias Fröhlichkeit zurückgekommen, doch sie war nie mehr ganz die Alte geworden. Etwas war in ihrer Tochter offenbar zerbrochen, und sie hätte nur zu gern gewusst, was es war, um ihr helfen zu können.

In Daniel hatte sie große Hoffnungen gesetzt und es auch gern in Kauf genommen, dass Pia so weit weg gewesen war. Wenn Pia nur wieder glücklich war. Doch auch das hatte sich offenbar zerschlagen.

Traurig schüttelte sie den Kopf und drückte die Haustür ins Schloss.

»Oma!«, wurde sie stürmisch von ihrem Enkel begrüßt, der ihr vertrauensvoll seine kurzen Ärmchen entgegenstreckte. »Wo warst du denn so lange?«

Inge Laubenstein lächelte und ging vorsichtig in die Hocke. Sie drückte den kleinen Kerl an sich und ließ sich, ohne dass er es wusste, von seiner festen Umarmung in ihrem Kummer trösten.

14

Gregor und Pia wurden in den folgenden Wochen fast unmerklich vertraut. Sie verabredeten sich zum Walken und Joggen für den frühen Morgen und lernten sich Stück für Stück besser kennen. Sie sprachen über Gott und die Welt oder genossen schweigend die Stille des Tagesanbruchs in der verträumten Landschaft rund um Königsbach. Meistens war Gregor schon eine große Runde gelaufen, bevor Pia sich ihm anschloss. So hatten sie in etwa das gleiche Tempo und freuten sich über die Gesellschaft des anderen.

Pia schätzte an Gregor, dass er so unkompliziert war. Häufig schien er zu spüren, wann sie reden wollte und wann sie lieber ihre Ruhe hatte. Das machte ihn neben Purzel zu einem angenehmen Begleiter.

»Ich dachte, Sie gehören eher zu den Langschläfern«, hatte sie ihn begrüßt, als sie sich das zweite Mal in aller Frühe begegnet waren.

»Ohne Wecker mit Sicherheit. Doch diesen Luxus gönne ich mir nur hin und wieder, wie gestern zum Beispiel«, hatte er geantwortet. »Erst kostet es mich viel Überwindung früh aufzustehen, aber Sport frühmorgens ist wunderbar. Und die Müdigkeit ist nach den ersten paar Metern wie weggeblasen.«

Schon bald hatten sie eine feste Strecke, die sie fast jeden Tag liefen, doch es kam auch vor, dass sie sich spontan dazu entschlossen, auf dem Rückweg auf einen Kaffee einzukehren, den Pia gerne zu einem Schokocroissant trank. Da sie beim Bäcker neuerdings immer zusammen auftauchten, begannen die Leute im Ort schon zu tuscheln.

Zwar bemerkten die beiden schnell, dass man sie offenbar für ein Paar hielt, doch sie verzichteten auf eine Richtigstellung. Stattdessen amüsierten sie sich darüber und nährten derartige Gerüchte gerne, indem sie sich betont einander zugewandt gaben.

So war das auf dem Dorf eben. Wenn die junge Nichte von Agathe

Schön mehr als einmal mit derselben männlichen Begleitung erschien, konnte es sich dabei nur um eine Liebesbeziehung handeln.

Auch unternahmen sie den einen oder anderen Ausflug miteinander.

Das Örtchen Gimmeldingen, das mit seinen vielen Winzerhöfen zu Neustadt gehörte, grenzte direkt an Königsbach und lohnte einen Besuch, wie Pia fand und Gregor nach zwei Vierteln Gimmeldinger Meerspinne gerne bestätigte.

An besonders heißen Tagen fuhren sie ins unweit gelegene Benjental, wo es angenehm kühl blieb. Dort bekam man im Ausflugslokal Forsthaus die größten Schnitzel weit und breit, und Pia konnte einmal mehr beweisen, dass sie trotz ihrer zierlichen Gestalt einen gesunden Appetit hatte.

Beim Anblick der riesigen Fleischportion, die auf ihrem Teller lag, hätte Gregor darauf wetten können, dass sie nicht einmal die Hälfte schaffen würde, und er hatte mit seiner Einschätzung nicht hinter dem Berg gehalten. Als sie dann tatsächlich bis auf einen kleinen Rest alles aufaß, ermunterte er sie:

»Das winzige Stückchen geht doch nun auch noch rein.«

Pia hob abwehrend die Hand.

»Ich glaube, dann platze ich.«

Ein andermal bummelten sie durch Neustadt, wo sie ihm stolz den Saalbau präsentierte, der jedes Jahr im Oktober als Krönungsstätte der Deutschen und Pfälzer Weinkönigin diente, doch besonders tat es ihm ein weitläufiger Brunnen an, der eine Vielzahl merkwürdiger Wesen zeigte.

»Was sind das denn für Figuren?«, fragte er.

»Elwedritsche«, antwortete Pia und erklärte ihm, dass es sich dabei um ein Fabelwesen und gleichzeitig um den Nationalvogel der Pfalz handele.

»Die Elwedritsche sind eine Kreuzung aus Hühnern, Gänsen, Enten und im Wald lebenden Elfen und Kobolden«, erklärte sie ihm mit ernster Miene und einem wissenschaftlich klingenden Tonfall.

Gregor sah sie an, als wäre sie betrunken. Mittlerweile waren sie zum Du übergegangen und er fragte: »Aber sonst geht es dir gut, ja?«, worauf sie nickte und er noch mehr dazu wissen wollte.

»Und die gibt es nur in der Pfalz, richtig?«

»Genau. Aber man bekommt sie nur äußerst selten zu Gesicht«, sagte Pia bedauernd.

»Ach, wie praktisch. Das habt ihr euch ja schlau ausgedacht.«

»Ausgedacht!«, äffte Pia ihn nach. »Du hast ja keine Ahnung! Nein, es liegt daran, dass sie sehr scheu sind und sich gern im Unterholz verstecken. Außerdem sind es nachtaktive Wesen.«

»Na, dann werde ich mich heute Nacht doch mal auf die Lauer legen«, sagte er und sah sie triumphierend an.

»Keine Chance. Ganz so einfach ist es nicht. Dafür müsstest du zuerst unter professioneller Anleitung einen Elwedritsche-Jagdschein machen.«

Er verdrehte die Augen. »Jetzt nimmst du mich auf den Arm!«

Einige Tage später erkundeten sie mit den altersschwachen, aber funktionstüchtigen Fahrrädern, die Tante Agathe ihren Gästen gern zur Verfügung stellte, die Umgebung. Sie fuhren bis zu einem nahe gelegenen Parkplatz am Waldrand und gingen ein Stück zu Fuß bergauf bis zu einem Aussichtspunkt, der Pfalzblick genannt wurde und seinem Namen alle Ehre machte. Oben hatte man einen herrlichen Blick über die vielen kleinen Dörfer, die durch Weinberge voneinander getrennt waren. Bei klarer Sicht konnte man bis nach Heidelberg schauen.

»Und dort drüben ist sogar der Wormser Dom zu erkennen!«, rief Pia begeistert aus und deutete mit ihrem Zeigefinger nach links.

Gregor aber interessierte sich mehr für die junge Frau neben ihm, die ihn, seit er sie vor zwei Wochen kennengelernt hatte, von Tag zu Tag mehr in ihren Bann zog. Um sie zum Weiterreden zu animieren, fragte er, was er schon wusste:

»Dort bist du geboren, richtig?«

»Richtig, vor ziemlich genau 34 Jahren.«

Sie legte den Kopf etwas zur Seite. »War schon interessant, in einer Stadt zu wohnen, die jede Menge Stoff für den Geschichtsunterricht bietet.«

»Daher dein Interesse?«, hakte er nach.

»Vermutlich.« Sie sah ihn unvermittelt an und ihre Augen blitzten, als sie fragte: »Wusstest du, dass der Wormser Dom der einzige ist, von dessen Dach aus ein Dackel aus Stein nach unten schaut?«

Gregor hob die Augenbrauen und tat, als wäre er sich nicht sicher, ob sie ihn wieder einmal veralbern wollte. »Ein Dackel?«

Pia nickte und lächelte verschmitzt.

»Drachen hätte ich jetzt eher erwartet. Nibelungenstadt und so«, murmelte er. »Aber ein Dackel ...«

Bevor sie antwortete, würdigte sie seinen Vorschlag und sagte: »Drachen wären naheliegender, das stimmt! Und im Inneren des Doms findet man auch eine Drachenszene, wie an vielen Gebäuden der Stadt. Der steinerne Dackel aber ist etwas Besonderes, über den man sich Folgendes erzählt: In den 1920er-Jahren war der Dombaumeister Philipp Brand dafür verantwortlich, umfangreiche Restaurierungsarbeiten am Wormser Dom vorzunehmen. Immer dabei war sein treuer Dackel, der ihm nie von der Seite wich und sogar auf jedes Gerüst mit hinaufkletterte.«

Lächelnd betrachtete Gregor sie und konnte sich gut vorstellen, wie sie vor Jahren umringt war von Touristen, denen sie mit Geschichten wie dieser die gebuchte Stadtführung kurzweilig und interessant gestaltete.

»Die Legende besagt«, fuhr Pia fort, »dass der Dombaumeister eines Tages wieder einmal auf einem Gerüst stand, als der Dackel knurrte und nach ihm schnappte. Bevor er ihn ins Bein beißen konnte, wich sein Herrchen aus und sprang zurück. Just in diesem Moment löste sich weiter oben ein Steinquader und krachte auf die Stelle herunter, wo Brand gerade noch gestanden hatte. Zum Dank dafür, dass er ihm das Leben gerettet hatte, verewigte Brand den Dackel in Stein am Südportal des Doms.«

»Hat der Steinbrocken denn den Dackel erwischt?«

»Das weiß man nicht genau.«

»Nette Geschichte«, sagte Gregor.

»Ja, nicht wahr?«

Pia schlug die Beine übereinander und verschränkte die Arme vor der Brust. »Mit dieser Geschichte stellte der Baumeister sicher, dass man auch hundert Jahre später noch von seinem Dackel spricht.«

Dann fiel ihr noch etwas ein. »Der Hund, den wir früher hatten, sah übrigens ein bisschen so aus wie besagter Dackel.«

Gregor schaute ein wenig irritiert und fragte, ob denn nicht alle Dackel irgendwie gleich aussähen, woraufhin Pia ihm erklärte, dass dies gut möglich sei. »Nur mit dem Unterschied, dass unser Dackel eigentlich ein junger Dobermann war, woran einige Monate später dann auch kein Zweifel mehr bestand.«

»Und sonst?«, wollte er wissen, »Gute Erinnerungen an früher oder eher schlechte?«

Sie hatte ihm von dem Besuch bei ihren Eltern erzählt und durchblicken lassen, dass das Verhältnis, vor allem zu ihrer Schwester, nicht das beste war. Angestrengt schien sie nachzudenken und spitzte dabei die Lippen.

»Gemischt«, zog sie schließlich ein Fazit, wiegte dann den Kopf hin und her und korrigierte sich. »Nein, eigentlich hatte ich eine wirklich schöne, unbeschwerte Kindheit und Jugend. Meine Eltern haben alles getan, dass wir es gut hatten. Wir hatten ein offenes Haus, wo unsere Freunde ein- und ausgingen und sich richtig wohlfühlten. Sie waren auch nicht besonders streng und gestanden uns alle möglichen Freiheiten zu.«

Er sah sie fragend an.

»Wenn uns etwas wirklich wichtig war, erlaubten sie es uns eigentlich immer. Auch wenn sie zu einer Sache eigentlich einen ganz anderen Standpunkt hatten. Dann ließen sie uns gewähren und unsere eigenen Erfahrungen machen.«

»Zum Beispiel?«

»Zum Beispiel hatte ich eine Freundin in der Grundschule, bei der ich ständig war. Lea hieß sie. Ihre Eltern waren Christen.«

»Das sind doch die meisten, oder?«, unterbrach er sie, verwundert darüber, was daran besonders sein sollte.

»Schon. Aber sie waren anders. Die ganze Familie ging jeden Sonntag zusammen in den Gottesdienst. Die nahmen das richtig ernst.«

Er verzog skeptisch das Gesicht. »Hört sich nicht besonders spaßig an.«

»Nein, nein, du verstehst das falsch. Die waren gar nicht ernst oder verbissen oder so. Im Gegenteil. Es wurde ziemlich viel gelacht, geredet und auch Zeit mit ganz vielen anderen Sachen verbracht. Aber ihr Glaube war ihnen einfach wichtig, und deshalb gingen sie auch in die Kirche – und mich nahmen sie immer mit.«

»Aha.«

Pia lachte und stieß ihn freundschaftlich in die Seite. »Jetzt schau mich nicht so entgeistert an! Das war damals total cool.«

»Also, ich muss zugeben, dass »cool« nicht gerade das ist, was ich mit Kirche verbinde …«

»Ich mittlerweile auch nicht mehr«, sagte Pia leise und ließ ihr Lächeln für einen kurzen Moment von ihren Lippen verschwinden, um gleich darauf wieder fröhlich fortzufahren:

»Jedenfalls, das erste Mal – da muss ich ungefähr sieben oder acht gewesen sein – war ich eher zufällig mit dabei, weil meine Eltern sonntagmorgens mit meiner Schwester in die Ambulanz mussten und mich solange bei den Herrmanns in der Nachbarschaft parkten. Die ganze Familie war gerade dabei, die Jacken anzuziehen, und so bin ich einfach mit.« Pia schien sich lebhaft an die Zeit zurückzuerinnern. »Und dann hat mir der Kindergottesdienst so gut gefallen, dass ich von da an jede Woche hin bin.«

»Echt? Jede Woche?«, staunte er.

»Ja. Und hinterher haben wir zusammen zu Mittag gegessen und schöne Sachen unternommen. Wir waren auf Schatzsuche in der Neuleininger Burgruine, haben hinten im Garten gemeinsam ein Baumhaus gebaut und Tischtennisturniere veranstaltet, wir haben im Pool Wasserschlachten gemacht, bis unsere Haut ganz verschrumpelt war, haben Karten gespielt oder selbst Brot gebacken.«

Wehmütige Erinnerungen wurden wach. Leise sagte sie und es lag eine gewisse Sehnsucht in ihrer Stimme: »Ich war jahrelang ganze Sonntage dort.«

»Und deine Eltern hatten nichts dagegen?«

Pia überlegte kurz.

»Nein, obwohl sie mich, glaube ich, schon lieber im Verein gesehen hätten. Sie haben sonntags immer Tennis gespielt, weißt du. Eva hat in der Jugendabteilung meistens die Rangliste angeführt. Sie war ziemlich ehrgeizig. Und mein Vater hätte sich wahrscheinlich schon gefreut, wenn ich mich dafür begeistert hätte. Aber nach den ersten Tennisstunden war für mich klar, dass das nicht meine Leidenschaft werden würde.«

»Sondern?«, fragte er neugierig nach.

»Was Sport anging, eindeutig Turnen und Leichtathletik. Am Reck war ich spitze, Weitsprung sowieso und rennen konnte ich wie der Wind.« Pia lächelte und kam dann auf das eigentliche Thema zurück. »Deswegen war das Tenniskapitel ziemlich schnell für mich abgehakt. Meine Eltern haben mich dann auch nicht weiter gedrängt und wussten ja, dass ich bei den Herrmanns gut untergebracht war.«

Gregor sah sie einen Moment lang forschend von der Seite an und fragte dann vorsichtig: »Aber mittlerweile bist du keine Kirchgängerin mehr, oder?«

Heftig schüttelte sie den Kopf und wehrte entschieden ab. »Nein, damit bin ich fertig.« Ihr Blick verfinsterte sich, als sie weitersprach. »Es stellte sich irgendwann heraus, dass Leas Vater eine Affäre mit einer Kollegin im Büro angefangen hatte, die ungefähr halb so alt war wie er. Eines Tages, als er scheinbar wie immer frühmorgens zur Arbeit ging, hat er einfach einen Abschiedsbrief in den Briefkasten gesteckt, ist mit seiner jungen Geliebten durchgebrannt und hat die ganze Familie im Stich gelassen.«

»Oh Mann!«, entfuhr es Gregor, der ihrer Erzählung bis dahin aufmerksam gefolgt war.

»Wir waren alle geschockt und fassungslos. Lea tat mir besonders leid. Sie hing sehr an ihrem Vater und verstand nicht, wie er ihnen so etwas antun konnte.«

»Und wie ging es weiter?«

»Innerhalb weniger Wochen wurde das Haus verkauft, und Lea zog mit ihrer Mutter und ihren vier Geschwistern in die Nähe von Köln, wo Frau Herrmanns Eltern lebten.«

»Weil sie das Haus nicht halten konnten?«

Pia lachte bitter. »Die finanzielle Seite war das eine. Aber als ob die arme Familie nicht schon genug gestraft gewesen wäre, fragten sich einige

Leute aus der Gemeinde hinter vorgehaltener Hand, was denn Frau Herrmanns Beitrag zu der ganzen Sache gewesen war und ob sie am Ende nicht selbst schuld daran war, dass ihr Mann mit einer anderen abgehauen ist.«

Sie schien noch immer fassungslos darüber zu sein und machte ihrer Empörung Luft. »Meinst du, auch nur einer hätte ihnen geholfen oder offen Partei ergriffen und die bösen Zungen damit zum Schweigen gebracht? Nein, ausgegrenzt haben sie die ganze Familie, bis sie sie endlich vergrault hatten! Kannst du dir das vorstellen?«

»Ja, die besonders Frommen sind meistens die Schlimmsten«, sagte Gregor.

»Stimmt!«, pflichtete Pia ihm mit Nachdruck bei. »Diese ganze Scheinheiligkeit und Doppelmoral ... mit Kirche kannst du mich wirklich jagen!«

»Och, du – da brauchst du bei mir keine Bedenken zu haben. Ich bin der Letzte, der dich in eine Kirche zerren würde«, stellte er klar und sagte: »Noch nicht mal zum Heiraten, und ich betone ausdrücklich, dass die Gründe dafür nicht in deiner Person liegen!«

»Da bin ich aber beruhigt«, gab Pia schmunzelnd zur Antwort.

Sie beschlossen, noch ein wenig im Wald spazieren zu gehen, nicht ohne noch einmal einen letzten Blick auf das beeindruckende Panorama zu werfen. Dann wandten sie sich nach rechts und schlugen den Weg unterhalb des Restaurants ein, auf dessen Terrasse es sich einige Besucher schon bei einer Weinschorle gemütlich gemacht hatten und sich ein frühes Mittagessen schmecken ließen.

»Was ist mit dir?«, wollte Pia wissen. »Wo bist du eigentlich geboren?«

»Mitten im Ruhrpott«, antwortete er.

»Aha. Und wo genau?«

»Essen.«

»Aber hattest du mir nicht erzählt, dein Vater sei Orchestermusiker gewesen?«

»Und weiter?«, fragte er, auch wenn er zu wissen glaubte, in welche Richtung ihre Gedanken gingen.

»Na, ja, ich meine Ruhrgebiet, Kohle, Bergarbeiter ...«

Er lachte. »Und trotzdem gibt es dort, man mag es kaum glauben, eine vielfältige Kulturszene.«

»Echt?«

»Ja, aber du hast schon recht. Mein Opa hat tatsächlich im Bergbau gearbeitet.«

»Der mit dem Oberschenkelhalsbruch?«, erinnerte sich Pia.

»Nein«, sagte er, »der andere. Wie auch immer, jedenfalls hat es mich dort zunächst nicht lange gehalten. Ich wollte einfach raus nach der Schule, etwas von der Welt sehen, um bloß nicht so zu enden wie meine Eltern. Mein Vater war einige Monate zuvor gestorben, und zu Hause wurde es mir zu eng. Ich glaube, ich wäre erstickt, wenn ich noch länger in der Nähe meiner Mutter geblieben wäre, die sich in ihrer Trauer vergraben hatte.«

»Und wo bist du hin?«

»Zuerst in die USA für ein paar Jahre. Dort habe ich Musik studiert.«

Er deutete fragend auf das Schild, das sich vor ihnen an der Stelle befand, wo sich der Weg nun gabelte. »Da oder dort hin?«

Pia entschied sich für den linken Pfad, der in einem weiten Bogen nach oben führte. »Dort unten kann man im Herbst Esskastanien sammeln«, erklärte sie ihm.

Gregor wunderte sich: »Esskastanien. Echt erstaunlich, was hier so alles wächst.«

Sie nahm den Faden wieder auf und fragte: »Und nach deinem Musikstudium?«

»Da kam anschließend noch so einiges.«

Er begann, ihr von seinen vielen Reisen rund um die Welt zu erzählen. Er war bereits auf allen Kontinenten der Erde gewesen.

Die Zeit verging wie im Flug, während Pia seinen spannenden Berichten lauschte und nur ab und zu interessierte Zwischenfragen stellte. Meistens waren es nur wenige Wochen gewesen, die er in Indien, China, Australien oder Südamerika verbracht hatte, doch er hatte auch ein ganzes Jahr in der Weite Alaskas gelebt.

»Es ist gar nicht so kalt dort, wie man denkt«, schien er zu erraten, was sie dachte und erntete dafür einen noch skeptischeren Blick.

»Im Ernst. Natürlich ist es besonders im Norden schon richtig arktisch. Aber im Inneren des Landes und an der Süd- und Westküste herrscht ein gemäßigteres Klima.«

Pia schien nicht recht überzeugt und so schob er hinterher, dass der Sommer, der zugegebenermaßen sehr kurz sei, sogar recht warm werden könne.

»Recht warm«, wiederholte sie seine Worte und zog sie dabei in die Länge. »Das liegt im Auge des Betrachters. Für mich wäre das trotzdem nichts. Ich habe es lieber so richtig warm und sonnig – und vor allem nicht so einsam.«

Gregor lachte. »Ich finde, es hat alles seinen Reiz. Mallorca wie Alaska. Ich hätte auch nicht für immer dort leben wollen, aber für eine gewisse Zeit war es genau das Richtige.«

»Dann hast du schon so ziemlich jedes Land gesehen, nicht wahr?«

»Das würde ich so nicht sagen. Es gibt durchaus noch das eine oder andere, das mich interessieren würde. Neuseeland zum Beispiel.«

Er machte eine kleine Pause bevor er sagte: »Man weiß nie. Wenn mich das Fernweh packt, dauert es nicht lange und ich bin weg.«

»So, so. Ein Mann, auf den man zählen kann also«, fasste sie mit einem verschmitzten Lächeln zusammen.

Von diesen gemeinsamen Ausflügen abgesehen, ging tagsüber jeder seinen Aufgaben nach. Die beiden Damen waren in der Zwischenzeit abgereist, nicht ohne ihrer jungen Zimmerwirtin zu versichern, wie sehr sie den Aufenthalt wieder genossen hätten und sich schon auf das nächste Jahr freuten, dann bei der hoffentlich wieder genesenen Frau Schön.

Pia versorgte die Tiere, machte Krankenbesuche bei ihrer Tante, kümmerte sich um den Haushalt und weitere Übernachtungsgäste oder Besucher, die sich für eine Weinverkostung angekündigt hatten. Sie etikettierte die bereits abgefüllten und verkorkten Flaschen, die sortiert in den Regalen lagerten, versuchte sich im Brotbacken und Geleekochen wie sie es vor Jahren bei Tante Agathe gelernt hatte und war ein kleines bisschen stolz darauf, dass ihr alles gut gelang.

Gregor verbrachte seine Zeit entweder in der Gartenlaube und kritzelte wild auf leeren Notenblättern herum oder probierte Übungen direkt am Klavier aus. Manchmal, vor allem abends, spielte er auch nur so vor sich hin, und wenn Pia gerade Zeit hatte, machte sie es sich in dem großen Ohrensessel bequem, schloss beim Zuhören die Augen und versuchte abzuschalten. Meistens ergaben sich in dieser entspannten Atmosphäre wie von selbst ruhige, tiefgehende Gespräche.

Bei einer solchen Gelegenheit eröffnete er ihr auch, dass er sich durchaus mehr vorstellen könne als das, was schon zwischen ihnen gewachsen war. Er ergriff ihre Hand und lächelte, als er sagte:

»Ich weiß nicht, was genau daraus werden kann. Über die Zukunft will ich mir auch noch keine Gedanken machen. Aber ich weiß, dass ich mich sehr zu dir hingezogen fühle. In deiner Nähe geht es mir gut, und ich glaube, dass ich dir auch gut tue. Und das allein zählt doch, oder?«

Pia war nicht sonderlich überrascht gewesen, höchstens darüber, wie schnell und wie deutlich er seine Wünsche formulierte. Im Grunde genommen war es nur eine Frage der Zeit gewesen. Es war offensichtlich, dass sie sich mochten, und sie fühlte sich durch sein Interesse und sein Bemühen geschmeichelt. Seine positive und ermutigende Art tat ihr gut, doch mehr als das, was sie ohnehin schon verband, konnte sie sich momentan nicht vorstellen. Zu unsicher fühlte sie sich noch in ihrer neuen Situation und in Bezug auf ihre Gefühle.

Sie blinzelte ein wenig nervös, sah ihm dann direkt in die Augen und erwiderte leise: »Ich mag dich auch sehr. Aber du musst verstehen, dass ich für meinen Teil durchaus über die Zukunft nachdenke und überlege, was in ein paar Monaten sein wird, wenn das Baby da ist. Und Daniel spielt nach wie vor eine wichtigere Rolle in meinen Gedanken und meinem Leben, als mir lieb ist.« Dabei entzog sie ihm ihre Hand und blickte zu Boden. »Lass mir Zeit, ja?«

Gregor reagierte sehr gelassen und voller Verständnis auf ihre Zweifel.

»Ich will dich auch nicht drängen. Und ich erwarte schon gar nicht, dass du Daniel einfach vergisst. Schließlich habt ihr einige Jahre miteinander verbracht.« Er machte eine Pause und wurde ungewohnt ernst.

»Wir kennen uns zwar noch nicht allzu lange, doch das war für mich sowieso noch nie ein Kriterium in Sachen Herzensangelegenheiten. Und was das Baby angeht: Grundsätzlich kann ich mir vorstellen, ein Vater für dein Kind zu sein, wenn du das willst. Aber meine Lebensweise ist zu unsicher, als dass ich dir irgendwelche Versprechungen machen will, die ich am Ende nicht halten kann.«

Schon grinste er wieder unbekümmert, als ob es ihm nichts ausmachen würde, dass sie ihm erst einmal einen Korb gegeben hatte. Er sagte:

»Loswerden wollte ich es trotzdem. Du kennst meine Einstellung: Ich will nichts verpassen. Schon gar nicht die Gelegenheit, dir zu sagen, was für eine tolle Frau du bist. Nur so besteht doch überhaupt erst die Möglichkeit, dass sich mehr zwischen uns entwickelt.«

Sie lächelte ihn erleichtert an.

»Gut, dann wissen wir jetzt beide, woran wir sind.«

»Genau, das ist doch schon mal was!«, stellte er fest. »Und alles Weitere wird man sehen.«

Er sah sich suchend um, klatschte in die Hände und fragte so unbefangen und gelöst, als hätten sie gerade über das Wetter geredet:

»Wie sieht es jetzt mit einer Partie Schach aus?«

»Ich bin dabei.«

Froh und ein wenig amüsiert darüber, wie es ihm mit Leichtigkeit gelang, einfach weiterzumachen, als wäre nichts geschehen, erhob sich Pia kopfschüttelnd, um das Brett mit den alten Holzfiguren aus dem wuchtigen Schrank hinter ihr zu holen.

»Weiß oder Schwarz?«, fragte sie mit einem Blick über die Schulter.

»Schwarz. Heute fängst du an«, sagte er ohne zu überlegen. »Und nimm dich in Acht, ich habe heimlich geübt, damit ich dich endlich schlagen kann!«

Sie wussten beide, dass er, dem sie das Spiel erst vor wenigen Tagen beigebracht hatte, keine Chance haben würde, doch war er offenbar gerne bereit, eine weitere Niederlage einzustecken.

15

Das Klassentreffen sollte am Samstag, den 29. Juli stattfinden und zwar zunächst in den Räumen der Schule. Dort war nach einem Sektempfang im Foyer ein Rundgang durch das Gebäude geplant, um sich noch einmal anzuschauen, wo man neun Jahre tagein, tagaus hoffentlich gelernt hatte. Inspiriert durch die Schulhausatmosphäre und die Gesichter, von denen man die meisten eine halbe Ewigkeit nicht gesehen hatte, würde man dann beim Abendessen in alten Erinnerungen schwelgen.

Nach einigem Zögern siegte Pias Neugier. Auch Gregor hatte ihr gut zugeredet und gesagt, dass sie es hinterher sonst bestimmt bereuen würde, und schließlich hatte Pia sich einen Ruck gegeben und telefonisch beim Organisationsteam zugesagt.

»Spät, aber sie meldet sich doch noch!«, kommentierte die Zuständige die kurzfristige Rückmeldung patzig.

Noch bevor Pia erklären konnte, weshalb es nicht früher möglich gewesen war, lenkte sie jedoch von sich aus ein: »Nein, schon gut. Aus irgendeinem Grund hatten wir keine aktuelle Adresse von dir. Für die Zukunft werden wir einen Verantwortlichen benennen, bei dem man sich meldet, wenn sich Anschrift oder Telefonnummer ändern.«

Pia legte den Hörer auf und ertappte sich zum wiederholten Male bei dem Gedanken an ihre ehemals beste Freundin und ihre Ängste vor dem Wiedersehen.

Seit der Sache vor ziemlich genau 13 Jahren hatten sie beide nie wieder ein Wort miteinander geredet. Pia war unsicher, wie sie auf die Vertraute aus vergangenen Tagen zugehen sollte, bemühte sich aber, die Zweifel so gut es ging zu zerstreuen.

Es ist doch nur ein Klassentreffen, versuchte sie sich selbst zu beruhigen, *bei dem man entweder oberflächlichen Smalltalk macht oder sich aus dem Weg gehen kann. Und außerdem ist eine Menge Zeit vergangen*, sagte sie sich immer wieder.

Heute war es soweit. Pia war gut gelaunt und gespannt darauf, ob und wie ihre ehemaligen Mitschüler sich verändert hatten, was die Einzelnen so machten und wohin es sie verschlagen hatte.

Sie verwendete etwas mehr Zeit als sonst, um sich zurechtzumachen und bürstete sorgfältig ihr frisch gewaschenes Haar, während sie sich im Spiegel betrachtete. Erste äußere Anzeichen ihrer Schwangerschaft machten sich leise bemerkbar, und sie registrierte erleichtert, dass sie zu den Glücklichen gehörte, die unter dem Einfluss der veränderten Hormone aufblühten.

»Wenigstens das!«, sagte sie laut zu ihrem Spiegelbild.

Wenn auch die Umstände wahrlich einfacher sein könnten, über die körperlichen Veränderungen konnte sie sich nicht beklagen. Ihre sonnengebräunte Haut hatte ein gesundes, rosiges Aussehen und das Gesicht war ein wenig fülliger geworden, was ihr ausgesprochen gut stand. Die rehbraunen Augen glänzten auf eine neue, besondere Weise und ihre zierliche Figur war etwas femininer geworden. Ihr Bauch war noch immer flach und fest und verriet dem Betrachter noch nichts über ihren Zustand, auch wenn Pia meinte, bereits eine leichte Wölbung erkennen zu können.

Die Schwangerschaft sollte vorerst noch ihr kleines Geheimnis bleiben, und so entschied sie sich für ein cremefarbenes, nicht ganz eng anliegendes Top, das von der Körpermitte ablenkte und stattdessen ihre muskulösen Oberarme gut zur Geltung brachte, eine dunkelblaue Jeans und braune, offene Schuhe. Für den Abend wollte sie ein dünnes, leichtes Jäckchen mitnehmen, falls es kühler würde.

»Toll siehst du aus!«, sagte Gregor anerkennend und Pia bedankte sich mit einem kleinen Knicks für das Kompliment, bevor sie sich verabschiedete.

Pünktlich um 16 Uhr, und nun ein wenig aufgeregt, fuhr sie mit dem alten, weißen Käfer auf den Schulhof, wo schon eine ganze Reihe weiterer Autos parkten.

Mit einem leicht mulmigen Gefühl kramte sie nervös ihre Sachen zusammen und verstaute das Portemonnaie in ihrer neuen, braunen Handtasche, die sie zur Feier des Tages gegen den schwarzen Rucksack eingetauscht hatte, den sie sonst überall mit hinschleppte.

Sie stieg aus und schlug die Tür ins Schloss. Da hörte sie, wie jemand ihren Namen rief. Als sie sich umdrehte, erblickte sie Jasmin Erlewein, die über das ganze Gesicht strahlte und ihr heftig zuwinkte. Die beiden kannten sich fast so lange Pia denken konnte. Sie hatten schon ab der ersten Klasse gemeinsam die Schulbank gedrückt, auch wenn sie die letzten Jahre am Gymnasium durch unterschiedliche Interessen und Freundeskreise nicht mehr viel gemeinsam gemacht hatten.

Pia hob erfreut die Hand und wurde gleich darauf mit einer stürmischen Umarmung begrüßt:

»Hey, schön dich zu sehen! Du hast dich überhaupt nicht verändert!«

Wie sich schnell herausstellen sollte, war dies der häufigste Satz des Nachmittags, mit dem die Mittdreißiger sich gegenseitig zu versichern suchten, dass die vergangenen 15 Jahre spurlos an ihnen vorübergegangen waren.

Doch bei so manch einem erschrak Pia insgeheim und wurde unweigerlich daran erinnert, dass die Zeit nicht stehen geblieben war. Nicht, dass sie sich zurücksehnte, doch die ehemaligen Mitschüler nun mit ersten Falten und mehr oder weniger ausgewachsenem Bauchansatz wahrzunehmen, war eine neue Erfahrung, die sie bei aller Freude, den einen oder anderen wiederzusehen, ein klein wenig melancholisch werden ließ. Dieses Gefühl hielt jedoch nicht an, als das Programm begann.

Susanne hatte sie beim Sektempfang im Foyer nicht entdecken können. Der Rektor, der immer noch im Dienst war, sprach kurz und dann machten sich alle auf, das ehemalige Schulgebäude zu inspizieren und verstaubte Erinnerungen hervorzukramen.

Die Stimmung wurde immer gelöster, und es wurde viel gelacht. Clemens, der Klassenclown von damals, bewies, dass er noch immer der Alte und gut in Form war. So war er voll und ganz in seinem Element, als sie schließlich das Lehrerzimmer erreichten und er Anekdoten zum Besten gab, die die erwachsenen Schüler für ein paar Stunden wieder zu einer Gemeinschaft werden ließ.

Zu guter Letzt wurde in der Aula ein Film gezeigt, den damals zwei Studenten im Rahmen einer Hausarbeit über die Vierzehnjährigen gedreht hatten. Das Ganze war eine Art Dokusoap über das Leben und die

Beziehungen von Jugendlichen, die man während eines zweiwöchigen Schullandheimaufenthalts an der Nordsee produziert hatte.

Schon die ersten Szenen auf der Leinwand, in denen sich die Einzelnen mit seltsamen Frisuren und geschmacklich fragwürdigen Klamotten erkannten, sorgten für viel Spaß und Gelächter. Spätestens als Jonas, Marc und Heiko, drei halbstarke Milchbubis mit Oberlippenbart, die inzwischen seriöse Berufe hatten und mitten im Leben standen, breitbeinig ihre Ansichten und Vorstellungen über Frauen kundtaten, gab es im Saal kein Halten mehr. Auch Pia amüsierte sich köstlich und war froh, dass sie gekommen war.

Auf dem Weg zum nahe gelegenen Gasthof bildeten sich so langsam wieder dieselben Grüppchen wie in alten Zeiten.

Die meisten fanden immer noch die gleichen Leute sympathisch wie 15 Jahre zuvor.

Pia fand sich bald im Kreis von Menschen wieder, die vor langer Zeit einmal enge Freunde gewesen waren und genoss die Vorspeise.

Alle erzählten von sich, tauschten sich untereinander aus, wen es wohin verschlagen hatte, ob sie verheiratet waren, Kinder hatten und so weiter. Pia staunte über die Bandbreite der unterschiedlichen Berufe und hörte sich voller Neugier die Statusberichte ihrer alten Schulkameraden an.

Sie selbst hatte sich im Vorfeld dafür entschieden, nur preiszugeben, dass sie seit einigen Jahren als Physiotherapeutin auf Mallorca arbeitete und sich vor Kurzem von ihrem Freund dort getrennt hatte. Fast alle, die sich nach ihrer Situation erkundigten, gaben sich zu ihrer Erleichterung mit dieser Information zufrieden und zeigten sich beeindruckt, dass sie es gewagt hatte, auszuwandern, und wollten mehr über das Leben und Arbeiten auf der Urlaubsinsel erfahren.

»Das hätte ich dir gar nicht zugetraut, dass du mal alles zurücklässt und ganz woanders neu anfängst. Hut ab vor deinem Mut!«, zollte ihr mehr als einer seinen Respekt oder sagte Sätze wie: »Schade, dass ich das nicht vorher gewusst habe, ich wäre glatt mal vorbeigekommen.«

Sie war gerade in eine angeregte Unterhaltung mit der etwas überdrehten Evelyn vertieft, die selbst plante, für eine Weile ins Ausland zu gehen, als sie Susanne am anderen Ende des Raumes an der Tür entdeckte. Groß und gut aussehend mit einem flotten Kurzhaarschnitt und sportlich-eleganter Kleidung stand sie da und blickte sich suchend um.

Pia wurde es ganz flau im Magen. Sie konnte nicht anders, als sie anzustarren. Ihr Blick klebte förmlich an Susanne und sie verfolgte, wie diese langsam auf Lena Gessing zuging, die zusammen mit jemandem, den Pia von hier aus nicht erkennen konnte, am Fenster stand.

»Hallo, hörst du mir überhaupt zu?«, wurde sie von Evelyn vorwurfsvoll aus ihren Gedanken gerissen.

»Was? Nein! Also – ja!«, wandte Pia sich stammelnd und mit noch vollem Mund ihrer leicht gekränkt aussehenden Gesprächspartnerin zu. Sie würgte den letzten Bissen hinunter, verschluckte sich jedoch dabei und musste husten.

Evelyn beäugte sie kritisch, während sie ihr auf den Rücken klopfte. »Alles in Ordnung mit dir?«

»Ja, alles O.K., mir geht es gut«, beeilte sie sich zu versichern.

»Jedenfalls habe ich mir überlegt, in Kanada nochmals zwei Semester zu studieren. Allerdings weiß ich nicht, ob diese berühmten Wohngemeinschaften, in denen die Auslandsstudenten meistens untergebracht werden, wirklich noch etwas für mich sind. Wahrscheinlich rennt dort nur junges Gemüse herum und …«

Sie brach ab und starrte Pia, die schon wieder geistesabwesend in eine andere Richtung sah, ungläubig an. »Also weißt du, wenn es dich nicht interessiert, kannst du es einfach sagen.«

»Doch, doch, erzähl ruhig weiter!«

Evelyn schüttelte nur irritiert den Kopf und machte so lange keine Anstalten fortzufahren, bis Pia einlenkte.

»O.K., du hast recht. Bitte entschuldige! Ich war tatsächlich nicht so recht bei der Sache.« Sie drehte sich auf ihrem Stuhl so, dass sie Susanne im Rücken hatte und nicht mehr versucht war, diese ständig im Blick zu behalten. »So. Jetzt bin ich wieder ganz Ohr – versprochen!«

Evelyn schien skeptisch und zögerte noch einen Moment.

»Komm schon!«, forderte Pia sie auf. »Ich höre dir zu.«

»Na schön. Was würdest du also an meiner Stelle tun? WG oder doch lieber alleine wohnen?«

»Wo wohnen?«

»In Kanada!«, kam es nun sichtlich genervt zurück.

Pia hatte beim besten Willen keine Ahnung, wovon sie sprach.

»Wieso Kanada?«, traute sie sich schließlich vorsichtig zu fragen und erntete dafür einen fassungslosen Blick.

»Jetzt reicht's, Pia!«

Evelyn war beleidigt aufgesprungen. »Das muss ich mir echt nicht geben.«

Damit drehte sie sich um und ließ die betreten dreinschauende Pia einfach sitzen.

Pia schaute sich peinlich berührt um, ob jemand den kleinen Disput mitbekommen hatte.

Ausgerechnet der vorlaute Kai, der sowieso zu allem seinen Senf dazugeben musste, stierte zu ihr herüber. Alle anderen waren damit beschäftigt, sich angeregt zu unterhalten.

Er grinste sie schief an.

»Was ist denn mit der los?«, wollte er wissen. »Ist ja wie in alten Zeiten, oder?«, stichelte er. Evelyn war schon immer für ihre leicht reizbare Art bekannt gewesen.

Doch Pia wusste, dass Evelyn in diesem Fall allen Grund hatte, angesäuert zu reagieren.

Kai hatte schon von jeher seine Freude daran gehabt, Sand ins Getriebe zu streuen, wenn es zwischenmenschlich irgendwo krachte. Diesen unangenehmen Charakterzug schien er sich über die Jahre hinweg bewahrt zu haben.

»Tja, Zicke bleibt eben Zicke!«, verkündete er und hoffte anscheinend, sie würde mitlästern.

Einen Moment lang überlegte sie, ob sie sich dazu hinreißen lassen sollte, ihm endlich einmal die Meinung zu geigen. Sie stand auf und ihre Augen blitzten.

»Weißt du was, Kai?«

Er schaute sie erwartungsvoll an und hob die Augenbrauen.

Doch Pia besann sich, lächelte milde und sagte nur:

»Halt einfach deinen Mund!«

Kai sah ihr verdutzt hinterher, als sie auf dem Absatz kehrtmachte und mit langen Schritten davonrauschte.

Pia war aufgebracht und wusste nicht so recht, wo sie hin sollte. So zog sie sich erst einmal auf die Toilette zurück, um sich frisch zu machen. Während sie sich die Hände wusch, starrte ihr Spiegelbild sie böse an. Sie war verärgert über sich selbst und machte eine Grimasse, während sie leise vor sich hin schimpfte: »Herzlichen Glückwunsch! Gerade einmal zweieinhalb Stunden reichen aus, um es dir mit den Ersten zu verscherzen. Nur weiter so, meine Liebe!«, grummelte sie finster. »Der Abend ist noch jung. Du hast noch jede Menge Gelegenheit, dir ein paar Feinde zu machen …«

Sie hörte die Toilettenspülung und fuhr erschrocken herum.

»Was redest du denn da?« Jemand prustete vor Lachen los.

Es war Susanne, die im selben Moment aus der Kabine kam.

Pia spürte, wie sie rot wurde und bedeckte verlegen lächelnd mit den Händen ihr Gesicht. »Oh, nein. Ich wusste nicht, dass noch jemand hier ist.«

Susanne drehte den Wasserhahn ab und nahm sich zum Abtrocknen zwei Papiertücher.

»Also, wenn du mit mir Feindschaft anfangen willst, nur zu!«, sagte sie lachend. »Aber vielleicht sollten wir uns dann doch vorher wenigstens begrüßt haben. Was meinst du?« Sie breitete einladend ihre Arme aus und ging einen Schritt auf ihre alte Freundin zu.

»Na, komm schon her!«, erwiderte Pia und die beiden drückten sich, wie in alten Zeiten.

»Ich freue mich echt, dich zu sehen!«, sagte Susanne und schaute ihr offen ins Gesicht.

»Geht mir genauso«, gab Pia zurück, und sie meinte es in diesem Moment ehrlich.

»Mit wem hast du dich denn überhaupt angelegt?«

Pia wollte nicht mehr daran erinnert werden und winkte ab. »Ach, vergiss es!«

»Na, gut«, ließ Susanne bereitwillig locker und hakte sie unter, als wäre nie etwas geschehen. »Wie sieht es aus? Einen Sekt an der Bar und wir stoßen auf unser Wiedersehen an?«, fragte sie auf eine Art, die keinen Widerspruch duldete und war schon dabei, sie zur Treppe zu bugsieren.

Pia schluckte. Alkohol war nicht gerade das, was sie in der Schwangerschaft trinken sollte.

»Du, für mich lieber einen Orangensaft«, sagte sie.

Susanne sah sie irritiert an.

»Ich muss noch fahren«, versuchte Pia sich aus der Affäre zu ziehen.

»Na und? Ich auch. Deshalb können wir doch trotzdem ein Glas Sekt zusammen trinken.«

»In Ordnung«, sagte Pia. Sie wollte sich nichts anmerken lassen und beschloss, einfach nur daran zu nippen.«

Unten angelangt, bestellte Susanne und sie setzten sich an die Bar.

»Du hast also meinen Brief mit der Einladung noch rechtzeitig erhalten«, begann sie.

»Ja, obwohl er eine Weile bei meinen Eltern lag. Ich verstehe nicht, warum die Leute vom Organisationsteam nicht von selbst auf meine Eltern gekommen sind, als das Schreiben zurückgekommen ist.«

Susanne zuckte mit den Schultern und erkundigte sich, wie es ihren Eltern denn ginge, die sie ja von früher recht gut kannte.

»Ganz gut. Alles beim Alten«, war die knappe Antwort. Pia wusste nicht so recht, was sie sonst noch dazu sagen sollte.

»Und deine Schwester?«

»Ist verheiratet und hat zwei süße Kinder.«

»Schön!« Susanne betrachtete sie von der Seite. »Und du? Wie ist es dir ergangen? Was machst du so?«

In Pias Kopf überschlugen sich die Gedanken. Sie zögerte einen Moment und begann dann überschwänglich von Mallorca zu erzählen und der schönen Villa, ihrem Job im Royal Princess und Daniel. Sie erwähnte nichts von der Trennung und tat, als sei alles in bester Ordnung. Pia wusste selbst nicht so genau, warum sie das tat. Sie hatte das seltsame Gefühl, neben sich zu stehen.

Ganz plötzlich bemerkte sie, wie töricht sie sich verhielt und überlegte krampfhaft, wie sie da wieder herauskäme. Sie suchte nach einer Möglichkeit, noch irgendwie zurückzurudern, doch dazu war es bereits zu spät.

»Das hört sich ja alles absolut gut an«, sagte Susanne anerkennend. »Ich würde sagen, du hast das große Los gezogen!« Sie legte ihr die Hand vertraut auf den Arm und bekräftigte noch einmal: »Du, das freut mich echt für dich!«

Pia wurde es nun so richtig unbehaglich und sie fühlte sich schlecht, weil sie nicht die Wahrheit gesagt hatte, sondern etwas vorspielte, was es nicht mehr gab. Sie versuchte, von sich abzulenken.

»Was ist mit dir? Jetzt erzähl du doch mal!«, forderte sie sie auf.

»Bei mir gibt es nicht so viel Spannendes wie bei dir«, sagte Susanne fast ein wenig entschuldigend.

»Jetzt übertreibst du aber!«

»Ich bitte dich! Mallorca, Traumhaus, Traumjob, große Liebe ... Wenn das nicht wie ein Sechser im Lotto klingt, weiß ich auch nicht.«

Pia verdrehte die Augen und stöhnte.

»Also gut. Aber wie gesagt, nichts Spektakuläres«, warnte sie die alte Freundin vor allzu großen Erwartungen. »Ich habe mein BWL-Studium brav zu Ende gebracht und arbeite seitdem in der Anlageberatung einer mittelgroßen Bank in Frankfurt. Dort habe ich eine schnuckelige, viel zu teure Wohnung mit Blick auf den Main, die ich mir mit zwei Katzen teile.«

Sie machte eine kleine Pause und inspizierte ihre Fingernägel, bevor sie ihren knappen Bericht abschloss, der das vergangene Jahrzehnt in groben Zügen zusammenfasste. »Seit zwei Wochen bin ich wieder solo und einigermaßen stolz darauf, dass ich es geschafft habe, den Typen rauszuschmeißen.«

Pia hätte sich ohrfeigen können für die Märchen, die sie ihr umgekehrt aufgetischt hatte. Es war unschwer zu erkennen, dass Susanne das Ende ihrer Beziehung viel mehr zu schaffen machte, als sie sich eingestehen wollte. Im Gegensatz zu ihr hatte sie wenigstens die Wahrheit gesagt, und Pia war kurz davor, einige Dinge richtigzustellen.

Laut sagte sie: »Das tut mir leid. Das mit deinem Freund meine ich.«

Susanne zuckte gleichmütig mit den Achseln.

»Ich komme schon darüber hinweg. Ist nicht der Erste gewesen, in dem ich mich gründlich getäuscht habe.«

Noch bevor Pia etwas sagen konnte, wurden sie von Birte und Jessica unterbrochen. »Hey, ihr zwei, schaut nicht so trübsinnig aus der Wäsche. Kommt, wir spielen eine Runde Karrierepoker.«

Ehe sie sich versahen, hatten die beiden sie schon von ihren Barhockern heruntergezogen und an einen großen Tisch geschoben, der sich unweit der noch leeren Tanzfläche befand. Sie wurden mit großem Hallo von einigen anderen schon erwartet.

»Ich wollte eigentlich noch etwas essen«, protestierte Pia. »Bisher hatte ich nur die Vorspeise.«

»Das kannst du später auch noch«, sagte Birte und war schon dabei, die Karten zu mischen.

Pia machte einen weiteren schwachen Versuch, nicht mitspielen zu müssen. »Eigentlich weiß ich gar nicht mehr, wie das geht.«

Die anderen lachten, als hätte sie einen guten Witz gemacht, und Achim erklärte ihr in einem Tonfall, als würde er mit einem kleinen Kind sprechen, die äußerst einfachen Regeln, sodass auch diese Entschuldigung nicht zählte. Zwei Minuten später waren sie mittendrin in dem Kartenspiel, mit dem sie sich gemeinsam in so mancher Freistunde die Zeit vertrieben hatten.

Nach einer Weile sagte Pia: »So, ich bin raus.«, und ließ sich von Manuel ersetzen, der bereits hinter ihr gewartet hatte. Sie hatte nun richtig Hunger und hoffte, dass vom Hauptgang noch etwas übrig sei.

Tatsächlich stand noch alles in den Wärmebehältern auf den Buffettischen, und sie lud sich eine ordentliche Portion Schweinelende, Kartoffelgratin, Kroketten und grüne Bohnen auf.

»Mensch Heiko!«, sprach sie den ehemaligen Jahrgangsstufensprecher an, der geschäftig durch die Gegend lief. »Da habt ihr euch aber mächtig ins Zeug gelegt mit dem Essen und dem ganzen Drumherum. Wer soll das denn alles bezahlen?«

Heiko freute sich über das Lob und strahlte. »Nettes Ambiente, oder?

»Kann man wohl sagen. Ich bin begeistert! Lasst ihr nachher einen Hut herumgehen oder habe ich im Vorfeld etwas verpasst?«, fragte sie erneut.

»Nein, keine Sorge!«, beruhigte er sie. »Es ist ein Batzen Geld aufgetaucht, das wir beim Abiball damals eingenommen haben. So hatten wir ein ordentliches Budget.« Er blickte sich zufrieden um. »Wenn mich mein Eindruck nicht täuscht, scheinen die meisten mit unseren Ausgaben einverstanden zu sein.«

»Ja, gute Wahl!«, sagte Pia und steuerte auf den freien Platz neben Basti zu, der in Französisch immer neben ihr gesessen hatte.

Nachdem sie sich anschließend auch am Nachtischbuffet bedient und den letzten Rest Panna Cotta von ihrem Teller gekratzt hatte, hörte sie von unten gedämpfte Musik und Bässe, die den Boden vibrieren ließen. Offenbar war der DJ eingetroffen und versuchte die Stimmung anzuheizen. Pia war eigentlich zu satt, als dass ihr der Sinn nach Bewegung gestanden hätte, doch es dauerte nicht lange, bis es ihr in den Füßen kribbelte und sie ein Stockwerk tiefer zum Tanzen ging. Der DJ spielte vor allem die Musik, die in ihrer Jugend auf keiner Party fehlen durfte.

Unversehens fühlte Pia sich wieder wie 17, und anscheinend ging es vielen so, denn die kleine Tanzfläche war in kurzer Zeit brechend voll geworden. Sie schloss die Augen und genoss das dichte Gedränge und die bekannten Songs der vergangenen Jahrzehnte.

»Ich seh den Sternenhimmel, Sternenhimmel, oho«, sang sie den recht primitiven Liedtext mit und lächelte. »Lalalalala, Lalalala«, grölte es um sie herum. Eine Scheibe nach der anderen wurde aufgelegt und Pia konnte gar nicht genug kriegen. Sie hätte ewig so weitertanzen können, doch auf einmal wurde sie unsanft am Arm gefasst. Erschrocken und leicht verärgert öffnete sie die Augen.

Vor ihr stand Susanne, die ihr mit ernstem Gesicht und wild gestikulierend bedeutete mitzukommen. Pia sah sie verwundert an und kämpfte sich ihr ein wenig unwillig durch die Menge hinterher. Zu gerne hätte sie weitergetanzt, doch offenbar war irgendetwas passiert.

Draußen, wo es ruhiger war, wandte sich Susanne um ohne anzuhalten und warf ihr einen bösen Blick zu. »Ich muss mit dir reden!«, ließ sie sie wissen.

Dafür blieb Pia, die für einen Moment völlig überrascht war, zunächst wie angewurzelt stehen. Offenbar war ihre alte Freundin über irgendetwas aufgebracht.

»Nun komm schon!«, schnauzte Susanne sie an, während sie in schnellem Tempo die Treppe hinauflief und sich aus dem Augenwinkel heraus vergewisserte, dass Pia ihr auch folgte.

»Susanne! Was um alles in der Welt …«

Pia setzte sich in Bewegung. »Jetzt sag schon, was los ist!«

Ein weiterer giftiger Blick traf sie. Sie verstand überhaupt nichts mehr.

»Mensch Susanne! Nun bleib doch mal stehen und sag mir endlich, was du hast!«

Sie waren oben im Vorraum des Restaurants angelangt, wo Susanne die Tür so heftig öffnete, dass sie gegen die Wand knallte und Pia sie mit der Hand abbremsen musste, um nicht an der Stirn getroffen zu werden. Genervt verdrehte sie die Augen.

»Jetzt sei doch nicht kindisch!« Pia verlor langsam die Geduld, als sie hinter Susanne ins Freie trat.

Wütend wirbelte Susanne herum und schnaubte. »Kindisch? Ich?«

Sie kam nun ohne Umschweife zur Sache.

»Traummann und große Liebe also, ja?«

Pia ließ seufzend die Schultern fallen. Das war es also.

»Woher weißt du …«, fragte sie zaghaft.

»Spielt das etwa eine Rolle?«, herrschte Susanne sie an.

Betreten schaute Pia auf den dunklen Asphalt, der von der Straßenlaterne über ihnen fahl beleuchtet wurde.

»Na, schön«, begann Susanne, »Jessica erwähnte es so nebenbei, als ich ihr erzählt habe, dass ich wieder solo bin. Und da habe ich nachgefragt. Tja, und wie sich schnell herausstellte, war sie nicht die Einzige, die es wusste.«

Die ganze Enttäuschung war ihr ins Gesicht geschrieben, als sie fragte: »Kannst du mir nicht einfach sagen, dass du dich getrennt hast? Was soll das, Pia?«

»Du hast recht«, gab Pia zu. »Es tut mir leid!«

Susanne stand kopfschüttelnd da. »Ich verstehe das nicht.«

»Ich verstehe es selbst nicht.«, murmelte Pia.

»Aha. Ist das alles?«

»Ich weiß auch nicht, ich …« Pia hob hilflos die Arme.

»Weißt du, ich hatte mich wirklich gefreut, dich zu sehen«, hörte sie Susanne sagen.

»Ich doch auch.«

»Und ich hatte fast den Eindruck, zwischen uns wäre es wieder wie früher.«

Pia nickte.

»Kannst du mir dann sagen, warum du mir so einen Mist erzählst?« Susanne sah sie durchdringend an.

Pia suchte nach einer Erklärung und ein Schauer lief ihr über den Rücken. *Es ist genau das eingetreten, was ich insgeheim befürchtet habe,* schoss es ihr durch den Kopf. *Ich treffe Susanne und alles ist wieder da.*

»Also?«

»Vielleicht wollte ich mir selbst einreden, dass alles in Ordnung ist«, begann Pia leise.

Sie zögerte, ob sie wirklich weiterreden sollte.

»Es war falsch, dass du mir damals verschwiegen hast, dass Lars schon längst eine andere hatte.«

»Was hat das denn jetzt bitteschön damit zu tun?« Susanne sah sie verständnislos an und verschränkte die Arme.

»Vielleicht wollte ich dir beweisen, dass ich mein Leben wieder in den Griff gekriegt habe – dass ich es endlich geschafft habe.« Pia spürte, wie ihre Augen brannten und ein dicker Kloß in ihrem Hals das Sprechen erschwerte, doch sie sah ihrer ehemals besten Freundin fest in die Augen als sie sagte: »Vielleicht wollte ich einfach zeigen, dass es mir nichts mehr ausmacht, dass ich überwunden habe, was ich damals getan habe.«

Susanne dämmerte es, worauf das Gespräch hinauslief und sie verzog das Gesicht. »Oh, nein, Pia, fang bitte nicht wieder davon an!« Sie ließ die Arme sinken.

»Was ist denn?« Pia lachte schrill. »Du wolltest es doch hören, oder?«

Susanne hob abwehrend die Hand und schüttelte heftig den Kopf. »Lass es, Pia!«, bat sie sie eindringlich. »Lass die alte Geschichte ruhen!«

»Sie ruhen lassen? Hast du eine Ahnung, was du da von mir verlangst?« Pia stieß einen erstickten Laut aus.

»Wieso? Ich dachte nicht, dass du noch … ach, Pia, das ist doch alles schon so lange her«, sagte Susanne.

»Ja, und ich habe es lange genug verdrängt. Ich kann nicht mehr und ich will es auch nicht mehr!« Die Tränen standen Pia in den Augen und mit ihnen der ganze verzweifelte Schmerz, den sie all die Jahre versucht hatte zu ignorieren.

»Ich habe mein Kind abgetrieben«, presste sie hervor. »Getötet habe ich es.«

Jetzt war es heraus, war es endlich einmal ausgesprochen. Sie taumelte ein paar Schritte zur Seite. Kraftlos ließ sie sich auf den Rand des Bürgersteigs sinken und stützte ihre Ellbogen auf die Knie.

»Ich habe es getötet!«, wiederholte sie und nickte langsam, als würde ihr zum ersten Mal tatsächlich bewusst, was vor vielen Jahren an einem Dienstagmorgen geschehen war, als Susanne auf dem Flur draußen wartete, bis der Eingriff vorbei war.

»Pia, bitte!«, beschwor diese sie, nicht weiterzureden, doch Pia schien sie gar nicht mehr wahrzunehmen.

»So groß sind seine Füße gewesen«, stieß sie mit tränenerstickter Stimme hervor und starrte auf die Lücke, die sie zwischen Zeigefinger und Daumen abgemessen hatte.

Sie war damals schon in der zwölften Woche gewesen, genau so weit wie jetzt. *Seine Füße waren so groß wie die meines jetzigen Babys,* durchfuhr es sie, während sie die andere Hand auf ihren Bauch legte, *genauso groß sind sie gewesen.*

Man hatte sie in der Klinik beruhigt, dass sie durch die Narkose nichts mitbekommen würde. Eventuell würde sie sich hinterher etwas benommen fühlen und ein leichtes Ziehen im Unterleib verspüren.

Sie war am Morgen gleich die erste Patientin gewesen. Den Eingriff hatte Pia zu diesem Zeitpunkt zumindest rein körperlich tatsächlich als harmlos empfunden. Als sie hinterher noch etwas benebelt in einem kleinen Raum erwachte, war sie erleichtert gewesen und froh darüber, dass alles überstanden war.

Susanne hatte treu an ihrem Bett gewartet und besorgt gefragt, wie sie sich fühle. Pia war ihr damals dankbar, dass sie ihr beigestanden hatte, wo doch Lars als ihr Freund und Vater des Kindes durch Abwesenheit geglänzt hatte. Noch war ihr nicht klar gewesen, was Susanne bereits wusste: Dass Lars bereits eine andere hatte und sein kurzfristiger, wichtiger Termin an diesem Morgen nur vorgetäuscht war.

»Hast du mal wieder etwas von Lars gehört?«, fragte Pia nun recht unvermittelt und ihre Stimme klang hart und monoton, während sie ihren leeren Blick nicht von der Straße wendete.

Susanne, die sich neben sie gesetzt hatte, bemühte sich, ihr Unbehagen zu verbergen. »So am Rande«, sagte sie und versuchte dabei möglichst beiläufig zu klingen.

Als Pia weiter nachfragte, wand sie sich und druckste unsicher herum.

»Sag schon! Ich will es wissen!«, forderte Pia sie auf.

»Es ist ungefähr ein halbes Jahr her. Wir haben uns zufällig beim Einkaufen getroffen, als er seine Eltern besuchte.«

»Und?«

»Und was?«, fragte Susanne mit ausdruckslosem Gesicht.

»Wie geht es ihm? Was macht er so?«

»Was soll ich dir erzählen? Dass er verheiratet ist, zwei Kinder hat? Wolltest du das wissen?«

Pia fragte mit heiserer Stimme: »Hast du sie gesehen?«

»Wen gesehen?«

»Seine Kinder«, sagte Pia sehr leise.

Susanne blickte zur Seite. »Ja, habe ich«, gab sie schließlich zu.

»Und?«

»Pia, was soll das? Hör doch auf, dich damit zu quälen und vergiss die ganze Sache endlich!«

Pias Kopf wirbelte herum. »Die Sache vergessen? Was meinst du, was ich die letzten 13 Jahre versucht habe?«, fragte sie vorwurfsvoll.

»Glaubst du wirklich, es hätte etwas geändert, wenn du gewusst hättest, dass er schon etwas mit Maren angefangen hatte, als du festgestellt hast, schwanger zu sein?«

»Während er mir gleichzeitig versprochen hatte, dass wir zusammenbleiben würden und eines Tages ganz sicher gemeinsame Kinder hätten, wenn ich die Abtreibung durchziehen würde?« Pia machte eine kleine

Pause, während sie sich auf die Lippen biss. »Ich weiß nicht, ob es an meiner Entscheidung etwas geändert hätte, wenn du es mir erzählt hättest. Aber darum geht es auch gar nicht, Susanne!«

»Ich dachte, es sei das Beste für dich, wenn du es erst hinterher erfahren würdest«, versuchte sich diese zu rechtfertigen und schob erklärend hinterher. »So schwankend, wie du in deiner Entscheidung gewesen bist.«

»Ich hatte verdammt noch mal ein Recht darauf, es zu erfahren«, zischte Pia mit zusammengepressten Zähnen. »Und wie du richtig sagst, es war meine Entscheidung, die ich jedoch gerne mit dem Wissen aller Fakten gefällt hätte. Ob es einen Unterschied gemacht hätte, weiß ich nicht.«

»Ich hatte Angst, du würdest aus Trotz das Kind doch bekommen und dir die ganze Zukunft verbauen.«

»Herrgott, Susanne!«, verlor Pia nun die Fassung, »du hattest kein Recht dazu, auf diese Weise Einfluss zu nehmen. Es war anmaßend von dir, zu denken, du wüsstest, was das Beste für mich war.« Sie hielt einen Moment lang inne und schüttelte müde den Kopf. »Aber darum geht es längst nicht mehr.«

Pia war diese Diskussionen leid, die sie damals oft geführt hatten und an deren Ende der Bruch ihrer Freundschaft gestanden hatte.

»Ich hatte meine Entscheidung getroffen. Ich bin schuld daran, dass mein Kind nicht leben durfte. Und mit dieser Tatsache muss ich nun irgendwie leben.«

»Ach Pia, was redest du da von Schuld? Niemand ist schuld! Rede dir doch nichts ein. Sieh es so: Es war ein kleiner Betriebsunfall – ist vielen schon passiert – und du hast das Ganze in Ordnung gebracht, bevor es zu spät war.«

Ein Betriebsunfall. Es wieder in Ordnung gebracht. Wie lange habe ich mich selbst damit zu beruhigen versucht?, dachte Pia traurig. Sie wusste, dass es nicht so einfach war. Ihr schlechtes Gewissen hatte sie in all den Jahren immer wieder daran erinnert, dass sie Schuld auf sich geladen hatte und ließ sich nun nicht länger betäuben. Doch es hatte keinen Zweck, Susanne ihre Gefühle zu erklären. Sie beschloss, Susannes letzten Kommentar, den kläglichen Versuch zu helfen, einfach zu ignorieren.

Eine Sache wollte sie dennoch wissen und fragte:

»Was ist also mit Lars?«

»Mit seiner Frau und seinen Kindern, meinst du?«

Pia nickte.

Susanne zuckte mit den Schultern, weil sie einsah, dass Pia nicht locker lassen würde. »Seine Frau war nicht dabei, und Kinder hat er, wie gesagt, zwei: ein Mädchen und einen Jungen.«

»Und wie alt?«

»Die Große dürfte so vier Jahre gewesen sein und der Kleine wahrscheinlich ein knappes Jahr«, schätzte sie.

Als Pia ihr bedeutete weiterzureden, fuhr sie fort: »Was soll ich sagen? Die beiden waren einfach süß. Kein Wunder, dass Lars total in sie vernarrt zu sein scheint.«

Mit ausdrucksloser Miene, die nicht verraten sollte, was sie dachte, saß Pia da. Es tat weh zu hören, wie Lars in seiner Vaterrolle aufging.

Susanne schien dennoch zu ahnen, was ihre alte Freundin zu verbergen suchte. »Komm schon, Pia!«, sagte sie. »Was hast du erwartet? Dass er niemals Kinder haben würde? Er hat mit der Vergangenheit abgeschlossen und lebt einfach sein Leben. Ein ganz normales Leben. Und du solltest das auch.«

Pia lachte bitter.

Mit der Vergangenheit abgeschlossen hatte er wahrscheinlich schon in dem Moment, als er sie von dem Schwangerschaftsabbruch hatte überzeugen können.

»Ein ganz normales Leben«, wiederholte sie Susannes Worte. Wie sehr wünschte sie sich, einfach weiterleben zu können, als sei nichts geschehen.

»Ja, genau! Und du kannst das auch haben. Du warst doch offenbar schon auf dem besten Weg dazu, wenn nicht gar mittendrin. Mallorca, meine ich, deine Arbeit dort. Und einen Partner findest du auch wieder. Egal, ob hier oder dort. Hab keine Gewissensbisse mehr, sondern leb dein Leben und genieß es!«, beendete Susanne ihr leidenschaftliches Plädoyer.

»Meinst du, er wollte nur mit mir keine Kinder? Denkst du, es hat an mir gelegen?«, fragte Pia zaghaft und wirkte dabei sehr verletzlich.

»Ach, was!«, winkte Susanne ab. »Er war wahrscheinlich bloß noch nicht soweit. Mit dir hatte das nichts zu tun. Wir waren einfach alle viel zu jung.«

»Zu jung, um ein Kind in die Welt zu setzen?«

»Zu jung, um die Verantwortung für ein Kind zu übernehmen, mit allem, was dazu gehört.«

»Ich war 20.«

»Eben.«

»Eindeutig erwachsen.«

»Was heißt schon erwachsen? Schau dir die jungen Dinger in dem Alter doch an«, warf Susanne ein.

»Es gibt viele, die in dem Alter Kinder kriegen.«

»Du hast das Richtige getan«, versuchte Susanne, Pia beharrlich zu überzeugen.

»Das Richtige«, wiederholte Pia langsam.

Ist es richtig, einen unschuldigen, kleinen Menschen zu töten, nur weil man jung ist oder die Umstände nicht optimal passen? Was habe ich nur getan?

»Ja, genau! Das Richtige!«, bekräftigte Susanne. »Jetzt wäre es doch etwas völlig anderes. Wir sind reif genug, haben einen guten Job, eine Wohnung oder ein Haus und wenn wir Glück haben, auch noch einen festen Partner.«

»Und wenn nicht?«

»Dann kommen wir notfalls auch ohne Partner klar.«

Pia dachte bei sich: *Es gibt immer viele Gründe, warum ein Kind nicht in eine Lebenssituation passt. Es ist nicht einfacher, weil man zufällig ein paar Jahre älter ist und von außen betrachtet reif genug dafür, so wie jetzt.* Diese Gedanken behielt sie jedoch für sich.

»Jetzt bin ich fast Mitte 30«, sagte sie.

»Eben. Lebenserfahren, unabhängig und doch jung genug, um immer noch Kinder zu kriegen, wenn du denn welche haben willst.«

Sie legte für einen Moment ihren Arm um Pias Schultern und zog sie wie früher freundschaftlich zu sich heran, während sie aufmunternd sagte:

»Du wirst sehen, bei unserem nächsten Abi-Treffen in ein paar Jahren lachen wir über den heutigen Abend.«

Du hast nichts verstanden, dachte Pia resigniert. Doch sie sagte nichts. Sie musste erkennen, dass Susanne zwar eine alte Vertraute war und die einzige Person, die neben Lars von dem Schwangerschaftsabbruch wusste, dass sie jedoch einfach nicht nachempfinden konnte, was Pia quälte. Und so behielt sie ihr kleines Geheimnis für sich und verzichtete darauf, zu erwähnen, dass sie in naher Zukunft tatsächlich Mutter werden würde. Schmerzlich dachte Pia daran, wie die Frauenärztin in den Mutterpass eingetragen hatte, dass es ihre zweite Schwangerschaft war.

Sie sah Susanne kurz aus dem Augenwinkel an. *Was habe ich erwartet?*, dachte sie traurig. *Es ist wie damals. Ich mache mir Vorwürfe und sie will sie mir ausreden. Ich möchte schreien und sitze stattdessen einfach da.*

»Wir werden sehen, was in ein paar Jahren ist«, sagte sie leise, und Susanne war halbwegs zufrieden damit.

»Wollen wir wieder reingehen?«, fragte Susanne mit einem sanften Lächeln, froh darüber, dass die Wogen geglättet zu sein schienen und ihre Aussprache doch zu einem guten Ende gefunden hatte.

Sie hatte keine Ahnung, was tatsächlich in der ruhigen Pia vorging, die ebenfalls lächelnd antwortete:

»Sei mir nicht böse, aber ich denke, ich werde mich auf den Heimweg machen.«

Susanne stand die Enttäuschung ins Gesicht geschrieben.

»Och nein! Der Abend fängt doch jetzt erst richtig an. Bleib doch noch ein bisschen«, versuchte Susanne sie umzustimmen, doch Pias Entschluss stand fest.

»Nein, wirklich. Ich fühle mich nicht so gut, und ich wäre dir dankbar, wenn du mir meine Tasche und mein Strickjäckchen holen könntest«, bat Pia sie.

»Willst du dich denn gar nicht von den anderen verabschieden?«

Nein, ich muss weg hier. »Mir geht es wirklich nicht so besonders. Richte einfach schöne Grüße aus, wenn dich jemand fragt, ja?«

Susanne warf ihr noch einen prüfenden Blick über die Schulter zu, bevor sie im Restaurant verschwand, um kurz darauf mit Pias Habseligkeiten wieder aufzutauchen. »Ist auch wirklich alles in Ordnung?«, fragte sie und reichte ihr die Tasche.

»Ja, mach dir um mich keine Gedanken!«, tat Pia Susannes Besorgnis ab, bemüht, sich nicht anmerken zu lassen, wie aufgewühlt sie war.

»Wirklich!«, bekräftigte sie und lächelte tapfer.

»Also, dann!« Etwas unsicher traten die beiden aufeinander zu und umarmten sich zaghaft, als wären sie darauf bedacht, den anderen dabei auf Abstand zu halten.

»Vielleicht sehen wir uns bald mal wieder«, meinte Susanne vage.

»Deine Adresse habe ich ja jetzt«, antwortete Pia, doch sie wusste, dass es so schnell nicht zu einem weiteren Treffen kommen würde. *Weg, nur weg von hier.*

»Melde dich mal!«, rief Susanne ihr hinterher, als Pia schon über die Straße war.

»Mach ich!«, log sie, ohne sich noch einmal umzudrehen.

16

Trotz des lauen Abends fröstelte Pia und mechanisch zog sie ihr dünnes Strickjäckchen über, während sie mit schweren Schritten zum nahe gelegenen Schulhof ging, wo sie am Nachmittag das Auto abgestellt hatte. Ihr Kopf dröhnte und ihr Blick verschwamm hinter den Tränen. Noch erlaubte sie sich nicht zu weinen. Sie war wie erstarrt und konnte keinen klaren Gedanken fassen.

Langsam steckte sie den Schlüssel in das Türschloss und stieg wie in Trance in den weißen Käfer ein.

Als sie in die Hofeinfahrt einbog, wusste sie nicht, wie sie es heil nach Hause geschafft hatte.

Gregor saß an seinem Schreibtisch und schaute überrascht von seinen Notizen auf, als er den Motor hörte. Ein kurzer Blick auf die Wanduhr bestätigte ihm, dass es noch lange nicht Mitternacht war. Er wunderte sich, denn eigentlich hatte er nicht damit gerechnet, Pia heute noch zu Gesicht zu bekommen.

Ein wenig beunruhigt trat er an das hohe Fenster und sah im fahlen Schein der Lampe, dass draußen die Lichter des Wagens bereits verloschen waren. Er konnte durch die Heckscheibe jedoch erkennen, dass Pia noch darin saß.

Pia zog den Schlüssel und ließ ihre Hände in den Schoß sinken. Mit leeren Augen starrte sie auf einen imaginären Punkt an der Windschutzscheibe und machte keine Anstalten auszusteigen. Alles in ihr war in Aufruhr und schrie danach, aus ihr herauszubrechen. Doch sie saß einfach regungslos da, unfähig, das wilde Chaos in ihrem Kopf zu ordnen oder der schmerzenden Gewalt ihrer Gefühle einen Weg nach draußen zu erlauben.

Die quälenden Fragen wirbelten durcheinander und ließen sie nicht los. Lange war es ihr gelungen, sie zu verdrängen, und sie war gut darin geworden, den Antworten auszuweichen. Aber nun, nach dem Gespräch mit Susanne, waren diese Bemühungen nichtig.

Was habe ich nur getan damals, als ich das Baby in meinem Leib habe töten lassen? Ich hatte keine wirkliche Not. Ihr wurde übel bei dem Gedanken daran, dass ihr erstes Kind zum Zeitpunkt seiner Abtreibung genauso alt gewesen war wie das Kind, das nun in ihr heranwuchs und dessen Bewegungen sie vor ein paar Tagen beim Ultraschall hatte bestaunen dürfen.

Wie habe ich nur zulassen können, dass mein winziges, unschuldiges Kind, das sich nicht wehren konnte, aus mir herausgesaugt und in Stücke zerfetzt wurde, noch bevor es die Chance bekommen hatte, auch nur einen Atemzug in dieser Welt zu tun?

Ihre Hände ballten sich um den Schlüsselbund herum zu Fäusten, doch sie nahm den Schmerz nicht wahr. Ihr Körper war zum Zerreißen gespannt und sie spürte, wie ihre Kehle sich zuschnürte und ihr die Luft zum Atmen nahm.

Was hast du getan? Was hast du nur getan?, hämmerte es in ihrem Kopf.

Mit einem Mal stieß sie die Fahrertür auf und stürzte ins Freie. Sie taumelte und fiel fast zu Boden, während sie nach Luft schnappte. Sie fasste sich an den Hals und schluckte hart.

Ohne weiter zu überlegen, was sie tat, drückte sie die Tür zu und lief mit schnellen Schritten um das Auto herum und durch das Tor. Sie wollte nur weg.

Ihre Sandalen klapperten über das Kopfsteinpflaster und änderten auf dem Asphalt der Straße ihren Klang.

Nur weg, weit weg.

Sie kreuzte die Bahngleise, übersprang einen kleinen Graben und begann zu rennen. Schneller und immer schneller lief sie den spärlich beleuchteten Weg neben der Straße entlang. Vor ihr befanden sich die wenigen Lichter von Königsbach, die sie magisch anzogen. Sie eilte an unzähligen Reihen von Weinstöcken vorbei, den Blick starr geradeaus gerichtet.

Als sie das Dorf erreichte, durchquerte sie die menschenleeren, verwinkelten Gassen, vorbei am Brunnen und dem alten Pfarrhaus und nahm, wie innerlich getrieben, den einsamen Wallfahrtsweg, der in den Wald hineinführte.

Getötet hast du es! Getötet hast du es!, dröhnten die Stimmen in ihrem Kopf und sie lief noch schneller.

Nur mit Mühe konnte sie den Weg erkennen. Herunterhängende Zweige peitschten ihre Arme.

Der Weg gabelte sich. Ohne nachzudenken, lief sie nach rechts. Auf einmal stolperte sie über eine große Wurzel und fiel hin. Sie fing sich mit den Händen ab und griff dabei in etwas Feuchtes, Glitschiges.

Einen kurzen Moment erwachte sie aus ihrer Betäubung. Sie raffte sich keuchend auf. Die Baumkronen schluckten das Licht des Vollmonds und verwandelten es in tanzende Schatten.

Pia fühlte sich beobachtet. Schnell schaute sie auf und erblickte graue, gesichtslose Gestalten, die wirkten, als würden sie sie dennoch anstarren und in den rhythmischen Chor ihrer kreischenden Ankläger mit einfallen: *»Mörderin, Mörderin!«*

Sie starrte auf die toten Steinfiguren in ihren schmalen, vergitterten Häuschen und entgegnete nichts.

»Nur eine der Kreuzwegstationen«, versuchte sie sich zu beruhigen, als sie bemerkte, dass sie sich auf dem Weg zur Klausenkapelle befand.

Mörderin, Mörderin!, hallte es in ihrem Kopf.

Verzweifelt presste sie die Handflächen mit weit gespreizten Fingern auf ihre Ohren, doch es half nichts. Die Stimmen waren noch lauter als zuvor. Torkelnd kämpfte sie sich weiter, während sie sich immer wieder umdrehte. Mit zerzausten Haaren setzte sie ihre wilde Flucht fort und passierte weitere steinerne Weggefährten, bis sie sich auf der hellen Lichtung mit der Kapelle wiederfand.

Sie blieb stehen. Der Wind frischte auf und nahm ihr für einen Moment lang gänzlich die Luft. Ihr Herz klopfte laut und schmerzend in ihrer Brust. Sie hatte die Hände in die Seiten gestützt, und der Atem brannte heiß in ihren Lungen. Sie holte tief Luft und schaute in Richtung der Kapelle.

Das mit Ziegeln gedeckte Vordach wurde von zwei eckigen Säulen gestützt, zwischen denen sich ein kniehoher Eisenzaun spannte. Hinten an der Wand, die die Rückseite der eigentlichen Kapelle darstellte, prangte ein riesiges Kreuz. Daran hing Jesus, zu seinen Füßen flankiert von zwei Gestalten.

Wahrscheinlich Maria und sein Jünger Johannes, erinnerte sich Pia, die das letzte Mal als Kind an diesem Platz gewesen war.

Sie blickte auf und sah sich weiter um. Sie hörte nur ihren lauten, keuchenden Atem und ihr bis zum Hals pochendes Herz. Sie legte den Kopf in den Nacken, während sie sich langsam einmal um sich selbst drehte. Der volle Mond war genau über ihr; die Baumwipfel erschienen umso dunkler.

Pia ließ den Kopf noch ein Stück weiter nach hinten fallen und schloss die Augen. Sie sog Luft in ihre Lungen und verharrte. Wieder atmete sie tief ein und schleuderte ihren Kopf nach vorne. Ihr Schreien zerriss die Stille der Nacht.

Lang anhaltende, tiefe Klagen lösten sich aus ihrer Kehle. All das, was sich so lange angestaut hatte, brach mit Macht aus ihr heraus. *Dreizehn Jahre wäre mein Kind im nächsten Monat. Ein Teenager, für den der Kindergarten meilenweit entfernt und die Grundschulzeit schon lange vorbei wäre. Ein junger Mensch, der bald begonnen hätte, sich mehr und mehr von mir abzunabeln, abzugrenzen und eigene Ideen und Vorstellungen von der Zukunft und der Welt um ihn herum zu entwickeln.*

Ich bin schuld, dass dieses Kind seine ersten Atemzüge nicht tun durfte.

Pia schrie bei dem Gedanken daran laut auf.

Sie hatte sich selbst der Freude beraubt, bei seinen ersten Schritten dabei zu sein, es zu trösten, wenn es hinfiel und es auf ihren Schoß zu ziehen, während seine kleinen, speckigen Ärmchen sich vertrauensvoll um ihren Hals geschlungen hätten. Und das nur, weil seine Mutter zu egoistisch gewesen war und es gerade nicht gepasst hatte, urteilte Pia hart über sich selbst.

Sie bemerkte die dicken Wolken nicht, die sich vor den Mond geschoben hatten und die Lichtung immer mehr verdunkelten. Ihr ganzer Körper bebte und sie ließ sich auf die Knie sinken. Sie legte die Stirn auf ihre im Gras gefalteten Hände und wippte vor und zurück.

Wenn ich es nur ungeschehen machen könnte! Was würde ich darum geben.

Wie soll ich nur weiterleben mit dieser Bürde? Am Boden zerstört kauerte sie sich zusammen und schluchzte, während eine kräftige Windböe ihr Haar durcheinanderwirbelte.

Ihre dumpfen Klagen wurden weniger und gingen schließlich in ein leises Wimmern über.

Irgendwann richtete sie sich ein wenig auf und strich sich die Haare aus dem Gesicht. Wieder dachte sie an Lars. Ja, Lars hatte es sich einfach gemacht. Erst hatte er sie dazu überredet, ihr gemeinsames Kind abzutreiben, um ihre gemeinsame Zukunft zu retten, während er sich gleichzeitig innerlich bereits getrennt und einer anderen zugewandt hatte.

Ihre Verzweiflung verwandelte sich in unbändige Wut, als ihr wieder bewusst wurde, wie schäbig er sich ihr gegenüber verhalten hatte. Ohne die geringste Spur von Reue hatte er ihr eröffnet, dass es aus sei und sie gebeten, ihn nicht mehr anzurufen. Wie ein Stück Dreck hatte er sie behandelt und sich einfach aus dem Staub gemacht, als Pia ihn so dringend gebraucht hätte.

Auch über ihre eigene Dummheit und Naivität ärgerte sie sich. Ihr ging auf, wie absurd seine Begründung für die Abtreibung von vornherein gewesen war.

Eine unbelastete Zukunft hatte er mit ihr aufbauen wollen. Aber wie hätte sie unbelastet sein können?

Lars war ihre große Liebe gewesen, ihre erste. Dass sie sich so in ihm getäuscht hatte! Sie hatten sich doch schon so viele Jahre gekannt und eine Zeit lang sehr geliebt – hatte sie zumindest gedacht. Niemals hätte sie es für möglich gehalten, dass er sie so hintergehen würde.

Pia presste die Zähne aufeinander, bis ihr Kiefer schmerzte. Sie hasste ihn. Mit jeder Faser ihres Körpers hasste sie ihn und verfluchte den Tag, an dem sie ihm begegnet war.

Und auch Susanne hatte sie mit allen Mitteln davon zu überzeugen versucht, dass es das Beste für alle sei, wenn sie sich zu einem Schwangerschaftsabbruch entschließen würde. Susanne war sich sicher gewesen, dass die Beziehung zwischen Lars und Pia unter dem Druck zerbrechen würde, den es bedeutete, in so jungen Jahren gemeinsam ein Kind großzuziehen. Sie sollten sich doch erst einmal etwas aufbauen, Studium und

Ausbildung beenden und finanziell unabhängig werden, hatte sie gesagt. *Und die ganze Zeit hat sie von Lars und Maren gewusst.*

Wahrscheinlich war sie davon ausgegangen, dass Lars nur die Hosen voll gehabt hatte und dass die Sache mit Maren nur eine bedeutungslose Affäre gewesen war. Und so war es dann auch gekommen. Die beiden trennten sich schon nach kurzer Zeit wieder, was Lars jedoch nicht dazu veranlasst hatte, wieder zu Pia zurückzukehren. Sie hätte ihn sofort zurückgenommen, damals.

Susanne hatte sie eindringlich gewarnt, einfach abzuwarten, bis es womöglich zu spät für eine Abtreibung sei. »Denk an dein Kind!«, hatte sie sie fast täglich bearbeitet. »Meinst du, es würde in solche Verhältnisse hineingeboren werden wollen? Ohne finanzielle Grundlage, ohne einen anwesenden Vater und mit einer Mutter, die unzufrieden ist, weil sie die Ausbildung abgebrochen hat oder chronisch überlastet ist, weil sie sie um jeden Preis durchgezogen hat.«

Aber hatte Susanne allen Ernstes geglaubt, ein Kind würde lieber gar nicht erst geboren werden, als vielleicht mit materiellen Einschränkungen zu leben und auf manches verzichten zu müssen? Sie war sich ziemlich sicher, dass ihre Eltern eingesprungen wären. Bestimmt hätten sie nach der ersten Aufregung so etwas gesagt wie: »Das kriegen wir schon groß. Mach dir mal keine Sorgen!« Doch Pia hatte ihnen die Schwangerschaft verschwiegen und war mit Susanne in die Klinik gefahren.

Wieder wurde sie von Weinkrämpfen geschüttelt. Die Tränen strömten über ihr Gesicht, doch sie verschafften ihr keine Erleichterung. Sie konnte es drehen und wenden wie sie wollte. Auch wenn Susanne ihr dazu geraten hatte, und Lars sie unter Druck gesetzt hatte, letzten Endes hatte sie selbst ihr Kind getötet.

Pia schaute auf. Ihr Blick blieb an der Gestalt am Kreuz hängen. Sie konnte nur schemenhafte Umrisse wahrnehmen, die Gesichtszüge lagen im Dunkeln. Auf allen Vieren kroch sie näher durch das hohe, verdorrte Gras.

»Oh Gott, was soll ich nur tun?«, schrie sie zu dem Mann am Kreuz.

Doch nichts passierte. Er hing einfach da und schien sich nicht für sie zu interessieren. *Wahrscheinlich denkt er auch, dass ich selbst schuld bin und nun sehen muss, wie ich damit fertig werde. Und er hat recht.* Pia schluchzte auf und verbarg ihr Gesicht wieder weinend in ihren Händen.

Sie schrak zusammen und hob den Kopf, als sie auf einmal eine Stimme ihren Namen rufen hörte.

»Pia! Pia, wo bist du?«, ertönte es aus der Ferne.

Das musste Gregor sein.

»Pia?«

»Hier«, erwiderte Pia. »Hier bin ich.« Sie wischte sich das tränennasse Gesicht ab und ordnete hastig ihr Haar.

»Wo bist du, Pia?«, rief Gregor erneut und er klang ganz nah.

»Hier bin ich!«, machte sie sich noch einmal bemerkbar und erhob sich schnell.

Da tauchte Gregor auch schon zwischen den Bäumen auf und lief mit immer noch besorgter Miene auf sie zu. »Da bist du ja!«

Pia ging ihm zögernd einige Schritte entgegen. Ein kräftiger Windstoß wirbelte ihr Haar durcheinander. Das dünne Jäckchen flatterte an ihrem Oberkörper.

»Ein Glück, ist dir nichts passiert!«, rief er erleichtert aus, als er sehen konnte, dass sie unverletzt war.

Er zog sie in seine Arme. »Bin ich froh! Ich hatte mir solche Sorgen gemacht.« Gleich darauf lockerte er seine Umarmung und hielt sie ein Stück von sich weg. »Was um alles in der Welt ist eigentlich passiert? Was tust du denn hier draußen mitten in der Nacht?«, fragte er.

Unfähig, die Situation zu erklären, sah Pia ihn nur an und schüttelte langsam den Kopf.

»Ist alles in Ordnung mit dir?«, vergewisserte er sich, während er skeptisch ihr verschwollenes Gesicht betrachtete. Dabei strich er ihr fürsorglich eine Strähne aus der verschmutzten Stirn.

Pia wollte ihm gerade versichern, dass es ihr gut ging, da hörten sie plötzlich ein Donnern. Beide blickten hinauf zum Himmel, dessen dunkle Wolken von einem hellen Blitz am Horizont durchzogen wurden und nichts Gutes erahnen ließen.

»Ein Gewitter«, erfasste Gregor die Gefahr als Erster.

»Schnell, wir müssen zurück!«, forderte er Pia auf und zog sie am Arm.

»Halt, warte!«, wehrte sie sich. »Das schaffen wir nicht mehr. Es scheint schon ganz nah zu sein.«

Wieder leuchtete ein Blitz, der einige Sekunden später von einem Donnergrollen begleitet wurde.

»Du hast recht!«, bestätigte er. »Am Bach entlang ist es zu gefährlich. Komm!«, befahl er ihr und nahm sie bei der Hand.

Beiden war klar, dass nur die Kapelle einigermaßen Schutz bieten würde und sie hofften, dass sie offen war.

Pia, die sich besser auskannte, lief voraus, vorbei an der Kreuzigungsszene und an der Längsseite des Gebäudes entlang. Sie zog Gregor mit sich und drückte den eisernen Griff der schweren Holztür.

»Mist! Sie ist verschlossen!«, schimpfte Pia, während sie kräftig rüttelte.

Wieder erleuchteten Blitze den Himmel und mit kurzem Abstand folgte ein Donnern, das prophezeite, dass sie nicht mehr allzu viel Zeit hatten, sich einen geeigneten Unterschlupf zu suchen.

»Komm!« Pia erinnerte sich, dass es auf der gegenüberliegenden Seite eine weitere Tür gab und rannte nach hinten zu einem schmalen Durchgang, wo sich an einer niedrigen Steinmauer, die sich bis um die Ecke zog, die beiden letzten Kreuzwegstationen befanden. Doch auch hier hatten sie kein Glück. Die Tür war verschlossen.

Pia überlegte einen Augenblick und rannte dann wieder zur Rückseite der Kapelle, von wo aus man durch ein schmales Fenster auf Hüfthöhe ins Innere schauen konnte. Sie lehnte sich an die dicke Mauer und versuchte, drinnen etwas zu erkennen. Ein schwaches, rötliches Kerzenlicht zu Füßen einer Heiligenstatue erhellte den Raum nur spärlich.

Pia betastete das Fenster. Es war vergittert. »Was machen wir denn jetzt?«, fragte sie und sah Gregor ängstlich an.

Der schaute sich noch einmal prüfend um und sagte: »Ich fürchte, uns bleibt nichts anderes übrig, als unter dem Vordach Schutz zu suchen.«

»Aber da ist doch der Eisenzaun«, äußerte Pia ihre Bedenken.

Gregor nickte. »Ich weiß«, sagte er nur knapp und setzte sich auch schon in Bewegung. Pia folgte ihm.

Sie waren wieder vorne angelangt und inspizierten die wenigen Quadratmeter, die ihnen dort unter dem Dach ein wenig Sicherheit boten.

Ein weiterer greller Blitz und ein ohrenbetäubendes Krachen ließen beide zusammenzucken und noch einen Schritt von dem Eisenzaun zurückweichen. Das Gewitter schien die einsame Lichtung nun erreicht zu haben.

Pia packte die Furcht, wenn sie daran dachte, welcher Gefahr sie hier ausgesetzt waren. Sie malte sich schon aus, wie sie bei lebendigem Leib gegrillt wurden und formulierte im Stillen bereits die Schlagzeile für eine entsprechende Meldung in der Presse. Gregor versuchte, sich mit den Gegebenheiten zu arrangieren und meinte: »Besser als nichts«, doch es klang nicht sehr überzeugend.

Er deutete zur Wand. »Da sind wir wahrscheinlich am sichersten. Geh so weit ran, wie du kannst!«, wies er sie an und schob sie die Stufen hinauf.

Das Gewitter entlud sich nun direkt über ihnen und heftiger Regen setzte ein.

Pia drückte sich in die Ecke neben dem Kreuz und tastete nach Gregors Hand, der sich dicht neben sie mit dem Rücken an die Wand gepresst hatte.

Wieder donnerte es und die Erde schien unter ihnen zu erzittern. Er sagte etwas zu ihr und lächelte ihr aufmunternd zu, doch sie konnte ihn nicht verstehen.

»Was?«, fragte sie mit lauter Stimme nach, um gegen den Sturm und das Trommeln des Regens anzukommen und beugte sich noch ein wenig näher zu ihm hinüber.

»Keine Angst! Hier sind wir sicher!« schrie er ihr ins Ohr.

Sie teilte seine Zuversicht nicht ganz, doch war sie froh, dass er bei ihr war. Dankbar drückte sie seine Hand, die er daraufhin festhielt.

Dicht aneinandergedrängt beobachteten sie stumm, wie die Lichtung immer wieder in ein gleißendes, unheimliches Licht getaucht wurde. Pia hielt den Atem an und hoffte, dass sie hier tatsächlich sicher waren.

Gregor schien ihre Gedanken zu erraten. Er legte den Arm um sie und zog sie noch ein wenig fester an sich heran.

»Mach dir keine Sorgen!«, versuchte er sie wieder zu beruhigen. »Solange der Blitz nicht in die Kapelle einschlägt, können wir hierbleiben, bis alles vorbei ist.«

Pia dachte an den kleinen Glockenturm, der sich auf dem Dach der Kapelle befand. Ängstlich besah sie sich die innere Dachverkleidung über ihnen. Sie hoffte, dass sie nicht ausgerechnet aus Holz war, und ihr wurde bewusst, dass sich im Inneren der Kapelle Holzkirchenbänke und womöglich noch weiteres, leicht brennbares Material befanden.

Jetzt nimm dich zusammen, du Angsthase!, schalt sie sich selbst. *Wenn die Kapelle anfängt zu brennen, können wir doch immer noch wegrennen.*

Zum Glück hatte Gregor sie gefunden. Sie sah erstaunt zu ihm hinüber.

»Woher wusstest du überhaupt, wo ich bin?«, rief sie.

»Ich habe dein Auto auf den Hof fahren hören«, erklärte er ihr. »Als du nicht gleich hereingekommen bist, habe ich mir Sorgen gemacht und wollte hinausgehen, um zu sehen, ob alles in Ordnung ist. Aber in dem Moment hat mein Handy geklingelt und es hat etwas länger gedauert.«

Er hielt kurz inne und wartete mit zum Himmel gerichtetem Blick, bis das nächste Donnerkrachen vorbei war. »Als ich draußen am Auto war, musst du bereits außer Rufweite gewesen sein.«

Pia nickte ernst.

Ihm fiel ein, dass sie ihm vorhin gar nicht geantwortet hatte. »Was ist denn eigentlich passiert?«, wollte er wissen, doch Pia winkte nur ab und murmelte etwas, das er nicht verstand.

»Und wie hast du mich dann gefunden?«, fragte sie. »Der Platz hier liegt ja nicht gerade neben der Hauptstraße.«

Er zögerte einen Augenblick, entschied sich aber, nicht nachzuhaken.

»Zuerst habe ich die direkte Umgebung abgesucht. Schließlich habe ich mich in mein Auto gesetzt und bin die Straße hochgefahren. Als ich das dritte Mal im Ort wendete, ist plötzlich eine alte Frau im Morgenmantel vor mein Auto gesprungen und sagte: ›Wenn Sie das junge Ding suchen, das vorhin wie eine Verrückte hier vorbeigerannt ist, dann müssen Sie hier entlang.‹ Und dabei hat sie in den Wald gezeigt.

Er schüttelte den Kopf und versuchte, vorwurfsvoll zu klingen: »Du machst mir vielleicht Sachen!«

Der Regen prasselte nicht mehr ganz so heftig auf das Dach über ihnen und auch das Donnern wurde langsam schwächer.

Pia entspannte sich ein wenig. Die größte Gefahr schien vorbei zu sein, doch sie wusste, dass es nach wie vor leichtsinnig wäre, ihren schützenden Unterstand zu verlassen. Noch immer blies der Wind kräftig und sie spürte, wie sie zu frieren begann. »Ist dir kalt?«, fragte Gregor sie.

»Geht schon.« Sie bemühte sich, nicht zu zittern.

»Ich sehe doch, dass du frierst«, ignorierte er ihre Antwort, trat die Stufe zu ihr hinauf und schloss seine Arme fest um sie. Nur mit Jeans und T-Shirt bekleidet, hatte er außer seiner Körperwärme nichts, was er ihr sonst hätte anbieten können. Pia lehnte sich dankbar ein wenig an ihn, die Arme immer noch vor sich verschränkt.

»Wer ruft dich denn mitten in der Nacht an?«, fragte sie mit dem Ohr an seiner Brust.

»Ein Produzent«, antwortete er in Gedanken versunken knapp.

»Etwas Dringendes?«

Gregor überlegte kurz, ob er ihr von dem Anruf erzählen sollte.

Als sie keine Antwort erhielt, versuchte sie, ihn leicht von sich weg zu schieben, um ihm ins Gesicht schauen zu können. Doch er lockerte seine Umarmung nicht und hielt sie weiterhin fest, sodass Pia sich beschwerte.

Er ging nicht darauf ein, sondern sagte: »Ich soll mich bis morgen entscheiden, ob ich bei einer Musicalproduktion in Hamburg mit dabei sein möchte.«

»Wieso denn bis morgen schon?«, wollte Pia erstaunt wissen.

»Der Pianist ist schwer erkrankt und die Proben beginnen nächste Woche.«

Pia hob den Kopf. »Für wie lange wäre das?«

Gregor starrte an die Wand hinter ihr.

»Die Proben an sich dauern ungefähr sechs Wochen, und dann geht es richtig los. Jeden Werktag eine Vorstellung, am Wochenende täglich zwei, nachmittags und abends. Nur montags hat das ganze Ensemble frei.«

»Ach, ein richtiges Engagement, so mit allem drum und dran?«

Er nickte. »Der Vertrag würde erst einmal für ein Jahr laufen, und die Konditionen sind sehr gut.«

Beide schwiegen einen Moment lang, bis Pia fragte: »Und, weißt du schon, ob du das Angebot annehmen wirst?« Sie wunderte sich, dass sie voll Spannung und mit einem dicken Kloß im Hals seine Antwort abwartete.

Langsam schüttelte er den Kopf und hob die Schultern.

»Ich bin mir nicht sicher.« Er machte eine Pause. »Eigentlich gibt es keine Alternative. Mein Buch ist zwar erst zur Hälfte fertig, aber so eine Chance kommt vermutlich so schnell nicht wieder.«

Er schien darauf zu warten, dass Pia sich äußerte, doch sie sagte nichts.

»Hamburg ist sehr schön. Warst du schon einmal da?«

Pia schüttelte stumm den Kopf.

Es hört sich fast so an, als hat er sich schon entschieden, dachte sie schwermütig. Irgendwie hatte sie sich sehr an Gregors Gesellschaft gewöhnt, und auch wenn sie sich nach wie vor nicht sicher war, was sie für ihn empfand, gefiel ihr der Gedanke ganz und gar nicht, er könnte in wenigen Tagen schon einige hundert Kilometer weit weg sein.

Natürlich hatte sie gewusst, dass er ohnehin nicht mehr allzu lange in der kleinen Stube unter dem Dach wohnen würde. Ihr wurde deutlich, wie sehr Gregor dazu beigetragen hatte, sie von ihren Problemen abzulenken. Er hatte ihr wieder Mut gemacht, sie in ihrem Entschluss bestärkt, das Kind zu bekommen, und er hatte ihr Halt gegeben.

Pia seufzte.

»Was ist denn? Du bist auf einmal so still«, sagte er in ihre Gedanken hinein.

»Es ist nichts«, flüsterte sie.

Gregor strich ihr sanft über den Rücken.

Pia erschauerte und schloss die Augen. Was hatte er an jenem Abend gesagt? *Er fühlt sich wohl in meiner Nähe und glaubt, dass auch er mir gut tut.* Ja, auch sie schätzte seine Gesellschaft und genoss es, wie nah er ihr war. *Ist das nicht das, was zählt?,* fragte sie sich. Sollte sie nicht ihre Bedenken über Bord werfen und einfach jeden Moment genießen, den er noch hier war?

»Es hat aufgehört«, hörte sie ihn plötzlich sagen.

Irritiert schaute sie zu ihm auf.

Gregor löste seine Umarmung und trat einen Schritt zurück.

»Das Gewitter. Es hat aufgehört.« Er bemerkte die Traurigkeit in ihrem Gesicht und sah ihr mit einem seltsamen Lächeln direkt in die Augen.

Pia atmete laut hörbar ein. Sie bedauerte es, dass diese besondere Atmosphäre mit einem Mal zerstört war und fühlte sich mit der Situation überfordert.

In der Ferne war ein letztes Donnern zu hören und es nieselte nur noch. Der Wind hatte die Wolken vertrieben und der Mond warf seinen hellen Schein wieder unverhüllt auf die einsame Lichtung.

»Dann lass uns am besten zurückgehen«, sagte Pia mit rauer Stimme.

Sie machte eine rasche Bewegung, trat achtlos zur Seite und verlor an der Kante zur mittleren Stufe das Gleichgewicht.

»Sachte, sachte!« Gregor sprang einen Schritt nach vorne und fing sie auf.

Nun stand er da und hielt sie für einen Moment länger als nötig fest. Seine Hände ruhten auf ihrer Hüfte und noch bevor er sie wegnehmen konnte, legte Pia schnell ihre Hände auf seine und gab ihm zu verstehen, dass er sie nicht loslassen solle.

Sie sahen sich einige Sekunden in die Augen. Gregor berührte mit seinen Fingerspitzen behutsam ihre Schläfe und strich ihr sanft über die Wange. Sein Gesicht näherte sich vorsichtig dem ihren, als warte er noch darauf, dass sie es sich noch anders überlegte. Doch Pia kam ihm ein Stück entgegen und schloss die Augen, bis sich ihre Lippen trafen. Sie küssten sich, und Pia bekam eine Gänsehaut.

Es fühlte sich gut an und gleichzeitig doch nicht richtig. So nicht. Oder zumindest noch nicht.

Hin- und hergerissen zwischen dem Zauber des Augenblicks und Zweifeln löste sie sich schließlich aus seiner Umarmung und stieß ihn fester als eigentlich beabsichtigt von sich.

Gregor schaute sie mehr verdutzt als verärgert an. Pia legte mit weit aufgerissenen Augen die Hand auf ihren Mund , als sei sie selbst am meisten erschrocken.

»Ich … es … es tut mir leid«, stammelte sie und sah ihn bittend an, als könne er verstehen, was sie selbst nicht verstand.

Gregor stand einfach da und sagte nichts.

»Ich weiß auch nicht …«, begann sie eine Erklärung und brach gleich wieder ab. Schuldbewusst senkte sie den Kopf.

Gregor öffnete den Mund. Er holte kurz Luft, als wolle er etwas sagen, hielt jedoch wieder inne und schüttelte mit einem ungläubigen Gesichtsausdruck den Kopf.

»Ich hatte jetzt nicht den Eindruck«, begann er langsam, »dass das Ganze von mir ausgegangen war oder ich dich irgendwie überfahren hätte.«

»Nein, nein«, unterbrach Pia ihn, noch bevor er seinen Satz vollendet hatte und schaute auf. »Es ist allein meine Schuld«, versicherte sie ihm und streckte ihre Hand nach ihm aus. Zu ihrer Erleichterung wich er nicht zurück.

»Es ist so viel passiert heute Abend«, sagte sie bedrückt.

»Und möchtest du mir erzählen, was dich vorhin so aus der Bahn geworfen hat, dass du mitten in der Nacht hierher gerannt bist?«

Pias Locken wippten heftig, als sie verneinte. »Ich kann nicht!«

Erst sah sie wieder zu Boden, dann blickte sie ihn flehentlich an. »Ich kann wirklich nicht.« Dieses Mal schwang tiefe Resignation in ihrer Stimme mit und Gregor konnte erahnen, wie sehr sie belastete, was sie nicht preisgeben wollte.

Er hatte fast wieder das Bedürfnis, sie in den Arm zu nehmen und zu trösten, sie einfach zu halten. Doch er tat es nicht. Stattdessen sagte er:

»Ich vermute mal, bei dem, was heute Abend geschehen ist, ich meine, hier im Wald zwischen uns beiden, ging es nicht wirklich um mich. Richtig?«

Noch immer schaute Pia nach unten, doch sie nickte langsam.

»Das heißt, es hat keinen Zweck, mir noch Hoffnungen zu machen?«

»Nein, so habe ich das nicht gemeint. Ich mag dich wirklich sehr.«

»Du magst mich«, wiederholte er ihre Worte. Er nickte und schien enttäuscht, doch auch fast ein wenig belustigt.

»Vielleicht auch mehr. Ich weiß es nicht. Aber ich muss mir erst über so vieles andere klar werden, dass es nicht richtig und auch nicht fair wäre, mit dir etwas anzufangen.« Pia versuchte an seinem Gesichtsausdruck abzulesen, ob er ihren Erklärungen glaubte.

»Och, ich hätte nichts dagegen«, sagte er. »Von dir lasse ich mich, egal aus welchem Grund auch immer, gerne küssen.«

Pia musste schmunzeln.

»Nein, im Ernst«, fuhr er fort, »solange das kein endgültiges Nein bedeutet, bin ich schon zufrieden.«

»Ehrlich?« Pia war überrascht und erleichtert zugleich, wie locker er reagierte. »Ein endgültiges Nein bedeutet es ganz sicher nicht. Sagen wir ein Vielleicht.« Sie lächelte ihn dankbar und befreit an. »Wir werden die Angelegenheit in Ihrem Sinne wohlwollend prüfen«, sagte sie und nickte ihm hoheitsvoll zu.

»Einverstanden!«, schloss er.

Er wandte sich zum Aufbruch, während er die Hände tief in seinen Taschen vergrub. »Und jetzt lass uns zurückgehen! Ich kann mir echt etwas Besseres vorstellen, als hier mitten in der Nacht im Wald herumzustehen.«

Bis sie am Auto waren, sagte keiner mehr etwas. Sie hatten genug damit zu tun, den Weg unter den Bäumen einigermaßen zu erkennen und nicht zu stolpern. Pia wunderte sich zwischendurch, wie lange der Weg dauerte und ihr wurde bewusst, wie schnell sie auf dem Hinweg gelaufen sein musste.

Gregor grübelte darüber nach, ob er das attraktive Angebot für Hamburg annehmen sollte oder nicht. *Am besten halte ich es wie immer,* dachte er, *lasse alles auf mich zukommen und packe die gute Gelegenheit beim Schopf. Allerdings … für Pia würde ich sogar gewisse Opfer bringen.*

Sollte er das Engagement aufs Spiel setzen für dieses zierliche Persönchen, mit dem man so behutsam umgehen musste? Selbst wenn er das Angebot ausschlagen würde, wäre es immer noch möglich, dass sie eine gemeinsame Zukunft gar nicht erst in Betracht ziehen würde. Bliebe er hier, würde sie das, da war er sich sicher, sehr unter Druck setzen.

Pia dagegen war noch ganz durcheinander und versuchte, ihr Gefühlschaos zu ordnen. Am meisten überraschte sie die Tatsache, dass sie so viele unterschiedliche Emotionen gleichzeitig empfinden konnte.

Das Klassentreffen hatte alte Wunden wieder aufgerissen und ihre Schuld war ihr heute Abend das erste Mal in ihrem ganzen Ausmaß klar geworden. Sie hatte keine Ahnung, wie sie mit ihr weiterleben sollte. Sie hatte allein sein wollen und war an der einsamen Kapelle gelandet, wo ihr

Schmerz, ihre Enttäuschung und ohnmächtige Wut aus ihr herausgebrochen waren.

Was Gregor betraf, war sie sich alles andere als sicher. Einerseits schmeichelte es ihr, dass er ihr seine Zuneigung so offen zeigte. Sie konnte auch nicht abstreiten, dass sie selbst den Kuss herausgefordert hatte. Und zweifelsohne hatte sie es in den letzten Wochen genossen, ihn um sich zu haben. Doch ob sie tatsächlich mehr für ihn empfand, musste sie erst noch herausfinden.

Wenn dazu überhaupt noch Zeit bleibt, ergänzte sie in Gedanken. Denn falls er das Angebot annähme, würde er schon sehr bald sehr weit weg sein.

Und dann war da noch Daniel. Der Vater des Kindes, das in ihr heranwuchs. Der Mann, der sie so bitter enttäuscht hatte. Der Mann, den sie gerne so schnell aus ihrem Herzen verbannt hätte, wie sie ihn Hals über Kopf verlassen hatte.

Sie waren am Auto angekommen und Gregor hielt ihr die Tür auf. Er sagte irgendetwas Lustiges und als er lachte, stimmte Pia mit ein, ohne zu wissen, worum es ging. Sie war viel zu sehr in Gedanken versunken.

Schweigend fuhren sie das kurze Stück zu Tante Agathes Haus zurück, wo Pia sich im Flur schnell verabschiedete und leise nach oben verschwand. Müde zog sie sich aus und stellte sich lange unter die heiße Dusche. Das dampfende Wasser erwärmte nur langsam ihre durchgefrorenen Glieder.

Pia hielt ihr Gesicht in den warmen Strahl. Reglos stand sie da und hielt die Augen geschlossen, während sie vergeblich darauf wartete, dass das gleichmäßige Plätschern ihre aufgewühlte Seele ein wenig zur Ruhe brächte.

Irgendwann stellte sie das Wasser aus und hörte, dass Gregor unten leise Klavier spielte. Sie rubbelte sich kräftig mit einem großen Badetuch ab, schlüpfte vorsichtig in ihre Flipflops, die sie vor der Dusche abgestreift hatte und verknotete das Handtuch über der Brust. Das ganze Badezimmer war in feuchten Nebel eingehüllt, und unzählige, winzige Tröpfchen hatten sich an den beigefarbenen, gekachelten Wänden gesammelt.

Sie trat vor den beschlagenen Spiegel über dem Waschbecken und befreite ihn so gut es ging von dem nassen Schleier. Kritisch besah sie sich darin und tupfte ihr Gesicht ab. An ihrer linken Wange hatte sie einen feinen Kratzer. Prüfend strich sie mit den Fingerspitzen darüber. Es hatte sich bereits eine dünne Kruste gebildet, die sich rau anfühlte, doch es tat nicht weh.

Pia ließ ihre Hand sinken, hielt sich ans Waschbecken gelehnt an der kühlen Keramik fest und schaute zu, wie ihr dampfender Körper den Spiegel langsam wieder beschlagen ließ, bis ihr Gesicht nur noch schemenhaft zu erkennen war. Sie schlug die Augen nieder und drehte sich zur Seite. Wie in Zeitlupe öffnete sie den Badezimmerschrank und nahm ein kleines Handtuch heraus.

Sie beugte den Kopf nach vorne und war gerade dabei, es zu einem Turban übereinanderzuschlagen, als sie von unten vertraute Töne wahrnahm. Ein Schauer jagte ihr über den Rücken. Mit Schwung nahm sie den Kopf nach oben und tastete hinter sich nach dem Badewannenrand.

Auch wenn sie sonst von fast keinem einzigen Klavierstück wusste, wie es hieß, geschweige denn, wer es komponiert hatte, dieses kannte sie ziemlich gut. Sie erinnerte sich: Es war in Valldemossa gewesen. Es war April und zusammen mit Annabelle war sie bei strahlend blauem Himmel durch die wunderschönen Gassen des hübschen Dorfes geschlendert.

Wie viele andere Touristen waren sie die Küstenstraße entlanggefahren, um den berühmten kleinen Ort zu besuchen, wo Frédéric Chopin den Winter 1838/39 mit seiner Geliebten, der Schriftstellerin George Sand, verbracht hatte.

Pia hatte Valldemossa unbedingt kennenlernen wollen, aber es hatte sie große Überredungskunst gekostet, Annabelle von dem Ausflug zu überzeugen, denn die wäre lieber einfach am Strand gelegen, »anstatt bei dem schönen Wetter durch irgendwelche Dörfer zu schlappen«, wie sie es formulierte. In allen Einzelheiten und mit blumigen Worten hatte Pia ihrer Freundin daraufhin die traurige Liebesgeschichte der beiden Künstler erzählt, in der Hoffnung, Annabelle würde davon genauso ergriffen wie sie selbst.

Chopin und Sand waren damals nämlich aus Paris gekommen und hatten während der kalten, dunklen Jahreszeit das milde Klima der Baleareninsel genießen wollen. Sie wurden jedoch aus ihrer Wohnung in der Nähe von Palma hinausgeworfen, da der Vermieter bei dem kränkelnden und hustenden Chopin die Schwindsucht vermutete. Im Klosterkomplex von Valldemossa kam das Paar unter. Zwar waren die beiden von der Landschaft begeistert und zunächst auch von Mallorcas wärmender Wintersonne, doch sie fühlten sich in dem Ort und auf der Insel nicht sonderlich wohl. Dies hing zum einen damit zusammen, dass sich sowohl das Wetter als auch Chopins Gesundheitszustand sehr verschlechterten, zum anderen trafen sie mit ihrem unkonventionellen Lebensstil, insbesondere der Tatsache, dass sie unverheiratet zusammenlebten, bei den traditionsbewussten Mallorquinern auf Unverständnis und Ablehnung.

Pia faszinierten solche Geschichten. Sie musste sie nur ein einziges Mal hören, um sie nie wieder zu vergessen. Sie ließen die Orte und Gebäude lebendig werden und beflügelten die Fantasie.

Valdemossa warb natürlich gern mit dem berühmten Liebespaar. Das Örtchen tat viel, um den Touristen die Wohn- und Wirkstätte des Komponisten nahezubringen, der dort so manches Stück erschaffen hatte, unter anderem, passend zur Wetterlage jenes feuchten Winters, das bekannte »Regentropfen-Prélude«.

Gemeinsam war sie mit Annabelle zwischen den geschmückten Sandsteinmauern der Häuser hindurchgelaufen, die die Einwohner mit Tausenden von Blumentöpfen behängt hatten. Bald hatten sie leises Klavierspiel gehört, das in dieser Atmosphäre einen ganz speziellen Zauber ausübte. Sie waren näher zum Kloster gegangen, von wo die Musik kam.

Wenn sie es recht betrachtete, war dieser Augenblick vermutlich der erste gewesen, in dem sie gedacht hatte: »Auf dieser Insel könnte ich mir vorstellen zu bleiben«, und das war noch bevor sie Daniel kennengelernt hatte.

Und dann hatte der Pianist dieses Stück gespielt, bei dem Pia das Gefühl gehabt hatte, die Zeit bliebe stehen. Es war nur ganz kurz gewesen, herrlich leicht und doch ein wenig melancholisch, und sie hatte es sehr bedauert, als es zu Ende war und die Melodie wieder düsterer und schwerer wurde. Annabelle war genervt, dass Pia unbedingt ins Kloster wollte, um den Namen des Stücks herauszufinden.

Der vornehm zurückhaltende Pianist, der in einem Klostersaal am Flügel saß und den Besuchern Chopins Musik nahezubringen versuchte, hatte gelächelt, als sie ihm die Melodie vorgesummt hatte. Er hatte in seinem charmantem Spanisch etwas gesagt, das Pia zwar nicht ganz verstand, doch es war klar, dass er sich darüber freute, dass die junge Frau so berührt war von der Musik. Kurz darauf hatte sie sich umgedreht und war freudestrahlend und stolz mit einem Zettel in der Hand auf Annabelle zugelaufen, die an der Tür wartete.

»Frédéric Chopin: Prélude Nr. 7, A-Dur«, hatte sie vorgelesen. »Na also. Dann ist der Tag ja gerettet«, hatte Annabelle gesagt, und Pia hatte noch einmal einen Blick auf den Zettel geworfen, bevor sie ihn im Sichtfenster ihres Portemonnaies verwahrt hatte.

Einen Tag später war sie Daniel begegnet.

Auch Gregor scheint dieses Stück zu mögen, dachte Pia, dankbar dafür, dass er es zum wiederholten Male spielte.

Die Musik legte einen wohltuenden Frieden in ihr Herz, machte sie ein wenig optimistischer, ließ aber gleichzeitig Raum für ihre schwermütigen Gedanken. Gerade erst waren die Trauer, die Schuld und die Enttäuschung an die Oberfläche getreten und Pia hatte keine Chance mehr, sie durch Ablenkung zu betäuben. Doch was sollte sie mit ihren Schuldgefühlen und Zweifeln jetzt tun?

Nachdenklich und müde erhob sie sich, legte das Handtuch ab und streifte sich ihren Pyjama über. Sie verzichtete heute darauf, ihre Haare zu fönen und ging, wie sie war, zu Bett, in der Hoffnung, ein wenig Schlaf zu finden.

17

Gabriele Bauer wählte mit zittrigen Fingern die Nummer ihres Sohnes. Misstrauisch, fast ängstlich schaute sie sich um, als könne ihr Mann jeden Moment hereinkommen und sie zur Rede stellen.

»Hallo Mama!«

Sie schnappte nach Luft. »Daniel! Woher weißt du, dass ich es bin?«

»Mama! Wie oft willst du das denn noch fragen? Weil ich deine Nummer im Display sehe.« Es klang nicht wirklich vorwurfsvoll, er lächelte dabei.

»Ach so, ja.«

»Gibt es etwas Wichtiges?«, fragte er. »Ich bin nämlich gerade unterwegs und die Klienten müssen jeden Moment hier sein. Mama?«

»Ja, ich bin noch dran.« Sie schwieg einen Moment.

Daniel sah auf die Uhr und wurde etwas ungeduldig. »Du, bei mir ist es momentan wirklich schlecht. Wenn du vielleicht …«

»Ruf mich zurück, sobald es geht, in Ordnung?«, sagte seine Mutter schnell.

Jetzt wurde Daniel hellhörig. »Was ist passiert?«, fragte er.

Seit Jahren durfte sein Vater nicht mitbekommen, dass er mit seiner Mutter in Kontakt stand und jetzt sollte er sie plötzlich anrufen?

»Dein Vater ist sehr krank.«

»Wie krank?«

»Die Ärzte sagen, dass er Weihnachten nicht mehr erleben wird«, presste sie hervor.

»Was hat er denn? Etwa Krebs?«

»Ja.«

»Und wo ist er jetzt? Im Krankenhaus?«, fragte er mechanisch die Fakten ab.

»Ja, sie haben ihn gleich dabehalten. Er wird morgen früh operiert.«

»Aber … wenn er doch operiert wird, dann muss er doch nicht …?«

»Doch. Eine Heilung ist nicht mehr möglich, sagen sie. Der Krebs habe schon zu sehr gestreut. Die Operation bringt ihm noch ein paar Wochen, bestenfalls ein paar Monate.« Sie schluchzte.

Daniel biss sich auf die Lippen und hielt die Luft an. Obwohl er schon so lange im Streit mit seinem Vater lag, traf ihn die Nachricht hart. Härter als er es für möglich gehalten hätte. Ihm wurde flau, abwechselnd heiß und kalt und er wusste nicht, was er sagen sollte.

Nachdem seine Mutter sich wieder beruhigt und eine Weile geschwiegen hatte, begann sie leise zu sprechen: »Daniel, er wird wahrscheinlich nur noch wenige Wochen zu leben haben, wenn überhaupt.«

Worauf will sie hinaus?

»Auch wenn er es nie zugeben würde – tief im Inneren ist er sehr traurig über das, was zwischen euch passiert ist. Ich weiß, du hast allen Grund, böse auf ihn zu sein und ich sage auch gar nicht, das es leicht werden wird, aber …«

»Nein!«, sagte er mit harter Stimme.

»Was nein?«

»Ich werde nicht kommen und mich wieder beschimpfen lassen.«

»Aber er ist doch dein Vater.«

»Der seit Jahren nichts von mir wissen will.«

»Das stimmt so nicht. Du weißt doch, wie er ist. Er kann nun mal nicht aus seiner Haut.«

»Ich auch nicht«, sagte er schnell und nach einer Pause:

»Mama, es tut mir sehr leid, dass er krank ist, aber das kannst du nicht von mir verlangen.«

»Ich verlange es ja auch gar nicht. Ich bitte dich nur, es dir zu überlegen.«

»Und sogar wenn ich es tun würde. Wenn ich alles vergessen würde, was er mir an den Kopf geworfen hat und …«

»Du sollst es nicht vergessen, nur für eine Weile beiseite lassen«, versuchte sie ihm zuzureden.

»Selbst wenn ich käme – also angenommen ich würde kommen – du weißt doch selbst, wie es enden würde.«

»Es käme auf einen Versuch an, meinst du nicht? Daniel, er ist dein Vater, und im Grunde seines Herzens liebt er dich.«

Daniel sagte darauf nichts und sie bekräftigte noch einmal: »Daniel, er liebt dich.«

»Das sagst du!«

»Ja, das sage ich!«

Wieder entstand eine längere Pause.

»Schön. Ich werde es mir überlegen«, lenkte er dann ein.

»Danke, Daniel. Du weißt gar nicht, wie froh ich darüber bin.«

»Ich sagte, ich werde es mir überlegen. Das heißt noch nicht, dass ich auch komme.«

»Ja, schon gut. Überleg es dir. Das ist gut.«

»Ich muss jetzt wirklich Schluss machen, Mama. Pass auf dich auf, ja?«

»Ja, mein Junge. Du auch! Und danke!«

»Mama!«

»Ja, ist gut. Tschüss mein Junge.«

»Tschüss, Mama.«

Daniel stand noch einen Moment lang da und tippte sich nachdenklich ein paar Mal mit der Faust an den Mund, während er auf den Boden starrte.

Das mit seinem Vater war wirklich ein herber Schlag. Aber dass er sich tatsächlich überwinden und ihn besuchen würde, konnte er sich dennoch beim besten Willen nicht vorstellen. Zu viel war passiert.

Seine Mutter würde natürlich alles dafür tun, ihn und seinen Vater zusammenzubringen, obwohl sie wusste, dass es keinen Sinn hatte, die Vermittlerin zu spielen. Wahrscheinlich wollte sie nicht, dass er sich irgendwann einmal Vorwürfe machen würde, wenn es zu spät für eine Aussöhnung war. Und dann ging es ihr auch um seinen Vater.

Daniel schüttelte den Kopf. Die Beziehung seiner Eltern war ihm einfach suspekt. *Was ist es nur, das die beiden verbindet?*

»Herr Bauer?«, riss eine Stimme ihn jäh aus seinen Gedanken.

Daniel fuhr herum. Jetzt hatte er die beiden doch tatsächlich nicht kommen hören.

»Frau Moosbrugger, ich grüße Sie. Herr Moosbrugger, schön, dass Sie den Weg gefunden haben«, hieß er seine Klienten willkommen und setzte sein charmantes Lächeln auf.

Die folgende Dreiviertelstunde war er damit beschäftigt, die beiden im noblen Villenviertel von Bon Aire, das sich an der Nordküste der Halbinsel Victoria befand, durch das schmucke Häuschen und den riesigen Garten zu führen, und da sie großes Interesse an dem Verkaufsobjekt zeigten, setzten sie das Gespräch im Golfclub fort.

So hatte er erst einmal keine Zeit, darüber nachzugrübeln, was er mit der Nachricht seiner Mutter anfangen sollte. Wenn er ehrlich war, war er ganz froh darüber.

Sie hatte es geahnt.

Gregor hatte früh am Morgen in Hamburg zugesagt und Pia seine Entscheidung mitgeteilt. Da er zu Hause noch eine ganze Menge regeln musste, wollte er bereits im Laufe des Tages abreisen. Er wollte aus Essen nur das Nötigste mitnehmen und sich in Hamburg in Ruhe nach einer Bleibe umschauen.

Pia bemühte sich um eine heitere Miene und wollte sich nicht anmerken lassen, dass ihr seine Abreise Angst machte. Wie würde es werden, wenn er bald nicht mehr da war?

»Schön, das freut mich für dich!«, sagte sie und lächelte tapfer. Sie wusste nicht, was sie sonst noch sagen sollte und schaute befangen zu Boden.

Gregor betrachtete ihr fein geschnittenes Gesicht und dachte wieder einmal, wie unglaublich zart und anmutig sie doch wirkte. Er verspürte den Wunsch, sie zu berühren und ihr übers Haar zu streichen. Stattdessen vergrub er seine Hände in den Hosentaschen, während er anfing, auf den Zehenspitzen zu wippen.

»Dann werde ich mal packen gehen«, verkündete er, verharrte jedoch unschlüssig auf der Stelle und rang mit sich, ob er noch etwas weniger Belangloses sagen sollte.

Er ließ es bleiben.

Eine halbe Stunde später hatte er seinen zerschlissenen Koffer, mit dem er vor vier Wochen gekommen war, hinten im Wagen verstaut. Er lag zwischen einer Kiste Riesling und einer Kiste Grauburgunder, die Pia ihm frisch etikettiert hatte. Sie versprachen, miteinander in Kontakt zu bleiben und umarmten sich zum Abschied.

»Pass auf dich auf, ja?«, sagte er und ergänzte schnell »und auch auf das Baby!«

»Mach ich!«, sagte sie und wünschte ihm eine gute Fahrt.

Sie ging noch ein paar Schritte neben dem Auto her und winkte ihm, bis er um die Ecke bog und aus ihrem Sichtfeld verschwand. Langsam ließ sie den Arm sinken, tätschelte Purzel den Hals, der neben ihr stand und sagte:

»Jetzt sind wir wieder ganz allein, mein Kleiner.« Purzel hielt kurz still, drehte sich dann um und legte sich auf seinen Stammplatz unter den Nussbaum.

Pia schüttelte den Kopf. »Für dich ist alles wie immer, oder?«, fragte sie halblaut und dachte: *Von mir kann man das momentan nicht behaupten.*

Langsam ging sie zurück ins Haus und blieb unschlüssig im Flur stehen.

Was sollte sie mit dem Tag anfangen? Sie hatte keine rechte Lust, Gregors verlassenes Zimmer für die nächsten Gäste herzurichten. Das hatte noch Zeit. So war es beinahe, als sei er noch da. Sie fühlte sich einsam. Sie war sich nicht sicher, ob dies ein Zeichen dafür war, dass er ihr doch mehr bedeutete, als sie sich bisher eingestanden hatte, doch vermutlich lag es schlichtweg daran, dass es ungewohnt war, wieder ganz allein in dem großen Haus zu sein.

Gregor hatte Tante Agathes Platz eingenommen, wurde ihr bewusst. Er war ihr Seelentröster geworden, hatte sie unterstützt und ermutigt, sich um sie gesorgt und manches Mal auf andere Gedanken gebracht, wenn die Traurigkeit sie eingeholt hatte. Doch ob das reichte für eine Beziehung?

Sie lehnte sich an die Wand und starrte an die Decke. Dann stieß sie sich ab, öffnete die Tür zum Wohnzimmer und ließ ihren Blick durch den

Raum schweifen. Sie ging zum Klavier und strich mit der Handfläche über das glatte, dunkle Holz. Es fühlte sich kalt an und sie dachte daran, welche sanften Töne und Melodien Gregor dem Instrument so mühelos entlockt hatte.

Pia hob den Deckel und schlug einige Tasten an. Sie versuchte sich an etwas zu erinnern, das sie früher gelernt hatte und bekam tatsächlich ein paar einfache Läufe hin. Ermutigt rückte sie sich den Klavierhocker zurecht und setzte sich. Ein Stück, dessen Namen sie nicht mehr wusste, kam ihr in den Sinn und sie freute sich, als sie den Anfang fast automatisch und ohne groß nachzudenken spielen konnte. Doch schon nach wenigen Takten ging es nicht mehr weiter. Sie versuchte es noch einmal, scheiterte aber an derselben Stelle. Da sich damit ihr Repertoire erschöpft hatte, gab sie es auf und wollte den Deckel schließen, doch er entglitt ihren Fingern und knallte laut zu.

Pia fluchte und erhob sich.

Im Briefkasten fand sie ein großes Kuvert, das an sie adressiert war. Sie war erstaunt, denn es trug die Handschrift ihrer Mutter.

Seltsam, wunderte sie sich, *dass meine Mutter mir schreibt, wo sie doch genauso gut anrufen kann. Was sie nur will?*

Unschlüssig besah sie sich nochmals die Rückseite des Briefes und riss ihn dann mit den Fingern auf. Darin fand sie eine Karte mit Sonnenblumen und einen weiteren Brief. Er trug den Poststempel von Palma und war von Erika Linde. Pia fasste sich an die Stirn. Die hatte sie total vergessen! Schlagartig fiel ihr der Zettel mit der Telefonnummer wieder ein. Wo hatte sie den nur hingetan? Sie konnte sich beim besten Willen nicht mehr daran erinnern.

Ihre Mutter schrieb, dass Daniel den Brief weitergeleitet habe und ob Pia ihm nicht die Adresse von Tante Agathe geben wolle. Nein, das wollte sie nicht. Sie hatte nicht vor, sich deshalb bei ihm zu melden. Inge fragte außerdem an, ob sie Lust hätte, am nächsten Sonntag zum Mittagessen zu kommen.

Stöhnend ließ Pia sich auf die Stufen vor der Eingangstür sinken.

Was sollte sie mit so einer allgemeinen Einladung nun schon wieder anfangen? Würde Eva auch da sein? Sie glaubte die Antwort zu kennen und überlegte sofort, wie sie sich aus der Affäre ziehen konnte, ohne ihre Eltern zu enttäuschen.

Doch darüber wollte sie sich später Gedanken machen.

Purzel kam angetrabt und legte sich auf ihre Füße, um ein Nickerchen zu machen. Ihr Blick fiel auf den zweiten Brief, der immer noch auf ihrem Schoß lag. Neugierig nahm sie ihn in die Hand und öffnete ihn.

Liebe Pia,
auch auf die Gefahr hin, aufdringlich zu erscheinen, schreibe ich Ihnen heute diese Zeilen. Seit unserer Begegnung an jenem Morgen in den Bergen, als sie gestürzt sind, muss ich immer wieder an Sie denken, und es lässt mir keine Ruhe, dass ich nicht weiß, ob es Ihnen gut geht oder nicht.

Es würde mich sehr freuen, wenn Sie sich einmal kurz bei mir melden könnten – natürlich nur, wenn Sie möchten. Mein Mann sagt, dann würde ich ihn vielleicht endlich damit in Frieden lassen und nicht mehr täglich von Ihnen reden.

Ihre Erika Linde

Jakob hieß er, fiel Pia der Name des älteren Herrn wieder ein. Ein Lächeln huschte über ihr Gesicht, während sie sich an das nette Ehepaar erinnerte, das so humorvoll und frisch miteinander umgegangen war. Erika Linde hatte ihr ihre Telefonnummer und Adresse in Palma mitgeschickt.

Langsam ließ sie den Brief sinken und dachte an den Tag zurück, an dem sie gestürzt war und die Bestätigung erhalten hatte, tatsächlich schwanger zu sein. Ihr wurde wieder deutlich, dass es noch nicht lange her war und sich dennoch anfühlte, als läge eine halbe Ewigkeit dazwischen.

Zu diesem Zeitpunkt hatte sie die Hoffnung noch nicht ganz begraben, dass Daniel seine Meinung ändern und sich doch noch freuen würde. Dass sie einen gemeinsamen Weg zu dritt fänden und er sie in den Arm nähme und ihr versicherte, dass sie es schaffen würden. Doch Daniel hatte sich gegen sie und das Kind entschieden, und sie hatte keine andere Wahl gehabt, als ihn und die geliebte Baleareninsel zu verlassen.

Sie hatte ihre Arbeitsstelle aufgegeben ohne eine Vorstellung davon, was sie in Zukunft machen wollte. Nun saß sie hier, traurig darüber, dass

Gregor weg war und vor einem ganzen Berg an Schuldgefühlen, dessen Last schwer auf ihre Schultern drückte.

Es rührte Pia sehr, dass Erika Linde sich um sie sorgte, obwohl sie sich nur ein einziges Mal gesehen hatten. Dass sie nach ihren vergeblichen Telefonanrufen nun auch noch einen Brief schickte, war erstaunlich und zeugte von großer Beharrlichkeit, obwohl Pia sich eigentlich nochmals für die Hilfe bedanken oder sich sonst auf irgendeine Art hätte erkenntlich zeigen sollen.

Pia hatte ein schlechtes Gewissen und kam sich ein wenig schäbig vor, dass sie bisher noch nicht zurückgerufen hatte. Sie hatte es schlichtweg vergessen, da sie mit so vielen anderen Dingen beschäftigt gewesen war. Erika Linde schien ihr jedoch keinen Vorwurf zu machen. Im Gegenteil, ihr Brief klang freundlich und rücksichtsvoll.

Pia hatte keine Ausreden mehr, eine Antwort weiter zu verzögern. Tante Agathe war in der Reha-Klinik in Bad Schönborn und gut versorgt, Gregor war weg, die nächsten Gäste würden erst in zwei Tagen kommen und sie hatte Zeit.

Vorsichtig zog sie ihre Füße unter Purzels warmem Fell hervor und ging entschlossenen Schrittes mit dem Brief in der Hand zum Telefon. Sie klemmte den Hörer zwischen Ohr und Schulter und schaute abwechselnd auf die handschriftlichen Ziffern und die Wählscheibe, die bei jeder Drehung die vertrauten Anschlaggeräusche machte. Während sie darauf wartete, dass sich am anderen Ende jemand meldete, hielt sie plötzlich inne und legte schnell wieder auf. Irgendwie erschien es ihr nicht angebracht, sich nach so langer Zeit nur mit einem kurzen Telefonanruf zu melden.

Nein, sie würde ebenfalls einen Brief schreiben, entschied sie. Das war persönlicher, hatte mehr Gewicht und würdigte Frau Lindes Bemühungen zumindest ein klein wenig. Sofort machte sie sich auf die Suche nach Papier und Kugelschreiber und wurde in der untersten Schublade von Tante Agathes großem Wohnzimmerschrank fündig.

Kurz darauf saß sie in der Laube und begann die ersten Zeilen, in denen sie sich für die Hilfe an jenem Morgen vor vier Wochen bedankte. Während sie an einer Formulierung feilte, schweiften ihre Gedanken ab und ehe sie es sich versah, fand sie sich einmal mehr in einem Strudel der Gefühle wieder. Sie fühlte sich verlassen und ohne jeden Halt, sobald sie über ihre Situation nachdachte, und es gelang ihr immer weniger, sich abzulenken und die schmerzhafte Realität auszublenden.

Auf einmal wusste sie, was sie tun würde. Kurzerhand zerriss sie das Blatt, legte die Schnipsel zur Seite und nahm einen neuen Bogen.

Ja, sie würde sich Erika anvertrauen. Ihr nicht nur schreiben, wie es zu dem Unfall in den Bergen gekommen war, sondern alles. Einfach alles. Die Trennung von Daniel, ihre zwiespältigen Gefühle dem Baby gegenüber und ihre Unsicherheit im Hinblick auf ihre berufliche Situation. Sie würde ihr schwieriges Verhältnis zur Familie ebenso wenig aussparen wie die Sache, die sie am meisten belastete und über die sie bisher noch mit fast keinem Menschen gesprochen hatte: ihren Schwangerschaftsabbruch vor vielen Jahren.

Pia holte tief Luft, nahm den Stift in die Hand und fing an zu schreiben, bevor sie es sich anders überlegen konnte. Wort für Wort und Satz für Satz wurde sie los, was sie beschäftigte. Ihre Finger flogen nur so über das Papier und es dauerte eine ganze Weile, bis sie das erste Mal aufsah.

Zwischendurch flossen Tränen, von denen Pia keine einzige abwischte. Sie suchten sich ungehindert einen Weg über ihr Gesicht und tropften ab und zu von ihrem Kinn. Als sie nach einer Stunde dabei angelangt war, die Umstände der Abtreibung zu beschreiben, überkam sie ein Gefühl, als würde es sie innerlich zerreißen. Sie musste den Kugelschreiber weglegen, weil ihr so schlecht war, dass sie befürchtete, sich übergeben zu müssen.

Benommen stolperte sie ins Haus und schleppte sich in die Küche. Dort trank sie ein Glas Wasser, an die Spüle gelehnt. Um sie herum schien sich alles zu drehen, und es wurde ihr schwarz vor Augen. Pia tastete sich auf wackeligen Beinen zum Küchentisch und ließ sich schließlich auf den harten Stuhl sinken. Stöhnend legte sie den Kopf auf ihre Arme und starrte mit leerem Blick auf die Tischplatte. Kleine Wassertröpfchen bildeten sich dort und sie spürte den Hauch ihres eigenen Atems. Sie fühlte sich hundeelend und unfähig, sich zu bewegen. Alles in ihr wehrte sich dagegen, den Schmerz, den die Erinnerung hervorrief, zuzulassen und sich ihm auszusetzen.

Es ist alles so sinnlos, dachte sie verzweifelt. Resigniert schloss sie die Augen und hätte sie in diesem Moment am liebsten nie wieder geöffnet. Sie hätte nicht sagen können, wie lange sie so dasaß.

Dann schien sie mit einem Mal neue Kraft zu bekommen und raffte sich auf. Nein, sie wollte nicht weiter vor ihrer Vergangenheit weglaufen. Sie würde sie offenlegen, egal wie weh es tat.

»Koste es, was es wolle!«, presste sie mit zusammengebissenen Zähnen und entschlossenem Blick hervor und zwang sich dazu, wieder hinauszugehen und mit zittriger Hand den Brief zu vollenden.

Als sie schließlich ihren Namen daruntersetzte, war sie erschöpft und hungrig. Das Schreiben hatte unglaublich viel Kraft gekostet, doch sie war auch ein klein wenig erleichtert. Sie faltete alle vier voll beschriebenen Seiten und verschloss den Umschlag. Während sie die Adresse darauf kritzelte, beschloss sie, sofort zum Postamt zu fahren und den Brief abzuschicken, damit ihr keine Zeit blieb, ihre Meinung zu ändern.

Sie schnappte sich das rote Fahrrad aus der Scheune und schwang sich auf den Sattel. Der Fahrtwind wehte ihr ins Gesicht und die bewaldeten Hänge des Pfälzer Waldes hinter dem Ort bildeten im Sonnenlicht eine unglaublich schöne Kulisse.

Schon seltsam, ging es ihr durch den Kopf, *dass ich mich einer Fremden so schonungslos offenbaren kann mit allem, was ich mit mir rumschleppe*. Eigentlich wusste sie selbst nicht genau, was sie sich davon versprach und welche Reaktion sie erwartete. Auch war sie nicht sicher, ob sie Erika Linde mit ihrer Offenheit überforderte. Doch was hatte sie schon zu verlieren? Im schlimmsten Fall würde Erika das, was Pia getan hatte, so sehr schockieren, dass sie sich überhaupt nicht mehr bei ihr meldete.

Auf der Post ließ sie den Brief frankieren. Die Dame hinter dem Schalter bedachte sie zuerst mit einem seltsamen, fast mitleidigen Blick, den sie eine Spur länger auf ihr ruhen ließ. Pia wurde es ein wenig unbehaglich zumute und sie fuhr sich verlegen durchs Haar.

»Nach Mallorca!«, rief die Postbeamtin freudig überrascht aus, nachdem sie auf den Brief geschaut hatte, den Pia ihr vor einigen Sekunden hingeschoben hatte. Und dann begann sie überschwänglich von ihrem letzten Urlaub zu erzählen:

»Wir waren vor drei Monaten dort, wissen Sie? Wunderschön, sage ich ihnen! In einem sehr schönen Hotel in Can Picafort. Zuerst hatte ich ja Bedenken, ob es schon warm genug sein würde im April, und im Meer war es auch noch recht frisch, aber ansonsten nur Sonnenschein. Sind Sie denn schon einmal dagewesen?«

Pia nickte freundlich und beeilte sich, nach draußen zu kommen. Unterwegs hielt sie an, um Blumen zu kaufen.

Die alte Frau Brenneisen, die schon seit mehr als fünf Jahrzehnten hier bediente, war heute besonders neugierig und versuchte sie auszufragen.

»Ich habe gehört, Ihr Verlobter ist abgereist?«

»Wir sind nicht verlobt«, stellte Pia richtig.

Ohne darauf einzugehen, bohrte Frau Brenneisen weiter: »Nach Hamburg, oder?«

Woher weiß sie das nur schon wieder! Pia konnte es nicht glauben. Ganz perplex nickte sie mechanisch. Noch bevor sie Zeit hatte, sich zu ärgern, wechselte Frau Brenneisen schon das Thema: »Wie geht es denn Ihrer Tante? Kommt sie bald nach Hause?«

»Oh, sie ist mittlerweile in Bad Schönborn zur Reha und dort, so weit ich das beurteilen kann, sehr gut aufgehoben.«

»Und macht sie Fortschritte?«

Pia wiegte den Kopf hin und her. »Ich glaube, sie ist etwas enttäuscht, dass es nicht mehr so schnell geht wie am Anfang.«

»Ja, nach der Operation ging es ihr erstaunlich gut.«

»Die Ärzte sagen, kleine Rückschläge seien normal.«

»Dann bestellen Sie ihr Grüße von mir. Folie oder Papier?«

»Papier reicht, danke.«

»Und Ihnen auch alles Gute! Glauben Sie mir, das wird schon wieder.«

Pia kniff verwundert die Augen zusammen und fragte sich, was sie damit meinte, denn sie bekam den Eindruck, Frau Brenneisen sprach nicht nur von Tante Agathe. Sah man ihr die Schwangerschaft etwa bereits an? Sie ergriff den Strauß, der auf der Theke lag, und verabschiedete sich schnell.

Nachdem sie die Stiele der herrlich duftenden Rosen zu Hause sorgfältig gekürzt hatte, stellte sie sie in einer großen Vase auf den Wohnzimmertisch. Sie wollte schon achtlos am Spiegel im Flur vorbeigehen, da trat sie ein wenig näher, legte die Hand über den Mund und prustete los vor Lachen, da ihr mit einem Mal klar wurde, warum man sie im Postamt und später auch im Blumenladen auf so eigenartige Weise beäugt hatte. Ihre Wimperntusche war im ganzen Gesicht verteilt und sie schaute aus wie ein trauriger Harlekin.

»Wasserfest sieht anders aus!«, bemerkte sie kichernd und sagte dann laut zu sich selbst: »Die Leute müssen denken, ich habe so richtig einen an der Klatsche.«

Es konnte ihr egal sein. Gerade hatte sie per Brief einer Wildfremden eine Art Lebensbeichte abgelegt. Da kam es auf ihr Aussehen auch nicht mehr an! Außerdem hatte sie momentan nicht viel zu lachen.

Trotzdem ging sie schließlich nach oben, wusch sich das Gesicht ab und packte ein paar Badesachen zusammen. Nachdem sie eine Kleinigkeit gegessen hatte, sprang sie ins Auto, drehte das Radio laut auf und fuhr nach Bad Dürkheim, wo sie sich den Rest des Tages im Freibad draußen in der Sonne aalte.

18

Liebe Pia,
heute habe ich Ihren Brief erhalten, und zunächst einmal danke ich Ihnen sehr, dass Sie mir geantwortet haben. Ich bin erleichtert und freue mich, dass Ihr Sturz mit dem Fahrrad glimpflich abgelaufen ist und Sie sich körperlich wieder erholt haben. Wie oft habe ich während der letzten Wochen daran gedacht, was alles hätte passieren können. Ständig hatte ich die hübsche junge Frau vor Augen, die einen so niedergeschlagenen Eindruck machte und habe gebetet, dass es ihr gut gehen möge.

Es hat mich tief bewegt, liebe Pia, wie offen Sie mir gegenüber sind. Nicht nur, dass Sie ehrlich darüber geschrieben haben, was dem Unfall an jenem Morgen vorausging und welche zwiespältigen Gefühle Sie gegenüber Ihrem ungeborenen Kind haben, auch Ihre Schilderung über das traurige Ende Ihrer Partnerschaft geht mir sehr nahe. Ich bewundere Ihren Mut und möchte Sie aus vollem Herzen in Ihrer Entscheidung für das Baby bestärken! Obwohl es gewiss nicht immer einfach werden wird, bin ich doch zutiefst davon überzeugt, dass Sie das Richtige getan haben.

Auch kann ich gut nachvollziehen, dass ihre neue Situation für Sie die Vergangenheit und den Schwangerschaftsabbruch damals aufwühlt. Das Klassentreffen, von dem Sie berichteten, hat gewiss ein Übriges getan und alte Wunden wieder aufgerissen. Schuldgefühle vor allem belasten Sie, so lese ich es aus Ihren Zeilen heraus.

Nun hatten Sie mich gebeten, Ihnen nicht mit frommen Sprüchen zu kommen. Das will ich auch gar nicht tun. Und doch würde es mich interessieren, weshalb Sie sich gerade mir geöffnet haben. Verstehen Sie mich bitte nicht falsch – ich empfinde es als einen großen Vertrauensbeweis, die erste und einzige Person zu sein, der Sie seit damals von der Abtreibung erzählt haben. Wenn es Ihnen lediglich darum ging, sich alles einmal von der Seele zu reden oder besser zu schreiben, so ist das völlig in Ordnung und wir belassen es dabei. Wenn Sie jedoch etwas anderes von mir möchten, freue ich mich darauf, wieder von Ihnen zu hören.

Ihre Erika

War das etwa alles? Einerseits war Pia erleichtert, dass Erika Linde so viel Mitgefühl geäußert hatte, doch gleichzeitig war sie überrascht. Sie hätte wetten können, etwas Frommes als Antwort zu kriegen. Dass Erika ihrem Wunsch so konsequent entsprechen würde, damit hatte Pia nicht gerechnet. *Schließlich ist sie doch eine Pfarrersfrau oder so etwas Ähnliches. Die können doch gar nicht anders. Doch irgendwie passt es auch wieder zu ihr.*

Je länger sie darüber nachdachte, desto klarer wurde ihr, dass sie sich insgeheim doch einen Rat gewünscht hatte, auch wenn sie immer noch ein bisschen Angst davor hatte. So machte sie sich gleich daran, einen neuen Brief zu beginnen. Sie erzählte Erika von ihrer Freundschaft zu Lea und ihren schlechten Erfahrungen mit Frommen und schrieb:

Wissen Sie, das Schlimmste ist, dass ich weiß, dass ich die Konsequenzen für mein Handeln tragen muss, und dass es nur gerecht ist, wenn ich an dem leide, was ich getan habe. Schließlich habe ich, darüber bin ich mir sehr bewusst, ein Menschenleben auf dem Gewissen, und das wird mich wahrscheinlich bis an mein Lebensende verfolgen. Auch wenn Susanne sagt, keiner habe Schuld, weiß ich es doch besser. Trotzdem habe ich keine Ahnung, ob ich das auf die Dauer ertragen kann. Ich habe immer gehofft, dass es eines Tages besser werden würde, doch das Gegenteil ist der Fall.

Schon fünf Tage später traf die Antwort ein – fast per Express, wenn man die Geschwindigkeit der mallorquinischen Post bedachte. Gespannt riss Pia den Umschlag auf. Sie überflog den Anfang und blieb dann bei der Stelle hängen, an der Erika auf den Schwangerschaftsabbruch Bezug nahm:

Ich muss gestehen, es zerreißt mir fast das Herz, wenn ich mir vorstelle, wie sehr Sie sich quälen. Sie haben die schmerzliche Erfahrung gemacht, dass die Zeit nicht alle Wunden heilt und spüren, dass man Schuld nicht einfach wegdiskutieren kann.

Ihren Zeilen habe ich entnommen, dass Sie gern einen Rat hätten, auch wenn dies bedeutet, dass ich Gott möglicherweise ins Spiel bringe. Ich kann gut verstehen, dass Sie nach den Erlebnissen in Ihrer damaligen Gemeinde nicht besonders gut auf ihn und Menschen, die an ihn glauben, zu sprechen sind. Mir ist bewusst, welch tiefe Verletzungen entstehen können und es tut mir unendlich leid, dass sie durch Menschen ein negatives Bild von Gott erhalten haben. Ist es zu viel verlangt, wenn ich Sie bitte zu bedenken, dass diese Menschen eben nur Menschen sind mit Fehlern, falschen Sichtweisen und hartherzigem Verhalten, wie Sie bedauerlicherweise am eigenen Leib erfahren haben?

Der Gott, den ich kennengelernt habe und an den ich glaube, ist ein Gott, der jeden Menschen unendlich liebt. Ein Gott, der sich nicht angeekelt von uns abwendet, wenn wir Dinge tun, die falsch sind. Ein Gott, der Falsches zwar nicht gutheißt oder darüber hinwegsieht, aber der uns nicht verdammt, wenn wir Schuld eingestehen und mit ihr zu ihm kommen. Der Gott, an den ich glaube, richtet diejenigen liebevoll auf, die am Boden sind und bietet denen Vergebung an, die sich danach sehnen.

Pia traten die Tränen in die Augen.

Wenn das nur wahr sein könnte. Doch ihr Gefühl und ihre Erfahrung sagten etwas anderes. Sie musste an den Abend bei der Kapelle denken. Hatte sie nicht zu dem gekreuzigten Jesus geschrien und nichts, aber auch gar nichts war geschehen?

Nein, ihre Schuld war zu groß. Was sie getan hatte, war einfach unverzeihlich. Mit verschwommenem Blick las sie das Ende des Briefes.

Ich würde Ihnen gern ans Herz legen, eine Bibel zur Hand zu nehmen, weil ich glaube, dass Gott sich dort zeigt, so wie er ist. In Psalm 103, in den Versen 8 bis 13 lesen wir, wie barmherzig er mit uns Menschen umgeht.

Nun kommt sie mir also doch noch mit der Bibel! Ich hätte es besser wissen sollen! Was kann man von der Frau eines Pastors auch schon anderes erwarten.

Verärgert und enttäuscht knüllte sie den Brief zusammen und warf ihn auf den Tisch. Sie stürmte nach draußen, wo sie fast über Purzel gestolpert wäre, der immer noch ausgestreckt an der Treppe lag und gar nicht wusste, wie ihm geschah, als Pia ihn anherrschte:

»Pass doch auf! Immer liegst du mitten im Weg.«

Solche harten Worte war er von seinem Frauchen nicht gewöhnt. Vorsichtshalber verzog er sich lieber unter den Nussbaum um die Ecke.

Es dauerte nicht lange, bis Pia sich wieder beruhigt hatte und ihren Wutausbruch bereute. Mit zerknirschtem Gesichtsausdruck ging sie neben Purzel in die Hocke und kraulte ihm die Ohren.

»Tut mir leid, mein Kleiner! Du kannst nichts dafür. Ich weiß auch nicht, was mit mir los ist.«

Doch im Grunde genommen wusste sie es: Ihre Nerven lagen blank, weil sie immer noch ohne Orientierung war.

Dass Erika Linde ihr nun Hilfe durch den Glauben an die Hand geben wollte, schreckte sie in gleichem Maße ab, wie es sie anzog. So lange hatte sie sich Gott vom Leib gehalten. Hatte gehofft, sie könnte damit das dunkle Kapitel ihres Lebens ausblenden, es einfach ignorieren, bis es von selbst verblasste und erträglicher wurde.

Doch nun zeichnete sich ab, dass genau das Gegenteil der Fall war. Ihre damalige Entscheidung hatte sie eingeholt und es kam ihr vor, als sei alles erst gestern geschehen.

Die Sache mit Gott hatte sie bisher immer als bedrohlich empfunden. War es nicht schon schlimm genug, wie sehr sie selbst sich Vorwürfe machte? Brauchte es da wirklich ein höheres Wesen, das ihr ihre Fehler vorhielt?

Erika jedoch beschrieb ihren Gott ganz anders. Als sei er jemand, der Anteil nimmt. Nicht als Ankläger, sondern voller Liebe und Mitgefühl. Wie waren ihre genauen Worte?

Pia sprang auf und rannte in die Küche. Hastig faltete sie den Brief auseinander, strich ihn, so gut es ging, glatt und las erneut, was dort stand:

Der Gott, an den ich glaube, richtet diejenigen liebevoll auf, die am Boden sind und bietet denen Vergebung an, die sich danach sehnen.

Pia ging ins Wohnzimmer und steuerte zielstrebig auf Tante Agathes große Bibel zu, die ganz vorne im Regal stand. Durch die Jahre häufigen Gebrauchs war der Einband etwas zerschlissen und Pia nahm sie vorsichtig heraus. Sie suchte die Stelle, die Erika ihr beschrieben hatte und brauchte ein wenig, bis sie den Psalm endlich gefunden hatte.

Hastig überflog sie den kurzen Text:

Barmherzig und gnädig ist der HERR, geduldig und voll großer Gnade.
Er wird uns nicht für immer Vorwürfe machen und nicht ewig zornig sein.
Er bestraft uns nicht für unsere Sünden und behandelt uns nicht,
wie wir es verdienen.
Denn so hoch der Himmel über der Erde ist,
so groß ist seine Gnade gegenüber denen, die ihn fürchten.
So fern der Osten vom Westen ist, hat er unsere Verfehlungen von uns entfernt.
Wie sich ein Vater über seine Kinder zärtlich erbarmt,
so erbarmt sich der HERR über alle, die ihn fürchten.

Sie blätterte ein paar Seiten vor und zurück und konnte dann gar nicht mehr aufhören zu lesen. Eine Passage nach der anderen sprang ihr ins Auge, die sie noch niemals in dieser Weise wahrgenommen hatte. Satzfetzen, die sie mitten ins Herz trafen und die scheinbar genau für sie dort niedergeschrieben worden waren:

… dann verurteile ich dich auch nicht … Kommt alle her zu mir, die ihr müde seid und schwere Lasten tragt, ich will euch Ruhe schenken … Denn du bist die Quelle des Lebens … Wenn der Sohn euch frei macht, seid ihr wirklich frei … Er wird das geknickte Rohr nicht brechen … Wegen unserer Vergehen wurde er durchbohrt …

Pia sog die Worte in sich auf.

Sie saß auf den Holzdielen und hatte die Welt um sich herum vergessen, während ihr der folgende Vers ins Auge sprang:

Doch wenn wir ihm unsere Sünden bekennen, ist er treu und gerecht, dass er uns vergibt und von dem Bösen reinigt.

Sie war wie elektrisiert. Vergebung. Vergebung für das, was sie getan hatte!

All denen aber, die ihn aufnahmen und an seinen Namen glaubten, gab er das Recht, Gottes Kinder zu werden.

Flehentlich richtete sie ihren verschwommenen Blick nach oben.

»Oh Gott, ja, das will ich. Ich brauche dich. Bitte hilf mir!«, sagte sie laut und war sich in diesem Moment auf einmal ganz sicher, dass ihr kurzes Gebet gehört wurde. Sie schloss die Augen.

Irgendwann stand sie auf. Ihre Gesichtshaut spannte unter den getrockneten Tränen und sie versuchte zu begreifen, was gerade geschehen war. War es wirklich so einfach? Sie beschloss, sich so bald wie möglich bei Erika Linde zu melden. Zuerst aber hatte sie einen Termin bei Frau Dr. Steffens und sie musste sich beeilen, um nicht zu spät zu kommen.

19

»Wollen wir heute noch einmal nach Port de Sóller fahren?«

Jakob und Erika Linde saßen beim Frühstück. Es war Montag, ihr freier Tag in der Woche. Erika brauchte ihren Mann nicht lange zu überzeugen.

»Aber das Auto lassen wir stehen. Ich wollte schon immer mal mit dem ›Roten Blitz‹ fahren«, war er gleich Feuer und Flamme.

Eine Dreiviertelstunde später standen sie am Bahnhof in Palma und stiegen in das nostalgische Bähnchen ein, das eigentlich eher braun war und seit ungefähr 100 Jahren auf dieser Strecke verkehrte. Ursprünglich war die Schmalspurbahn für den Orangentransport aus dem fruchtbaren Tal von Sóller gebaut worden. Heutzutage nutzten sie vor allem Touristen, die in gemächlichem Tempo in die Hauptstadt der Serra de Tramuntana wollten.

Erika und Jakob nahmen in den bequemen Ledersitzen Platz und freuten sich auf einen Tag in den Bergen.

»Da fühlt man sich doch in eine längst vergangene Zeit versetzt«, sagte Erika. Sie strich fast ehrfürchtig über die Griffe aus Messing und bestaunte die antike Mahagoniverkleidung.

Jakob drückte ihre Hand, während der Zug sich langsam in Bewegung setzte.

Unterwegs stiegen immer wieder Leute zu, die jedoch keinen Sitzplatz mehr fanden. Dicht gedrängt standen sie in den Gängen und spähten angestrengt aus den Fenstern auf die eindrucksvolle Berglandschaft. Ein paar wenige Mallorquiner waren auch darunter.

Vielleicht, um sich in Sóller mit der berühmten Sobrasada einzudecken, einer gepfefferten Streichwurst, die als besondere Spezialität galt und von der man sagte, dass sie aus schwarzen Schweinen hergestellt am besten schmeckte.

Sie fuhren gerade wieder aus einem der vielen Tunnels heraus, nur ein paar Kilometer von der Stelle entfernt, wo Pia ihren Unfall hatte, als Erika sagte:

»Ich bin gespannt, wie sie auf meinen Brief reagiert. Hoffentlich fühlt sie sich nicht bedrängt von dem, was ich ihr geschrieben habe.«

Jakob schaute sie von der Seite an und wusste, von wem sie sprach.

»Sie ist dir ziemlich ans Herz gewachsen, nicht wahr?«

Erika nickte stumm. Wie oft hatte sie in den vergangenen Wochen für die junge Frau gebetet.

»Bestimmt meldet sie sich bald wieder«, sagte er zuversichtlich.

Seine Frau seufzte. »Hoffentlich hast du recht.«

Gegen Abend kehrten die beiden zurück. Am Bahnhof von Sóller waren sie auf die Tranvia umgestiegen, der aus San Francisco importierten nostalgischen Straßenbahn, die sie durch Orangenplantagen hindurch zum Hafen der kreisrunden Bucht gebracht hatte. Sie waren entlang der schmucken Boote und Segelyachten gebummelt und hatten trotz der heißen Temperaturen den Aufstieg zu einem Restaurant gewagt, das ihnen vor allem wegen seiner grandiosen Aussicht empfohlen worden war. Dort hatten sie sich einen frischen Orangensaft und ein Tumbet schmecken lassen, eine Sommer-Gemüsepfanne, bei der die verschiedenen Zutaten wie Kartoffeln, Auberginen, Paprika und Hähnchenfleisch vorher einzeln in Öl angebraten und dann in einer Form geschichtet gebacken werden.

»Bin ich froh, dass du dasselbe gegessen hast«, sagte Jakob, als sie sich auf den Rückweg zur Hafenmole machten, wo am späten Nachmittag die Fischerboote anlegten. »So stinken wir wenigsten beide nach Knoblauch.«

Erika drehte müde und zufrieden den Haustürschlüssel in Esporles um, als sie das Telefon klingeln hörte. Schnell warf sie ihre Tasche auf das Sofa.

Sie bekamen nur wenige Anrufe. Jakob sah seine Frau erwartungsvoll an. Erika legte eine Hand über die Muschel und flüsterte ihm aufgeregt zu: »Es ist Pia!«

»Welch eine schöne Überraschung! Ich freue mich so, dass Sie anrufen! Wie geht es Ihnen?«, sagte sie dann ins Telefon.

»Hallo Erika. Danke, heute geht es mir wirklich gut. Sie werden nicht glauben, was passiert ist. Haben Sie einen Moment Zeit?«

»Ja sicher, erzählen Sie nur, ich bin sehr gespannt.«

»Ich war heute bei meinem Frauenarzt zum Ultraschall. Stellen Sie sich vor«, sagte Pia, »man konnte jedes einzelne Fingerchen sehen. Und ständig war das Baby in Bewegung und machte Turnübungen. Es war überwältigend!«

Erika lächelte.

»Jedenfalls hatte ich die Praxis gerade verlassen, als ich eine Etage tiefer einer jungen Frau mit Kinderwagen die Tür aufhielt, und wir kamen kurz miteinander ins Gespräch. Sie wollte zu einer Physiotherapeutin im gleichen Haus, die sich speziell um Entwicklungsverzögerungen bei Kindern kümmert. Das hat mich schon immer interessiert, also bin ich neugierig geworden. Und jetzt raten Sie mal ...«

Pia wartete keine Antwort ab, sondern holte tief Luft.

»Morgen fange ich dort an, vier Mal die Woche nachmittags.«

»Tatsächlich?«, fragte Erika verwundert. »Wie kam denn das so schnell?«

»Die Physiotherapeutin hat sich erst vor einem halben Jahr selbstständig gemacht. Und nun hat sie schon so viele Patienten, dass sie jemanden einstellen wollte. Morgen hätte sie in der Zeitung inseriert, aber ich kam ihr quasi zuvor.« Pia schien vor lauter Elan und neuer Zuversicht fast zu platzen. »Wir sind ungefähr im gleichen Alter und sie war total nett. Ich bin gleich dort geblieben und konnte bei einigen Behandlungen mit dabei sein. Ihr gefiel mein Umgang mit den kleinen Patienten und sie sagte, die Zeugnisse wären nur noch Formsache. Sie würde mir schon alles beibringen, was ich auf diesem Gebiet noch wissen muss.«

Erika fragte vorsichtig nach:

»War es denn kein Problem, dass Sie schwanger sind? Ich meine, es ist doch absehbar, dass Sie in wenigen Monaten wieder ausfallen.«

»Nein, ganz und gar nicht. Zuerst war ich unsicher, wie ich das Thema anschneiden soll. Doch dann habe ich einfach mit offenen Karten gespielt, und sie hat toll reagiert. Sie war einfach froh, dass sie so schnell jemanden hatte und meinte, ob sie jetzt jemanden suchen müsse oder erst in einem halben Jahr, sei am Ende egal. Und wer weiß, vielleicht kann ich nach der Geburt auch bald wieder einsteigen.«

»Ich gratuliere! Das sind tolle Neuigkeiten!«

»Ja, nicht wahr? Ich habe das Gefühl, jetzt geht es bergauf.«

»Das meine ich auch, und ich bin sehr froh darüber!«

Pia schwieg einen kurzen Moment.

»Danke für Ihren Brief«, sagte sie dann. »Es hat mir sehr geholfen, was Sie über Gott geschrieben haben.«

Pia erzählte ihr von ihrem kurzen Gebet.

»Auch wenn es eigentlich unverzeihlich ist, was ich getan habe und ich mein Kind nicht mehr lebendig machen kann, scheint er mir vergeben zu haben.«

»Genau dafür hat Jesus sich ans Kreuz nageln lassen. Und er hat alle Schuld mitgenommen, die wir zu ihm bringen.«

»Egal wie groß sie ist?«

»Egal wie groß sie ist«, bestätigte Erika.

»Das ist der Grund, warum Gott Jesus auf die Erde geschickt hat. Er wollte uns Menschen die Möglichkeit geben, wieder mit ihm in einer liebevollen, engen Beziehung leben zu können, wie sie ein guter Vater zu seinen Kindern hat. Und dazu brauchte es Jesus. Er hat alles Böse besiegt, als er am Ostermorgen auferstanden ist.«

Pia schluckte und zögerte einen Moment, ob sie fragen sollte, was sie schon lange auf dem Herzen hatte.

»Meinen Sie, mein Kind ist bei ihm?«

Die alte Dame wählte ihre Worte sorgfältig, da sie ahnte, was sie Pia bedeuteten.

»Ja«, sagte sie, »das glaube ich. Jesus hat Kinder sehr geliebt und sie uns als Vorbild genannt. Sie durften immer zu ihm kommen, sie haben ihn nie gestört.«

Pia erinnerte sich. Sie kannte die Geschichte aus dem Kindergottesdienst und es war eine, die ihr damals besonders gefallen hatte.

»An einer Stelle heißt es«, fuhr Erika fort, »– *›dann nahm er die Kinder in* *die Arme, legte ihnen die Hände auf den Kopf und segnete sie.‹* Ja, Pia. Ich bin davon überzeugt, dass auch Ihr Kind in seinen Armen geborgen ist.«

Am anderen Ende der Leitung war ein Schluchzen zu hören.

Auch Erika liefen die Tränen über die Wangen. Nach einer Weile fragte sie: »Darf ich Ihnen einen Rat geben?«

»Natürlich«, sagte Pia ohne zu zögern.

»Versuchen Sie, Ihrer Trauer Gestalt zu geben. Verabschieden Sie sich von ihrem Kind und überlassen Sie es bewusst der Fürsorge unseres Vaters im Himmel. Suchen Sie sich einen Ort zum Trauern, an den Sie immer wiederkommen können, denn ein gewisser Schmerz über den Verlust wird Sie vermutlich noch eine ganze Weile begleiten, vielleicht Ihr Leben lang sogar.«

Pia nickte. »Ja, ich weiß«, flüsterte sie.

»Aber Gott hat uns auch eine gewaltige Zusage gegeben, die mich selbst schon oft getröstet hat. Das sind nicht meine Worte, sondern seine: *›Gott selbst wird bei ihnen sein. Er wird alle ihre Tränen abwischen, und es wird keinen Tod und keine Trauer und kein Weinen und keinen Schmerz mehr geben.‹*«

Darauf wusste Pia nichts mehr zu sagen. Sie verabschiedete sich von Erika Linde und blieb nachdenklich zurück. Das war ein ganz neuer Gott, der aus den Worten sprach, die sie gehört hatte. Einer, der ihren Schmerz sah und verstand und ihr eine neue Perspektive schenkte. Wäre es möglich, dass sie mit diesem Gott einen neuen Anfang machen könnte?

Auf einmal wusste sie, was sie als Nächstes tun würde. Und zum ersten Mal freute sie sich darauf, ihren Eltern davon zu erzählen, dass sie ein Kind erwartete. Sie war gespannt, wie sie reagieren würden.

Schnell fand Pia sich während der folgenden Wochen in der Praxis in ihre neuen Aufgaben ein. Die Arbeit und das Zusammensein mit den Kindern machten ihr viel Spaß und die kleinen Patienten fassten schon nach kurzer Zeit Vertrauen zu ihr.

Pia genoss es, endlich etwas Sinnvolles tun zu können. Bald waren erste Erfolge erkennbar, die ihr die Bestätigung gaben, den Kindern mit ihrer Behandlung wirklich zu helfen. Es fühlte sich fantastisch an.

Vor allem mit zu früh geborenen Kindern arbeitete sie gern. Sie entwickelten sich mit ein wenig Hilfe oft erstaunlich gut, was jedes Mal ein kleines Wunder war. Solche Fortschritte boten immer wieder einen ganz besonderen Anlass zur Freude.

Aber auch weniger spektakuläre Fälle waren dabei. Besonders die Allerkleinsten lagen ihr am Herzen. Babys mit riesengroßen Augen, die neugierig in die Welt blickten. Winzige Händchen, die alles festhielten, was sie erwischen konnten und jeden Gegenstand zielstrebig zum Mund führten, um ihn dort zu ertasten, zu erschmecken und ausgiebig zu untersuchen. Sie waren hier, weil sie sich nicht drehten, noch nicht robbten oder krabbelten, wie es ihre Altersgenossen längst taten. Auch wenn Pias Aufgabe hin und wieder nur darin bestand, überbesorgte Eltern zu beruhigen, gab es auch etliche, die tatkräftige Unterstützung und Anleitung brauchten.

Manchmal ertappte sie sich dabei, dass sie die jungen Mütter verstohlen beobachtete, wenn sie ihrem Nachwuchs stolze oder zärtliche Blicke zuwarfen, ihn voller Zuversicht ermutigten oder mitfühlten, wenn eine Übung für das Kind offenbar unangenehm war.

Von Tag zu Tag freute sie sich mehr auf ihr eigenes Baby. Ihr Bauch wölbte sich langsam und wer genau hinschaute, konnte schon erahnen, was sich unter den weißen Oberteilen verbarg, die sie bei der Arbeit trug. Bei jeder Gelegenheit strich sie sich über den Bauch, wenn sie sich unbeobachtet fühlte und hoffte auf weitere zaghafte Klopfzeichen, wie sie sie schon wahrgenommen hatte, wenn sie abends die Beine hochlegte. Ihr Baby machte sich bemerkbar und es gefiel ihr.

Sie dachte an den Besuch bei ihren Eltern. Ihre Mutter war ganz aus dem Häuschen geraten, als Pia ihnen bei einer Tasse Kaffee, die sie dieses Mal tatsächlich ohne Eva und ihre Familie getrunken hatten, eröffnet hatte, in anderen Umständen zu sein. Ihr Vater hatte sie still umarmt und eine Weile gar nicht mehr losgelassen. Es war offensichtlich, dass beide sich auf ihr drittes Enkelkind freuten, ungeachtet der Tatsache, dass Pia erst einmal alleine dastand. Ohne zu zögern, hatten sie ihre Unterstützung zugesagt.

»Wenn du in der Nähe bleiben würdest, könnten wir uns um das Kleine kümmern, sobald du wieder anfangen möchtest zu arbeiten«, hatten sie ihr angeboten.

»Das ist total lieb von euch. Vielen Dank!«

»Ist doch selbstverständlich. Und Papa geht nächstes Jahr auch in Rente. Dann haben wir noch mehr Zeit.«

Als Pia sich verabschiedete, sagte sie etwas, das ihr schon seit geraumer Zeit nicht mehr über die Lippen gekommen war, nicht einmal anstandshalber: »Grüßt Eva von mir und die Kinder. Und Robert natürlich.«

20

Daniel saß auf der Terrasse und starrte auf die knorrigen Olivenbäume hinter dem Haus, die von der mallorquinischen Abendsonne in ein warmes, rötliches Licht gehüllt wurden. Neben ihm auf dem Tisch lag ein Haufen länglicher Kerne.

Teresa, die zweimal die Woche zum Saubermachen kam, hatte ihm vorhin einen Teller mit den speckummantelten, gebratenen Datteln hingestellt, die Daniel so gern mochte. Sie hatte ihn vorwurfsvoll angesehen und in ihrer bescheidenen, aber direkten Art gesagt:

»Tienes que comer!« – »Sie müssen essen!«

Gegessen hatte er in den letzten Wochen tatsächlich sehr unregelmäßig, und man sah es ihm an. Das Frühstück schmeckte ihm nicht mehr, seit er allein in der Villa wohnte. Früher war ihm das Frühstück wichtig gewesen, doch jetzt vermied er es, nach dem Aufstehen allzu lange allein daheim zu sein.

Stattdessen ging er entweder in die Bar und bestellte einen Café solo, während er die Zeitung »Diario de Mallorca« las, freitags zusätzlich das deutschsprachige »Mallorca-Magazin«, welches zur Pflichtlektüre der deutschen Residenten gehörte. Manchmal fuhr er auch direkt zu seinem Büro, ließ sich dort von Maria einen Kaffee bringen und stürzte sich in die Arbeit.

Mittags und abends sah es nicht besser aus, da jede Mahlzeit ihn an Pia erinnerte. Sie hatten sich hin und wieder in der Nähe des Hafens getroffen, um ein paar Tapas oder ein Menu del dia zu essen, ein günstiges Tagesgericht, das man fast überall bekam. Abends hatte Pia manchmal etwas gekocht oder sie waren in ihr Lieblingsrestaurant gegangen, wo Gastwirt Jaime die beiden jedes Mal mit ausgestreckten Armen und einem »Holà, amigos!« herzlich begrüßt hatte, um ihnen kurz darauf selbst den süßlichen Likör Palo an den Tisch zu bringen und ein kurzes Schwätzchen zu halten.

Daniel seufzte. Er war schon lange nicht mehr dort gewesen. Alleine wollte er dort nicht auftauchen und mit anderen Frauen schon gar nicht. Mit ihnen verabredete er sich lieber an Orten, die nicht mit wehmütigen Erinnerungen behaftet waren und an denen es weniger familiär zuging.

Zu Sonja hatte er keinen Kontakt mehr. Nach zwei, drei mehr oder weniger netten Abenden war er ihrer Gesellschaft überdrüssig geworden und hatte sich stattdessen lieber mit einer englischen Touristin getroffen, die er in einer Disco in Palma kennengelernt hatte und bei der er sicher sein konnte, dass sie spätestens eine Woche danach wieder nach Hause fliegen würde.

Dann hatte er sich auf ein paar weitere Flirts eingelassen, die ihn von Pia ablenken sollten und ihm jedes Mal für kurze Zeit das gute Gefühl gegeben hatten, das Leben auch ohne sie in vollen Zügen zu genießen. Meist waren sie zu mehreren unterwegs. Daniel war zuvorkommend und galant wie immer, ließ sich anhimmeln und hatte Spaß, ohne dass er Pia jedoch jemals wirklich untreu geworden war. Keine seiner attraktiven und zum Teil blutjungen Begleiterinnen hatte er mit nach Hause genommen.

Die Finca in Bella Colina war sein Reich, eine eigene Welt, in der er keinen Eindringling duldete. So sehr er auch für eine Weile Gefallen gefunden hatte an flüchtigen Bekanntschaften, die frei waren von jeglicher Art von Verbindlichkeit oder Verpflichtung, so hatten sie auf diesem wunderschönen Hügel und inmitten dieser vier Wände keinen Platz.

Sein Kumpel Maik, den er seit einiger Zeit häufig traf, hatte am Nachmittag versucht, ihn zum Ausgehen zu überreden. Schließlich war es doch Freitag. »Nun stell dich nicht so an und komm mit!«, hatte er am Telefon gesagt. »Ich bin gegen 21 Uhr bei dir und hole dich ab.«

Daniel hatte sehr unwirsch reagiert und war laut geworden, weil Maik einfach nicht verstehen wollte, dass er es ernst meinte. »Jetzt lass mich, verdammt noch mal, endlich in Ruhe. Ich bleibe heute Abend zu Hause und damit basta!«

Das war nun schon zwei Stunden her. Seitdem saß er hier und tat fast nichts, außer hin und wieder einen Dattelkern in die Hand zu nehmen und auf den verdrehten Stamm des Olivenbaums zu zielen, der ihm am nächsten stand.

Einerseits tat ihm sein Vater leid. So wie es aussah, würde er das nächste Weihnachtsfest wahrscheinlich nicht mehr erleben. Und auch wenn Daniel ihn seit Jahren nicht mehr gesehen hatte und er in seinem Leben quasi keine Rolle mehr spielte, spürte Daniel, dass es sehr wohl einen Unterschied machte, ob er da war oder nicht. Trotzdem konnte ihn diese Tatsache allein nicht dazu bewegen, über einen Besuch bei seinen Eltern ernsthaft nachzudenken. Er hatte es sich geschworen, niemals wieder einen Fuß über die Schwelle seines Elternhauses zu setzen, solange sein Vater lebte. Doch seiner Mutter zuliebe, die an diesem Morgen erneut bei ihm angerufen und ihn eindringlich gebeten hatte zu kommen, zog er nun tatsächlich in Erwägung, alle Zwietracht und Abneigung beiseitezulassen und über seinen Schatten zu springen.

»Ich weiß nicht, wie viel Zeit ihm noch bleibt, Daniel«, hatte sie gesagt. »Er macht zwar insgesamt einen recht stabilen Eindruck, aber die Ärzte sagen, das sei noch lange kein verlässliches Indiz dafür, dass sich sein Zustand verbessert. Und wer weiß, wie lange er dann noch bei sich ist.«

Insgeheim hegte er auch die vage Hoffnung, dass sein Vater zur Besinnung kommen und vor seinem Tod den Wunsch nach Versöhnung und Aussprache verspüren würde, auch wenn er dies nie äußern würde.

Daniel griff nach dem letzten Dattelkern und ärgerte sich, als er den Baum verfehlte. Missmutig erhob er sich und ließ sich am Telefon die Flugdaten für die Strecke Palma – München der nächsten Tage durchgeben.

Die Weinlese hatte bereits begonnen, als Tante Agathe nach Hause kam. Auf dringendes Anraten der Ärzte hatte sie ihren Aufenthalt in der Reha-Klinik um weitere drei Wochen verlängern müssen.

»Wenn sie dich einmal haben, dann musst du aufpassen, dass du überhaupt noch mal heimkommst«, hatte sie geschimpft und Pia hatte all ihre Überredungskünste aufbieten müssen, bis sie sie endlich so weit hatte, dass sie den Antrag unterschrieb.

Nun war sie voller Tatendrang und schon ganz gut zu Fuß zurückgekehrt und wehrte sich, wenn ihre Nichte ihr allzu viel zur Hand gehen wollte.

»Wenn sich hier jemand schonen sollte, dann bist wohl eher du es«, sagte sie und deutete auf Pias Bäuchlein.

Pia hatte sie gebeten, noch bei ihr und in der Nähe ihrer Arbeitsstelle wohnen zu dürfen, bis sich etwas anderes fände. Agathe hatte gleich durchschaut, dass Pia auch deshalb gefragt hatte, weil sie ihr helfen wollte.

Sie hatte gerne eingewilligt. Sie musste sich eingestehen, dass sie noch nicht wieder völlig gesund war, und so war sie froh, ein bisschen Unterstützung zu haben, wenn die Gäste nun vor allem wegen des Neuen Weins ein Quartier suchten.

Pia hatte ihr gleich von ihren Erlebnissen mit Gott berichtet, und Tante Agathe hatte sie in den Arm genommen. »Du ahnst gar nicht, wie sehr mich das freut!«, hatte sie gesagt.

Dann hatte Pia ihr von Gregor erzählt, und dass sie unsicher sei, ob sie sich auf eine Beziehung mit ihm einlassen solle.

»Auch bei solchen Entscheidungen kannst du Gott bitten, dir zu helfen«, hatte die alte Dame ihr geraten. »Und denke dran: Du musst keine falschen Kompromisse eingehen, nur weil du ein Kind erwartest.«

»Wobei es schon einfacher wäre, jemanden zu haben, mit dem man sich die Verantwortung teilen kann«, hatte Pia eingeworfen.

»Aber reicht das wirklich als gute Grundlage für eine Beziehung?«

»Nein, aber alleinerziehende Mütter stehen nun mal nicht sonderlich hoch im Kurs bei den Männern. Da kann ich doch froh sein, wenn …«

»Nun mach aber mal einen Punkt!«, fuhr ihre Tante ungewöhnlich scharf dazwischen. »Du willst mir doch nicht erzählen, dass du ihn am Ende deswegen nimmst, weil du denkst, dass dich mit Kind sowieso keiner mehr haben will?«

»Nein, aber …«

»Du hast es doch gar nicht nötig, in Torschlusspanik zu verfallen! Und überhaupt, wer sagt denn, dass nur das Leben mit einem Partner erstrebenswert ist? Allein bist du genug und nicht weniger wertvoll.«

»Ich weiß. Es ist ja auch nicht so, dass das der einzige Grund wäre. Wir haben uns schon sehr gut verstanden und ich war froh, dass er da war, als ich jemanden zum Reden und Zuhören gebraucht habe.«

Tante Agathe lächelte sie an. »Tut mir leid, wenn ich gerade etwas zu energisch war. Die Entscheidung liegt allein bei dir, und ich bin überzeugt davon, du triffst die richtige.«

21

Wütend und enttäuscht saß Daniel im Flugzeug. Er ärgerte sich maßlos, dass er sich dazu hatte drängen lassen, nach Hause zu gehen. Er hatte doch genau gewusst, dass es aussichtslos war, auf eine Versöhnung mit seinem Vater zu hoffen.

Der Erbschleicherei hat er mich bezichtigt! Hatte Daniel vorgeworfen, nur deshalb wieder auf der Bildfläche zu erscheinen, weil er mit seinem baldigen Ableben rechnete.

»Nach all den Jahren besitzt du die Frechheit, hier einfach aufzutauchen und zu tun, als ob nichts geschehen sei?«, hatte er ihn angezischt. »Aber ich durchschaue dich! Du hast wohl geglaubt, du könntest mich täuschen? Nein, mich nicht. Ich weiß, dass deine Mutter dich angerufen hat, um dir zu sagen, dass ich Weihnachten nicht mehr da sein werde.«

»Ja, aber …«

»Siehst du, habe ich es doch gewusst!«, hatte er ihn nicht ausreden lassen. Daniel hatte ihn vergeblich gebeten, ihm zuzuhören.

»Dir zuhören? Damit du mir irgendwelche Märchen erzählen kannst? Nein, ich weiß Bescheid! Ich bin zwar krank, aber geistig noch voll auf der Höhe. Denkst du, ich wüsste nicht, dass du nur aus einem Grund hier bist? Wahrscheinlich ist es schiefgegangen, dein windiges Maklergeschäft. Deine fixe Idee von der eigenen Firma. Du brauchst Geld. Ist es nicht so? Und da kommt dir dein alter Vater gerade recht, der sowieso bald abkratzen wird. Aber mach dir keine Illusionen, mein Testament werde ich nicht mehr ändern. Du wirst nur den Pflichtteil bekommen und keinen Cent mehr!« Und dabei hatte er ihn mit einer Mischung aus Triumph und Verachtung angesehen.

Seine Worte hatten Daniel wie Messerstiche getroffen. Tief verletzt und unfähig ein Wort zu sagen, hatte er neben seinem Bett gestanden und Mühe gehabt, die Fassung zu bewahren. Wie konnte sein Vater nur etwas derart Abscheuliches von ihm annehmen?

Mit leerem Blick hatte er sich langsam umgedreht und war aus dem Zimmer gegangen.

»Und wag es nicht, dich noch einmal hier blicken zu lassen!«, hatte sein Vater ihm noch hinterhergebrüllt.

Seine Mutter stand auf dem Flur und presste sich verzweifelt die Hand auf den Mund, während er wortlos an ihr vorbei die Treppe nach unten in die Eingangshalle ging. Dann war sie ihm nachgeeilt und hatte ihn am Arm gefasst. Sie hatte den Mund geöffnet, als wolle sie etwas sagen, doch es war nur ein erstickter Laut über ihre Lippen gekommen.

Daniel hatte sie auf die Stirn geküsst und gesagt: »Lass gut sein, Mama«, bevor er sich in seinen Leihwagen gesetzt hatte und davongebraust war.

Auf dem Weg zum Flughafen hatte er überlegt, ob er noch einem Freund einen Besuch abstatten sollte, wenn er schon einmal hier war, doch im selben Augenblick hatte er den Gedanken wieder verworfen. Bedauerlicherweise hatte er erst für den folgenden Tag einen Rückflug nach Palma bekommen. Und so hatte er höchst widerwillig das Flughafengebäude wieder verlassen und im nahe gelegenen Hotel für eine Nacht eingecheckt.

Geschlafen hatte er fast gar nicht. Immer und immer wieder hallten die abfälligen und vernichtenden Worte seines Vaters nach, und sein Groll wuchs immer mehr.

Völlig übernächtigt und mies gelaunt stand er in aller Frühe am Schalter und knallte seinen Koffer auf das Band. Den vorwurfsvollen Blick der Flughafenangestellten bemerkte er nicht.

Nun blätterte er lustlos in einer Zeitschrift. Entgegen seinen sonstigen Gewohnheiten hatte er nach einer gegriffen, in der Hoffnung, sich ein wenig ablenken zu können, doch es gelang ihm nicht. Zu groß war die Wut über die ihm unverständliche Reaktion seines Vaters. Mit vielem hatte er gerechnet, aber nicht mit solch massiven und völlig haltlosen Anschuldigungen.

Daniel sah zum Fenster hinaus. Sie befanden sich noch hoch oben in normaler Flughöhe, wo der Himmel sich blau und wolkenlos präsentierte. Er wandte seinen Kopf und sah auf dem Bildschirm, dass sie fast da sein mussten. Die Anschnallzeichen blinkten auf und er wartete ungeduldig darauf, dass der Pilot zur Landung ansetzte.

Vom Flughafen aus hatte er direkt ins Büro fahren wollen, um auf andere Gedanken zu kommen. Vielleicht konnte er den Versöhnungsversuch bald als törichten Fehler abhaken.

Doch als Daniel den Wagen vor seinem Büro abstellte und die Türen mit der Fernbedienung verriegelte, änderte er plötzlich seine Pläne, ging am Eingang vorbei und überquerte die Straße. *Arbeiten kann ich später noch genug*, dachte er bei sich. Ohne zu wissen, wohin genau er wollte, machte er sich zu Fuß auf den Weg in Richtung Zentrum. Ziellos durchstreifte er die Gassen. Ging achtlos an noblen Geschäften und zu dieser Zeit noch leeren Cafés vorbei und hatte keinen Blick für die schönen, alten Gebäude, die die Straßen säumten.

Er lockerte seine Krawatte und öffnete das Jackett seines beigefarbenen Anzugs. Mit verkniffener Miene vergrub er die Hände in den Taschen seiner Hose und kickte zwei leere Bierdosen zur Seite. Scheppernd rollten sie über das Pflaster.

Irgendwann fand er sich in der Nähe der Plaça Major wieder und sah zum ersten Mal nach oben. Er stand vor einem kleinen Geschäft, dessen verstaubtes Fenster wie aus einer anderen Zeit wirkte. Er konnte sich nicht erinnern, es je bemerkt zu haben. Sein Blick fiel auf ausgebleichte Plakate hinter einigen Büchern. Irritiert schüttelte er den Kopf über die ungelenk mit der Hand geschriebenen, seltsam frommen Sprüche, die dort prangten.

Er wollte gerade weitergehen, als ein älterer Mann durch die Tür trat und auf Deutsch sagte:

»Sie sehen aus, als könnten Sie einen Kaffee vertragen!«

Mechanisch schüttelte Daniel den Kopf. *Und doch – einen Kaffee könnte ich wirklich vertragen*, dachte er bei sich. *Was soll's? Allein im Café habe ich genug gesessen.*

»Na, kommen Sie!«, forderte der Mann ihn auf und nickte ihm lächelnd zu, während er mit einer einladenden Geste nach drinnen deutete.

Mit skeptischem Gesicht versuchte Daniel einen Blick ins Innere zu werfen, ohne sich von der Stelle zu rühren. Er war es nicht gewohnt, sich einfach einladen zu lassen.

»Nur ein Kaffee. Und wenn Sie möchten, höre ich Ihnen zu«, schlug der Alte nun vor. Daniel sah ihm überrascht ins Gesicht. *Wie kommt er drauf, dass ich reden will?* Doch der Mann hatte etwas Freundliches, Harmloses an sich, das ihn zögern ließ. Und zu seiner eigenen Überraschung trat er an dem Mann vorbei in den Laden.

Er sah sich neugierig im Laden um, der innen viel ansprechender wirkte, als er vermutet hätte. Er ließ sich in einem bequemen Sessel den versprochenen Kaffee eingießen. Zweieinhalb Stunden später stand er wieder auf, um sich von Jakob Linde zu verabschieden.

Nachdenklich machte er sich auf den Weg zu seinem Auto.

Was hatte der alte Mann gesagt? Nachdem er Daniel sehr lange zugehört, hin und wieder bedächtig genickt und ab und zu ein verständnisvolles »Hm«, gebrummt hatte, hatte er sich ein paar Mal mit Daumen und Zeigefinger über sein Kinn gestrichen. Und als ihn Daniel um einen Rat bat, antwortete er:

»Ich verstehe Ihre Wut. Und doch ist und bleibt er Ihr Vater. Sehen Sie, eine schwere Krankheit kann Menschen sehr verändern. Oft sind aggressive Rebellion, später Resignation und Verbitterung die Folge. Auch wenn es Ihnen momentan wahrscheinlich schwerfällt, sich auf den Gedanken einzulassen: Geben Sie acht auf sich, damit Ihr Herz nicht verhärtet und selbst verbittert. Und vielleicht können Sie ihm eines Tages sogar vergeben.«

Daniel hatte protestieren wollen, doch dann hatte er sich zu Ende angehört, was er zu sagen hatte.

»Jeder von uns braucht dann und wann Vergebung. Ist es nicht so? Halten Sie die Tür einen Spalt weit offen. Denn eines vergessen wir leicht: Wer nachtragend ist, auch wenn er voll und ganz im Recht ist, ist am Ende derjenige, der die Last hat, denn er trägt dem anderen die Schuld wahrhaftig hinterher. Und glauben Sie mir: Daran hat so mancher schwer zu schleppen.«

Daniel schlug die Wagentür zu. Während er nach Hause fuhr, grübelte er über die Worte des alten Mannes nach.

Womöglich stimmt es, dass ich mich vor allem selbst belaste, wenn ich mir ständig vor Augen führe, auf welch unfaire Weise mich Vater behandelt hat. Aber ihm zu vergeben, das geht entschieden zu weit. Krankheit hin oder her. Das ist kein Freibrief, so ausfallend zu werden. Und schließlich ist es nicht das erste Mal gewesen. So verhält sich doch kein Vater seinem Sohn gegenüber!

Daniel schaltete die Scheinwerfer ein, bevor er in den Tunnel fuhr, der die kürzeste Verbindung von Palma nach Sollér darstellte, von wo aus es nicht mehr weit war nach Bella Colina. Früher hatte er hin und wieder die Küstenstraße genommen. Dort war man zwar deutlich länger unterwegs, dafür wurde man hinter jeder Kurve mit einem herrlichen Blick nach unten belohnt.

Mit grimmiger Miene versuchte er, sich aufs Fahren zu konzentrieren, doch seine Gedanken wanderten unwillkürlich wieder zu seinem Vater.

Für ihn hat doch immer nur der Erfolg gezählt. Das Einzige, was ihn wirklich interessiert hat, war Leistung. Deshalb hat er sich stets als Allererstes, wenn wir in meiner Internatszeit miteinander telefoniert haben, nach meinen Noten und Beurteilungen erkundigt.

Kein Wunder, dachte Daniel. Solang er ihn kannte, hatte sein Vater nur sein Unternehmen im Sinn gehabt, das er sich mit viel Arbeit und Schweiß aufgebaut hatte. Vermutlich musste es daher wie ein Schlag ins Gesicht für ihn gewesen sein, als sein Sohn diese Mühen nicht zu würdigen wusste und beruflich nicht in seine Fußstapfen treten wollte.

Mit einem Mal ging Daniel auf, dass auch sein eigener beruflicher Ehrgeiz vor allem daher rührte, es seinem Vater beweisen zu wollen. Ihm zu beweisen, dass er auch außerhalb des Familienunternehmens und seines Einflussbereichs erfolgreich war und es ohne die Hilfe seines Vaters zu etwas bringen konnte.

Doch jede Anstrengung in diese Richtung, so wurde ihm klar, *ist vergebens. Es ist völlig aussichtslos. Ich werde es ihm nie recht machen können. Für Vater gibt es nur Schwarz oder Weiß, dazwischen existiert nichts.* Im selben Moment, als er ihm damals eröffnet hatte, nicht in die Firma einsteigen zu wollen, hatte sein Vater ihn in der Kategorie ›Taugenichts‹ abgelegt und da kam er nicht mehr heraus, egal was er tun würde.

So viele Jahre habe ich damit zugebracht, selbst etwas auf die Beine zu stellen und bisher immer geglaubt, dies aus eigenem Antrieb zu tun. Ging es dabei wirklich nur immer um die Anerkennung von Vater?

Und dann fiel es ihm wie Schuppen von den Augen: *Ich bin gerade auf dem besten Weg, genauso zu werden wie er! Alles dreht sich um meine Arbeit. Selbst Tennis und Golf spiele ich nur, um meinen Geschäftsbeziehungen zu helfen, und wenn ich zum Wandern in die Berge gehe, dann auch nur, weil ich einen Ausgleich brauche, um wieder voll einsatzfähig zu sein. Wann haben sich meine Gründe dafür, Dinge zu tun oder zu lassen, so verschoben?* Alles musste sich einfügen in sein Streben nach beruflichem Erfolg und noch größerer Unabhängigkeit.

Das war letztendlich auch der Grund, weshalb er seine Beziehung zu Pia beendet hatte. Weil er geglaubt hatte, dass ein Kind alles zunichte machen würde, wofür er hart gearbeitet hatte. Er hatte versucht, sie auf später zu vertrösten, während er insgeheim gehofft hatte, das Thema würde sich irgendwann von selbst erledigen.

Doch was genau wollte er denn eigentlich noch? Hatte er nicht so ziemlich alles gehabt, was man sich nur wünschen konnte? Ein schönes Haus in den Bergen, einen Katzensprung vom Meer entfernt, inmitten einer traumhaften Umgebung. Dort, wo andere im Urlaub hinfliegen. Ein gut gefülltes Bankkonto und eine Arbeit, die ihm lag und Freude bereitete.

Und Pia, ergänzte er in Gedanken. *Ich habe Pia gehabt.*

Wie hatte er nur so dumm sein können? Zu glauben, dass für eine eigene Familie kein Platz in seinem Leben sei. Was hatte ihn nur dazu gebracht, dafür sein Glück mit der Frau, die er liebte, zu verspielen?

Daniel raufte sich die Haare und schüttelte resigniert den Kopf. *Wie hat es nur so weit kommen können?*

Er hatte versucht, sie zu einer Abtreibung zu zwingen. Und dann hatte er sie im Stich gelassen. *Ohrfeigen könnte ich mich für mein selbstsüchtiges Verhalten, denn nun ist es zu spät. Pia ist weg und das aus gutem Grund.*

Jemand hupte laut und lang anhaltend. Reflexartig riss Daniel das Steuer herum, denn es galt ihm. »Konzentrier dich, Mann!«, sagte er laut zu sich selbst und war wieder ganz auf seiner Spur, während sein Puls raste.

Am Ende des Tunnels konnte er kurz darauf das Tageslicht sehen und Daniel fragte sich zum ersten Mal, ob es noch eine Chance gäbe, Pia zurückzugewinnen. Ob sie bereit sein würde, ihm zu verzeihen?

Jeder von uns braucht irgendwann Vergebung. So oder so ähnlich hatte der alte Mann es formuliert. Sofort fiel ihm sein Vater wieder ein und er spürte, selbst wenn er es wollte, so einfach war das nicht mit dem Vergeben. Warum sollte es Pia da anders gehen als ihm?

Er beschloss, bald noch einmal zu dem Bücherladen zu gehen. Es gab da etwas, das er unbedingt wissen musste.

22

Das Flugzeug landete in Frankfurt und Daniel beeilte sich, den Zoll zu passieren. Er wollte sich nicht lange mit den Formalitäten für ein Mietauto aufhalten und ging deshalb draußen schnurstracks auf das erste Taxi zu.

»Sind Sie frei?«, fragte er durch das geöffnete Beifahrerfenster, worauf der Fahrer nickte.

»Kein Gepäck?«, fragte er Kaugummi kauend.

»Nein, das ist alles.« Daniel war bereits eingestiegen und verstaute seinen Rucksack im Fußraum.

»Wohin?«

Plötzlich fiel Daniel ein, dass er gar keine Adresse hatte.

»Ich weiß noch nicht ganz genau. Fahren Sie einfach schon mal in Richtung Deutsche Weinstraße«, sagte er dem Fahrer, während er sein Handy hervorkramte und nach der Telefonnummer von Pias Eltern suchte.

Er schaute zum Fenster hinaus und war erleichtert, als sich nach einigen Sekunden ihre Mutter meldete. »Hallo Inge, hier spricht Daniel. Ich bin gerade in Deutschland gelandet. Ist Pia bei euch? Nein? Aha. Und könnte ich vielleicht … ja, das wäre nett.«

Leise raunte er dem Fahrer die Adresse zu und beendete dann nach einigen höflichen Floskeln schnell das Telefongespräch.

»Können Sie nicht ein bisschen zügiger fahren?«, fragte er ungeduldig.

Der Taxifahrer warf ihm einen schrägen Blick von der Seite zu.

»Sie haben es wohl eilig, hä?«, fragte er und kaute dabei mit offenem Mund, doch er trat tatsächlich auf das Gaspedal.

Die folgende Viertelstunde brachten sie schweigend zu. Daniel lehnte sich demonstrativ, so weit es ging, an den Türrahmen und sah aus dem Fenster, um nicht angequatscht zu werden. Er hatte keine Lust zu reden, daran ließ er keinen Zweifel.

Was wollte er Pia eigentlich sagen? Er wagte kaum zu hoffen, dass sie ihn überhaupt noch wollte, nachdem er sie so vor den Kopf gestoßen hatte. Und überhaupt, in drei Monaten konnte viel passieren.

»Königsbach«, las er auf einem Schild. Das war der Ort, den Inge ihm genannt hatte. Es waren nur noch wenige Kilometer.

Daniel sah sich neugierig um. Auf der rechten Seite, hinter den unzähligen Rebstockreihen, zwischen denen Arbeiter mit der Traubenernte beschäftigt waren, lagen bewaldete Berge. *Na ja, Berge sind vielleicht zu viel gesagt*, dachte er.

Sie bogen ab, und das gelbe Ortsschild bestätigte, dass sie am Ziel angekommen waren.

»Das dort müsste es sein«, sagte der Fahrer, während er den Wagen ausrollen ließ, und Daniel folgte seinem Blick auf das gemütliche Haus.

»Ach, könnten Sie noch kurz an einem Blumengeschäft anhalten?«, fragte er.

»Wir sind unterwegs an einer ganzen Reihe davon vorbeigekommen«, bekam er zur Antwort.

Nun wurde Daniel ärgerlich. »Könnten Sie bitte trotzdem kurz in den Ort weiterfahren und schauen, ob es dort ebenfalls eines gibt?«

Wortlos sah der Fahrer in den Rückspiegel und blinkte.

Im Ort sprang Daniel aus dem Auto und murmelte ein »Bin gleich wieder da«, während er die Tür zuschlug. Er betrat den kleinen Blumenladen und eine Glocke kündigte seine Ankunft an. Ohne zu überlegen, entschied er sich für ein klassisches Dutzend roter, langstieliger Rosen.

»Da haben Sie Glück«, sagte die ältere Dame, die ihn mit einer vorgebundenen dunkelgrünen Schürze bediente, »so viele habe ich gerade noch da.«

Er nickte freundlich und gab sich Mühe, nicht zu ungeduldig zu wirken. Im Gegensatz zu ihm hatte sie es offenbar alles andere als eilig, sondern schien sich über Gesellschaft zu freuen.

»Ganz frisch sind sie, und wie die duften. Riechen Sie mal!«

Sie hielt ihm eine unter die Nase und er roch brav daran und bestätigte ihr, dass sie ganz wunderbar rochen. Nun begann sie endlich, die Blumen zusammenzubinden, wollte wissen, ob sie auch ein wenig Schleierkraut oder etwas anderes dazu tun dürfe, wies ihn an, zu Hause die Stiele mit einem Messer schräg anzuschneiden und fragte dann, ob sie den Strauß in Papier oder Folie einschlagen solle.

Er beeilte sich, zu bezahlen, und rundete die Summe auf. »Stimmt so.«

»Vielen Dank«, sagte sie erfreut. »Es kommt nicht so oft vor, wissen Sie«, begann sie nun wieder ein Gespräch, »dass gleich zwei Herren an einem Nachmittag rote Rosen bei mir kaufen.«

Daniel stand schon an der Tür. Er wollte nicht unhöflich sein, aber er konnte es kaum mehr abwarten, Pia zu sehen. »Ich muss jetzt wirklich gehen.«

»Ja, gehen Sie nur«, sagte sie mit einem wissenden Lächeln, während er rückwärts die Tür aufstieß. »Bestimmt haben Sie es eilig, zu ihr zu kommen.«

»Äh, zu wem?«

»Na, zu Ihrer Frau.«

Er nickte. Auch gut, dann war sie nun eben seine Frau.

»Aber für das Fräulein Laubenstein hat es mich gefreut.«

Er fuhr herum.

»Wie bitte?«, fragte er verständnislos, und zum ersten Mal, seit er den Laden betreten hatte, war sie einfach still, schaute ihn mit großen Augen an und schien nicht zu verstehen, warum er nachfragte.

»Was haben Sie gerade gesagt?«, wollte er noch einmal wissen.

Erst zuckte sie mit den Achseln und gab dann doch bereitwillig Auskunft.

»Na, dass es mich gefreut hat, dass der Bräutigam von dem Fräulein Laubenstein wieder da ist. Er hat sich lange nicht hier blicken lassen, wissen Sie, und wir dachten schon, er käme gar nicht mehr zurück.«

Daniel wusste nicht recht, was er davon halten sollte. Sprach sie etwa von ihm?

»Ihr Bräutigam?«

»Ja«, sagte sie und beugte sich ein wenig nach vorne, »ein berühmter Pianist. Wochenlang waren die beiden unzertrennlich. Sind jeden Morgen zusammen durch die Wingerte gelaufen, bis er eines Tages einfach verschwunden ist. Aber jetzt ist er ja wieder da. So bekommt das Kind doch noch einen Vater.«

Ohne einen Gruß drehte Daniel sich langsam um und ging zum Auto. Er ließ sich auf den Beifahrersitz fallen. Der Taxifahrer hatte die ganze Zeit den Motor laufenlassen und dabei eine Autoillustrierte durchgeblättert, die er nun beiseitelegte.

»Und, zurück?«

Als er nicht gleich eine Antwort bekam, fragte er noch einmal und Daniel nickte mechanisch.

Mit vielem hatte er gerechnet, hatte erwartet, dass sie ihn nach allem, was geschehen war, nicht mehr sehen wollte, aber dass es bereits einen anderen gab, das verblüffte ihn doch.

Er legte den Strauß auf seine Knie, hob dann plötzlich den Kopf und sagte:

»Nein, fahren Sie mich wieder zum Flughafen! Oder nein, warten Sie. Fahren Sie bitte doch noch einmal zurück!«

Der Fahrer wirkte nun sichtlich genervt. »Was denn jetzt? Sie müssen sich schon entscheiden!«

»Runter zum Haus, bitte.«

Er wollte sich selbst davon überzeugen. *Wer weiß*, sagte er sich, *am Ende ist alles nur ein Missverständnis. Manchmal haben einsame Damen in kleinen Dörfern eine blühende Fantasie und die Angewohnheit, sich über andere Leute irgendwelche Geschichten zusammenzuspinnen.* Nein, er würde nicht den Fehler machen und unverrichteter Dinge wieder abreisen, nur weil er sich auf das Geschwätz einer alten Frau verlassen hatte.

»Da wären wir«, wurde er aus seinen Gedanken gerissen.

»Können Sie noch mal kurz warten?«

Der Fahrer schaute mit skeptischem Gesichtsausdruck erst zu Daniel und dann zu dem gelben Haus, das einige Meter entfernt von der Straße lag und dessen Grundstück wegen der Mauer von hier aus nicht einsehbar war.

»Hören Sie mal«, knurrte er, »wir kurven hier nun schon seit fast einer Stunde durch die Gegend und bisher habe ich noch keinen Cent von Ihnen gesehen.«

»Sie kriegen Ihr Geld schon. Ich will nur kurz …«

»Es wäre mir trotzdem lieber, wenn Sie jetzt bezahlen würden.«

»Nur zwei Minuten. Ich bin doch nur dort drüben und ...«

»Also entweder sie zahlen jetzt, oder ich rufe die Polizei«, stellte der Fahrer klar.

Kopfschüttelnd zückte Daniel sein Portemonnaie und drückte ihm nach einem kurzen Blick auf den Taxameter einen großen Geldschein in die Hand.

»Das dürfte schon fast für die Rückfahrt zum Flughafen reichen. Zufrieden?«

Kaugummi kauend hielt der Fahrer den Schein gegen das Licht und steckte ihn dann ein, während Daniel sich vorsichtshalber erst einmal ohne Blumen auf den Weg zum Haus machte und überlegte, ob er einfach klingeln sollte. Langsam ging er an der Mauer entlang und schaute prüfend nach oben zu den Fenstern der oberen Etage. In einem der Zimmer musste Pia wohnen.

Er bog um die Ecke und wich sofort wieder einen Schritt hinter eine Hecke zurück. Durch ein großes schmiedeeisernes Tor hindurch hatte er Pia in einiger Entfernung neben einer Gartenlaube entdeckt. Und sie war nicht allein. Verstohlen linste er hinter dem Gebüsch hervor, bedacht darauf, nicht entdeckt zu werden.

Ein Mann stand ihr gegenüber. *Wahrscheinlich der berühmte Pianist*, dachte er grimmig. Vorsichtig beobachtete er, wie die beiden sich angeregt unterhielten. Leider konnte er nicht verstehen, worüber sie sprachen.

Pia sieht gut aus, dachte er. Sie wirkte immer noch sehr schlank, aber nicht mehr ganz so zierlich. Dass sie ein Kind erwartete, konnte sie nicht mehr leugnen. Wenn er es sich recht besah, gab sie sich auch gar keine Mühe, ihren Zustand zu verbergen. Das weiße, eng anliegende Oberteil betonte ihr kleines Bäuchlein geradezu und hatte etwas durchaus Attraktives.

Augenblicklich wurde ihm bewusst, wie sehr er sie vermisste. Am liebsten wäre er einfach auf sie zugestürmt und hätte sie in seine Arme gezogen, doch er wusste, dass er nicht einfach so mit der Tür ins Haus fallen konnte.

Er zuckte zurück, als die beiden in seine Richtung blickten, doch offenbar hatten sie ihn nicht bemerkt. Unschlüssig kauerte er hinter dem

Gebüsch und überlegte angestrengt, was er tun sollte. Vielleicht wäre es das Beste, er würde einfach hineingehen und fragen, wer der Fremde war. *Nein*, verwarf er den Gedanken sofort wieder, *das steht mir nicht zu*.

Vorsichtig spähte er wieder aus seinem Versteck hervor und was er sah, zerstörte alle Hoffnung, die er sich noch gemacht hatte. Die beiden lehnten sich eng umschlungen aneinander. Pia hatte die Arme um den Hals des Mannes gelegt und hatte die Augen geschlossen, während ein Lächeln auf ihren Lippen lag.

Daniel hatte genug gesehen. Wie ein Eindringling kam er sich plötzlich vor. Lautlos stand er auf und drehte sich um. Niedergeschlagen schlich er den Weg zurück, den er gekommen war. Seine Schritte wurden schneller. *Nur weg von hier.*

An der Straße erwartete ihn die nächste böse Überraschung: Sein Rucksack lag im verdorrten Gras und das Taxi war weg. *Der Mistkerl hat sich doch tatsächlich mit meinem Geld aus dem Staub gemacht! Und die Rosen hat er auch mitgenommen. Wahrscheinlich spielt er stolz den Kavalier und überreicht sie seiner Frau.*

Und wenn schon! Daniel brauchte sie sowieso nicht mehr. Dennoch ärgerte er sich über so viel Unverfrorenheit und die Tatsache, dass er nicht einfach einsteigen und davonbrausen konnte.

Widerwillig warf er sich seinen Rucksack über. Er zog sein Handy aus der Hosentasche, rief sich ein neues Taxi und überlegte kurz, ob er sich über den dreisten Fahrer beschweren sollte, doch er ließ es bleiben. Er hatte ganz andere Sorgen und entfernte sich vom Haus in Richtung der nahe gelegenen Hauptstraße, wo er das Taxi hinbestellt hatte, um am Ende nicht doch noch von Pia entdeckt zu werden.

Wäre ich doch nur früher zur Einsicht gekommen, machte er sich unterwegs Vorwürfe, *dann hätte ich wenigstens mit ihr reden und sie vielleicht zurückgewinnen können*. Doch wie die Dinge standen, war es dafür nun zu spät. Wenn Pia allem Anschein nach neues Glück gefunden hatte, dann wollte er jetzt nicht alles durcheinanderbringen. Sie hatte zufrieden ausgesehen, mehr noch, als sei sie schon mittendrin in einem Leben, in dem er nicht mehr vorkam.

So sehr er sich auch wünschte, mit ihr zu reden – und vielleicht gelänge es ihm sogar, sie noch umzustimmen – es wäre zu egoistisch. Nein, er hatte schon genug angerichtet. Wenn er sie wirklich liebte, musste er die Gegebenheiten akzeptieren und sie freigeben. Diese Erkenntnis schmerzte, doch er war es ihr schuldig.

Daniel ließ seinen Rucksack vor sich auf die Erde fallen und sah in die Richtung, aus der das Taxi kommen würde. Er hoffte, dass es bald eintreffen würde, denn nun hatte er es auf einmal sehr eilig, wieder nach Hause zu fliegen.

Er versuchte, an etwas anderes zu denken, doch das Bild, wie Pia den Fremden so innig umarmt hatte, ging ihm nicht mehr aus dem Kopf. *Ob er der Richtige für sie ist? Zermartere dir nicht das Gehirn! Pia hat ihre Entscheidung getroffen.*

Auf einmal wurde Daniel bewusst, dass sein Kind bei einem Mann aufwachsen würde, von dem er nicht mehr wusste, als das, was ihm eine Blumenverkäuferin gesagt hatte. Ihr gemeinsames Kind würde einen anderen als Vater kennenlernen und Papa nennen. Das war bitter.

Er war überrascht, dass allein der Gedanke daran ihn schwer schlucken ließ, obwohl er das Baby noch bis vor ein paar Tagen nicht hatte haben wollen. *Es geschieht mir ganz recht.* Wenn es nach ihm gegangen wäre, hätte Pia es schließlich schon längst abtreiben lassen.

Trotzdem fasste er in diesem Moment den Entschluss, sich irgendwann bei Pia zu melden, wenn genug Zeit verstrichen war und sich die Wogen geglättet hätten, denn er wollte für sein Kind da sein, wenn sie es erlaubte. *Oder wenigstens ab und zu mal ein Foto bekommen,* ergänzte er traurig für sich. Es war vermutlich zu viel verlangt, noch irgendeine aktive Rolle in ihrem Leben spielen zu wollen und dadurch neue Unruhe hineinzubringen.

Daniel sah ungeduldig auf seine Armbanduhr und dann wieder die Hauptstraße entlang. Wo blieb nur dieses blöde Taxi?

Hinter sich hörte er ein Auto. Zum ersten Mal, seit er hier wartete. Er stand mit dem Rücken zum Ortsschild und drehte sich um. Der schwarze Kombi hielt neben ihm, und Daniel sah sofort, dass es der Pianist war, noch bevor dieser umständlich mit der Hand die Scheibe heruntergekurbelt hatte. Auch das noch!

»Sie sehen ein wenig aus wie bestellt und nicht abgeholt. Kann ich Sie irgendwohin mitnehmen?«

Das fehlt gerade noch! Ich mit Pias Neuem zusammen in einem Auto.

»Nein, nein«, wehrte Daniel schnell ab. »Mein Taxi kommt gleich.«

»Sind Sie sicher? Ist wirklich kein Problem für mich.«

»Nein danke. Es muss jeden Moment da sein.«

»Na dann.« Der Mann zögerte kurz, schaute nach links und rechts auf die vor ihm liegende Landstraße und wieder zu Daniel und zuckte die Achseln. »Wie Sie wollen.«

Er lehnte sich über den Beifahrersitz, um das Fenster zu schließen.

Und dann sagte Daniel plötzlich etwas, wofür er sich schon im selben Augenblick hätte ohrfeigen können.

»Passen Sie gut auf Pia auf!«, platzte es aus ihm heraus.

Der Pianist hielt in seiner Bewegung inne, schien jedoch nur für den Bruchteil einer Sekunde irritiert zu sein. Man konnte sein Erstaunen in seinem Gesicht ablesen, dann verwandelte sich sein Ausdruck in eine Mischung aus Skepsis und Interesse, als er allem Anschein nach verstand, wen er vor sich hatte.

»Ich denke, Pia kann sehr gut auf sich selbst aufpassen.«

»Das mag sein. Doch ich hoffe, Sie wissen zu schätzen, welch eine tolle Frau sie ist und behandeln sie entsprechend«, sagte Daniel und es klang eine Spur schärfer, als er es beabsichtigt hatte.

»So wie Sie, ja?« Der Pianist sah ihn herausfordernd an.

Wenn es für Daniel bis jetzt noch fraglich gewesen war, ob Pia dem Fremden wohl von ihm erzählt hatte, wusste er jetzt Bescheid. Er versuchte ruhig zu bleiben und sich nicht provozieren zu lassen.

»Ich weiß, dass ich mich falsch verhalten habe«, räumte er ein.

»Diese Einsicht kommt aber reichlich spät!«

»Ich würde eine Menge dafür geben, wenn ich die Zeit zurückdrehen könnte.«

»Jetzt ist es aber gut! Wenn ich diesen abgedroschenen Satz schon höre …«

Nun platzte Daniel doch der Kragen. »Was spielen Sie sich eigentlich als Richter auf? Mein Fehlverhalten ist keine Frage, doch das geht nur Pia und mich etwas an. Und schließlich kamen Sie dadurch doch erst zum Zug, oder?«

Daniel senkte den Kopf. *Es hat doch keinen Sinn, sich so aufzuregen. Ich kann eh nichts mehr ändern.* »Tut mir leid. Was ich eigentlich sagen wollte: Sie sind zu beneiden. Machen Sie sie glücklich, O.K.?« Damit drehte er sich um und entfernte sich ein paar Schritte.

»Warten Sie!«, rief ihm der Fremde hinterher und stieg aus dem Wagen aus.

Er stellte einen Fuß ins Innere des Autos und verschränkte die Arme auf dem Dach. Nachdenklich musterte er Daniel einen Moment.

»Auch wenn ich nach wie vor der Meinung bin, dass die Männer Schweine sind, die ihre Freundin zu einer Abtreibung drängen wollen, scheinen Sie doch nicht ganz verkehrt zu sein, sonst wären Sie vermutlich nicht hier.« Er machte eine kleine Pause, bevor er weitersprach. »Pia ist in der Tat eine tolle Frau, mit der ich mir durchaus eine Zukunft hätte vorstellen können.«

Daniel blickte ihn überrascht an. *Hätte vorstellen können?* Gregor schaute an ihm vorbei auf die Weinberge. Er sah plötzlich traurig aus.

»Ich bin tatsächlich hergekommen, um sie zur Premiere meines Musicals einzuladen und um sie zu fragen, ob sie mit mir nach Hamburg ziehen will. Sie sagte mir, dass sie sich ganz auf das Kind konzentrieren und ihm ihre Zeit und Aufmerksamkeit widmen wolle. Doch ehrlich gesagt glaube ich, dass das nur die halbe Wahrheit ist.«

»Sie meinen, Sie sind nicht …? Aber ich habe doch gesehen, wie Sie …?«

Gregor lächelte wehmütig.

»Ich weiß zwar nicht, was Sie gesehen haben, aber nein, Pia und ich sind kein Paar.«

»Im Ernst?«

»Wenn ich es Ihnen doch sage!«, versicherte er ihm.

Daniel hatte keine Zeit mehr zu verlieren. Er hielt seinen Rucksack fest und lief los. Nach einigen Metern wandte er sich noch einmal um.

»Danke!«, rief er und winkte.

Gregor hob die Hand und sah ihm hinterher, wie er auf das alte Winzerhaus zurannte und dann hinter der Ecke verschwand.

Pia war gerade dabei, in der Küche die Blumen ins Wasser zu stellen, als sie hörte, wie das Tor ins Schloss fiel und Purzel laut anfing zu bellen. Lächelnd rief sie Tante Agathe zu, die es sich gerade in ihrem großen Ohrensessel bequem gemacht hatte:

»Ich gehe schon. Bestimmt hat er etwas vergessen.«

Unterwegs stellte sie schnell den Rosenstrauß im Wohnzimmer ab und trocknete sich im Laufen die Hände an ihrer Jeans ab.

»Beruhige dich Purzel, das ist doch nur …« Sie bog um die Ecke, und das Lächeln auf ihren Lippen erstarb. »Daniel!«

Er stand regungslos im Hof, beeindruckt von dem wilden Gebell, und ließ Purzel nicht aus den Augen, der einen halben Meter von ihm entfernt die Nackenhaare aufstellte.

»Könntest du bitte den Hund zurückpfeifen?«

Pia reagierte nicht sofort, und Daniel wusste nicht recht, ob es nur an ihrer Überraschung lag. Er warf ihr einen kurzen, unsicheren Blick zu. Endlich klopfte sie an ihren Oberschenkel.

»Ist gut Purzel, komm her!«

Der bellte noch zweimal und kam dann an ihre Seite. Daniel atmete auf.

»Danke!«, sagte er und versuchte ein Lächeln. »Du weißt ja, mein Verhältnis zu Hunden ist etwas gespalten.«

»Was willst du?« Pia runzelte die Stirn.

»Ich, äh …« Er zuckte die Achseln und fühlte sich plötzlich unwohl, so ganz mit leeren Händen dazustehen. »Eigentlich wollte ich dir Rosen mitbringen.«

»Habe ich heute schon bekommen«, antwortete sie schnippisch.

»Ich weiß. Von dem Pianisten.«

Pia hob erstaunt die Augenbrauen. »Woher kennst du Gregor?«

»Wir haben uns draußen getroffen«, antwortete Daniel und wies mit dem Kopf in Richtung Straße.

»Aha. Und?«

»Er sagte mir, dass du, also, dass ihr beide kein Paar seid.«

Sie schaute irritiert. »Wie kommst du darauf, dass wir …?«

»So innig, wie du ihn umarmt hast«, antwortete Daniel vorschnell und ärgerte sich im selben Moment wieder über sich selbst. *Was ist nur los mit mir? Eigentlich wollte ich doch etwas ganz anderes sagen.*

Pia öffnete verblüfft den Mund. Ihr Blick wanderte zwischen den Eisenstäben hindurch, dorthin, wo Daniel vorhin gestanden hatte, bevor sie mit finsterem Gesichtsausdruck die Sprache wiederfand.

»Das glaube ich jetzt nicht. Bist du von Mallorca hierhergereist, um mich heimlich zu beobachten?«

Daniel fühlte sich ertappt und zuckte mit betretener Miene die Achseln. »Ich wollte doch nur …«

»Was wolltest du? Mir hinterher spionieren?«, fauchte sie ihn an.

»Nein, ich …«

Pia ließ ihn nicht ausreden, sondern wurde jetzt erst richtig wütend.

»Was bildest du dir eigentlich ein? Es kann dir völlig egal sein, wen ich wie und wo umarme oder was ich sonst tue. Du hast kein Recht dazu, dich in mein Leben einzumischen! Wenn das alles ist, weshalb du hier bist …«

»Ist alles in Ordnung, Liebes?«, rief Tante Agathe besorgt von drinnen.

Pia wandte leicht den Kopf. »Ja, Tante. Es ist Daniel, aber ich denke, er will gleich wieder gehen.« Ausdruckslos sah sie ihn an.

Daniel hob hilflos die Arme. »Es tut mir leid.«

»Was tut dir leid?«, fragte Pia angriffslustig.

»Alles«, antwortete Daniel. »Auch dass ich euch beobachtet habe natürlich.« Er machte eine Pause und holte tief Luft. »Aber vor allem tut es mir leid, dass ich dich im Stich gelassen habe. Ich war ein solcher Egoist.« Seine Stimme wurde leiser und er deutete auf ihren Bauch. »Ich bin froh, dass du das Kind behalten hast.«

»Auf einmal?«, fragte Pia ungläubig und verschränkte ihre Arme schützend vor ihrem Bauch.

Daniel schaute zu Boden.

»Mir ist klar geworden, dass ich mich völlig falsch verhalten habe und ich bitte dich um Verzeihung. Ich weiß, dass das wahrscheinlich zu viel verlangt ist, denn eigentlich ist es unverzeihlich, wie ich auf die Schwangerschaft reagiert habe. Dass ich dich dazu zwingen wollte, unser Kind wegzumachen und dass ich dich mit allem alleine gelassen habe. Ach Pia, ich war so blind. Ich dachte wirklich, mit einem Kind ist alles anders und vermutlich ist es das auch. Was ich sagen will, ist, dass damit natürlich trotzdem nicht alles aus ist. Als du plötzlich schwanger warst, wurden einfach meine Vorstellungen vom Leben und dem, was ich noch alles erreichen wollte, über den Haufen geworfen. Meine Prioritäten hatten sich verschoben, das, was mich angetrieben hat, war nicht mehr gesund. Mein Vater wird mir vermutlich niemals sagen, dass er stolz auf mich ist, egal was ich tue. Und vielleicht ist das auch gar nicht mehr so wichtig. Aber er war nun mal kein Vater, wie ich ihn mir gewünscht hätte, und mir kein gutes Beispiel. Dann besser erst gar keine kriegen, dachte ich. Doch Fehler macht jeder. Auch wenn ich noch immer einen riesigen Respekt vor dem Vatersein habe, ich will kein Feigling sein. Ich will Verantwortung übernehmen, wenn du mich lässt. Mensch, ich würde wer weiß was darum geben, wenn du zu mir zurückkommst. Du fehlst mir, Pia!«

Verzweifelt schüttelte er den Kopf. »Wenn du mir nur verzeihen könntest!«

Alles war aus ihm herausgebrochen, ohne dass er einmal Luft geholt hatte. Er wagte immer noch nicht, Pia anzuschauen.

Pia sah ihn nachdenklich an. Sie schwieg eine lange Zeit. Sie dachte: *Ich kann mich nicht daran erinnern, Daniel jemals so lang und wirr reden gehört zu haben. Er meint es wohl wirklich ehrlich.*

Leise sagte sie: »Das habe ich doch schon längst.«

Überrascht hob Daniel seinen Blick. »Was hast du?«

»Dir verziehen.«

»Du hast mir verziehen?«, fragte er ungläubig.

Pia nickte.

»Aber wie konntest du … Ich meine, ich weiß doch selbst noch nicht lange, dass ich …«

»Weißt du«, begann sie, »in meinem Leben hat sich eine ganze Menge verändert. Ich habe jemanden kennengelernt, der mir eine neue Sicht der Dinge geschenkt hat. Wahrscheinlich hört sich das jetzt seltsam an für dich und vermutlich denkst du, ich bin verrückt. Aber ich habe Gott kennengelernt und das ist inzwischen für mich unglaublich wichtig geworden. Ich habe gemerkt, dass er mir vergibt. Und da konnte ich es auch.«

Daniel schüttelte den Kopf. »Nein, das hört sich ganz und gar nicht seltsam an«, sagte er.

»Nicht?«, fragte Pia erstaunt.

»Nein.« Er zog ein Blatt Papier aus der Hosentasche, das er auseinanderfaltete, während er weiterredete.

»Ich habe Jakob Linde getroffen. Du scheinst ihn zu kennen. Und mittlerweile bin ich auch darauf gekommen, dass seine Frau diejenige sein muss, die vor einigen Wochen versucht hat, dich zu erreichen. Jedenfalls hatte ich ein langes Gespräch mit ihm. Und als ich noch mal mit ihm reden wollte, war er schon abgereist. Doch er hat mir das hier dagelassen, falls ich nach ihm fragen würde.«

Er reichte Pia den Zettel und sie las, was dort stand:

Lieber Herr Bauer,
ich freue mich, dass Sie zurückgekommen sind, um mich zu besuchen. Wenn Sie diese Zeilen lesen, bin ich mit meiner Frau vermutlich bereits wieder in Deutschland, doch ich wollte es nicht versäumen, Ihnen Folgendes mit auf den Weg zu geben:

Auch wenn Sie enttäuscht sind und das Bild von einem liebenden Vater durch ihre Erfahrungen erschüttert wurde, möchte ich Ihnen sagen, dass es jemanden gibt, der so vollkommen ist, wie es kein Vater zu sein vermag.

Es ist Gott. Bei ihm müssen Sie sich Beachtung und Annahme nicht erst verdienen. Er kennt sie und möchte Ihnen all das geben, was Sie brauchen und was mit Geld nicht zu bezahlen ist.

Fragen Sie Pia. Sie kann Ihnen mehr erzählen.

Ihr Jakob Linde

Das sieht den beiden ähnlich, Jakob und Erika. Pia ließ lächelnd den Brief sinken. Dann blickte sie Daniel in die Augen, der sie fragend ansah.

»Ich denke, wir haben noch so Einiges zu bereden«, sagte sie. »Doch zuerst möchte ich dir gern jemanden vorstellen.«

Sie streckte ihm ihre Hand entgegen und zog ihn ins Haus, denn sie wusste, dass Tante Agathe drinnen wie auf glühenden Kohlen wartete.

Epilog

Die kleine Carla wurde im Februar geboren zur Zeit der Mandelblüte, als Millionen von Bäumen mit ihrer zartrosa und weißen Blumenpracht einen betörenden Frühlingsduft auf Mallorca verbreiteten und das neue Leben feierten.

Pia hatte sich an jenem Nachmittag mit Daniel ausgesprochen und ihm auch ihr lang gehütetes Geheimnis offenbart. Danach hatte sie nicht lange überlegen müssen: Sie kehrte mit ihm auf die Insel zurück. Und so heirateten sie noch vor Carlas Geburt unter dem kleinen Marmorpavillon von Son Marroig, wo Jakob Linde sie traute. Der hatte vor Begeisterung in die Hände geklatscht und seiner Frau einen dicken Kuss auf die Stirn gedrückt, als er erfahren hatte, dass die beiden wieder zusammengefunden hatten.

»Was, so schnell?«, hatte Pias Mutter gefragt, als Daniel angekündigt hatte, dass sie im Oktober heiraten wollten.

»Worauf sollen wir denn warten? Das hätten wir schon längst tun sollen!«, hatte er erwidert und Pia zärtlich an sich gezogen.

Die beiden Frischvermählten pflegten ein offenes Haus, in dem Familie und Freunde willkommen waren. Sie teilten ihr kleines Paradies mit ihnen genauso, wie sie es genossen, allein zu sein. Wenn man von alleine überhaupt noch sprechen konnte.

»Ich frage mich, was wir den ganzen Tag getan haben, als Carla noch nicht da war«, wunderte sich Daniel in regelmäßigen Abständen und Pia musste lachen.

Das winzige Geschöpf war ein richtiger Sonnenschein und vermochte, was keiner für möglich gehalten hätte: Sie erweichte das Herz ihres Großvaters und überbrückte die jahrelange Kluft zwischen ihm und seinem Sohn. Daniels Vater erlebte zur Überraschung seiner Ärzte nicht nur Weihnachten. Er erlebte auch Ostern und noch ein weiteres Weihnachten.

Kurz nach Silvester starb er dann, frei geworden von Verbitterung und versöhnt mit sich und seinen Lieben.

Pia hatte ihre Jeans hochgekrempelt und spürte unter ihren nackten Zehen die glatt gewaschenen Steinchen der kleinen Bucht am Fuße der Berge. Im Rücken die bunten Tore, hinter denen die Fischerboote gegen Abend verschwanden, stand sie im flachen, glasklaren Wasser und schaute durch die felsige Einfassung auf das in warmes Rot und Orange getauchte Meer hinaus, das am Horizont vor der untergehenden Sonne glitzerte.

Sie liebte diesen Ort. Vor allem jetzt im Herbst, wo alles noch eine Spur beschaulicher wirkte. Die Luft schmeckte salzig und sie tat einen tiefen Atemzug.

Wie sehr hatte sich ihr Leben doch in den vergangenen zwei Jahren verändert. So vieles hatte sich zum Positiven gewandelt, und Carla war dabei das größte, unverhoffte Geschenk, das ihre Beziehung zu Daniel nur noch inniger hatte werden lassen.

Pia hörte ihr glucksendes Lachen hinter sich und sah einen Moment lang zu, wie sie in einiger Entfernung auf den Schultern ihres Vaters auf und ab wippte, dass ihre Locken nur so durch die Luft wirbelten. Mit liebevollem Blick betrachtete sie die Szene.

Ja, sie fühlte sich über alle Maßen beschenkt und reich gesegnet.

Langsam wandte sie sich wieder um und ließ ihre Hand in der rechten Hosentasche verschwinden. Sie vergewisserte sich, dass der flache, glatte Stein noch da war, den sie vor langer Zeit schon wegen seiner besonderen Form mitgenommen hatte. Er fühlte sich warm an, und Pia wartete noch einen Augenblick, bis sie ihn herauszog.

Mit festem Druck umschloss sie ihn ein letztes Mal. Dann öffnete sie vorsichtig ihre Hand und strich mit den Fingerkuppen sanft darüber. Auch wenn sie ihr ungeborenes Kind niemals vergessen würde, wollte sie die Vergangenheit ganz bewusst loslassen und Abschied nehmen.

Behutsam küsste sie den bunten, herzförmigen Stein, den sie in den Farben des Regenbogens bemalt hatte.

»Wir sehen uns in der Ewigkeit!«, flüsterte sie leise, bevor sie ihn in hohem Bogen ins Meer warf.

Nachwort

Im Urlaub auf Mallorca habe ich die Schönheit und Vielfalt der Insel kennen und schätzen gelernt, die so viel mehr zu bieten hat als Sonne, Strand und Meer. Das Örtchen Bella Colina habe ich mir ausgedacht, aber es steht für die wunderschönen Bergdörfer, wie es sie an der mallorquinischen Westküste gibt. Den kleinen Bücherladen wird man in der Altstadt Palmas wahrscheinlich vergeblich suchen.

Auch die Handlung und die Personen sind frei erfunden, bis auf eine: Die Figur der Agathe Schön ähnelt in Charakter und Teilen ihrer Biografie meiner Urgroßtante, einer ganz besonderen Frau, die leider nicht mehr lebt. Als Kinder haben wir sie gern besucht und das Zusammensein mit ihr sehr genossen, denn Aufenthalte dort bedeuteten immer ein Abenteuer.